Bibliografische Information der Deutschen
Nationalbibliothek:
Die Deutsche Nationalbibliothek verzeichnet diese
Publikation in der Deutschen Nationalbibliografie;
detaillierte bibliografische Daten sind im Internet
über http://dnb.d-nb.de abrufbar

C 2017 Fritz Manfred Geppert
Herstellung und Verlag:BoD
Books on Demand, Norderstedt
ISBN 9783755781592

Fritz Manfred Geppert

Rainald von Dassel
Macht und Finsternis

Versuch einer Annäherung
Eine gewagte Geschichte

Ein historischer Roman
aus der Stauferzeit

Die Handlung des Romans erzählt eine äusserst distanzierte Vater-Sohn Beziehung eines psychopatischen, intriganten und auch gefährlichen illegitimen direkten Nachkommens des Rainald von Dassel im Dunstkreis des Hofes von König und Kaiser Friedrich I. „Barbarossa". Bei der Einbettung fiktiver Teile im Roman sind Fakten, die Personen und Örtlichkeiten in überwiegenden Fällen belegt und Stand der Historienforschung. Aber wer garantiert bei einem Mangel an Überlieferung von Informationen aus dem frühen Mittelalter, ob Fiktion oder Annahme nicht auch Wahrheit sein könnte. Fiktion und die Wahrheit sind austauschbar, wenn die Realität aus früheren Zeiten nicht mehr zu ergründen sind. Eine Tatsache, die die Fantasie eines Autors anregt und weniger Grenzen setzt.

Über den Autor:
Fritz Manfred Geppert ist in Wünsdorf, 40 km südlich von Berlin in der Mark Brandenburg 1937 geboren. Schreiben in jeder Form und Variante hat ihm seit Schülerzeiten Freude bereitet. Sei es als biografische Replik, als einem historisch fantasievollen Exkurs oder die Aufarbeitung eines Themas aus dem Bereich des Sports.

Seit 1955 lebt er mit seiner Familie, Kindern und Enkeln in der Wetterau, zwischen den sanften Höhenzügen von Taunus und dem Vogelsberg.

Personenregister

Kunrad von Hachen *(fiktiv)*	*Illegitimer Sohn Rainalds von Dassel*
Wibald von Stablo	*Abt des Benediktinerklosters Corvey*
Volkmar von Bömeneburg	*Vorgänger Wibalds von Stablo*
Hunold von Rötgen *(fiktiv)*	*Klosterbruder von Bursfelde und Corvey*
Graf Reinald von Dassel	*Kanzler und Erzbischof von Köln*
Graf Reinold I. von Dassel	*Vater des Kanzlers und Erzbischofs*
Mathilde von Schauenburg *(?)*	*Mutter des Kanzlers und Erzbischofs*
Staufer Friedrich I. Barbarossa	*Römisch-deutscher Kaiser 1155 -1190*
Graf Albert von Sponheim	*Notar in der kaiserlichen Kanzlei*
Kuno von Münzenberg	*Ritter aus der Wetterau und Taunus*
Vollrad von Rheinstein *(fiktiv)*	*Kaiserlicher Offizier, Hauptmann*
Beatrix von Burgund	*2. Gemahlin Kaiser Friedrichs I.*
Adela von Vohburg	*1. Gemahlin des Königs Friedrich*
Dietho von Ravensburg	*Ministerialer, Gatte Adelas v. Vohburg*
Ludolf von Kreiensen *(fiktiv)*	*Leiter der Kanzlei in der Kaiserpfalz*
Papst Hadrian IV.	*Papst, Engländer 1154 – 1159*
Ritter Gotfried von Lutra	*Verwalter der Kaiserpfalz ab 1162*
Diethelm von Baruth *(fiktiv)*	*Stellvertretender Leiter der Kanzlei*
Burkhard von Kästenburg	*Ministerialer des Reiches*
Werner II. von Bolanden	*Ministerialer des Reiches*
Pfalzgraf Otto v. Wittelsbach	*Diplomat, Berater Friedrich I.*
Pfalzgraf Konrad v. Staufen bei Rhein	*Halbbruder, Anhänger Friedrich I.*
Herzog Berthold IV. v. Zähringen	*Gefolgsmann, Diplomat Friedrich I.*

Markward II. von Grumbach	Ministerialer, Berater Friedrich I.
Graf Rudolf von Pfullendorf	Ministerialer, Berater Friedrich I.
Hermann von Verden	Bischof von Verden, Berater
Anselm von Havelberg	Erzbischof von Ravenna 1155 – 1158
Katharina (fiktiv)	Magd auf Gut Hachen, Mutter Kunrads
Papst Eugen III	Papst, Italiener 1145 – 1153
Marie von Gunthard (fiktiv)	Zofe bei Kaiserin Beatrix
Hermann III. v. Bacharach	Pfalzgraf bei Rhein, Vorgänger Konrads
Herzog Heinrich der Löwe	Lange Jahre Widersacher Friedrich I.
Eckehard v. Breitebner (fiktiv)	Fähnrich, Geliebter Marie von Gunthard
Graf Guido III. von Biandrate	Mailänder, Anhänger Friedrichs I.
Hubert von Pirovano	Erzbischof von Mailand
Guiseppe Valdano (fiktiv)	Sekretär des Hubert von Pirovano
Herzog Boleslaw v. Polen	Herzog von Polen, Bruder von Wladislaw
Herzog Wladislaw II. v. Schlesien	Vertriebener Piastenherzog aus Polen
Kunz von Edelsheim (fiktiv)	Oberst des Wachkommandos Lutra
Agathe von Oberlothringen	Mutter der Kaiserin Beatrix
Herzog Rainald III. v. Burgund	Vater der Kaiserin Beatrix
Herzog Matthäus I. v. Lothringen	Onkel der Kaiserin Beatrix
Herzog Simon I. v. Lothringen	Vater der Mutter von Kaiserin Beatrix
Herzog Friedrich. v. Schwaben	Friedrich der Einäugige, Staufer
Agnes v. Schreckenstein (fiktiv)	Hofdame der Kaiserin Beatrix
Roland Bandinelli v. San Marco	Kardinal von San Marco, später Papst
Bernhard von San Clemente	Kardinalpriester von San Clemente Rom
Omnebono Veronensi	Bischof von Verona

Estridsson Waldemar I.	König von Dänemark, Herzog Schleswigs
Eduardo Della Torre (fiktiv)	alias Handelskaufmann aus Oberitalien
Hildegard von Bingen	Äbtissin von Rupertsberg, Heilkundlerin
Hildebrecht von Bermersheim	Vater Hildegards von Bingen
Mechthild von Merxheim	Mutter Hildegards von Bingen
Bernhard von Oesede	Bischof von Paderborn
Friedrich II. von Berg	Erzbischof von Köln 1156 – 1158
Salier Konrad II.	Römisch-deutscher Kaiser 1027 – 1039
Salier Heinrich III.	Römisch-deutscher Kaiser 1039 – 1056
Enzio Della Torre (fiktiv)	Sohn von Eduardo Della Torre
Gabriella Della Torre (fiktiv)	Tochter von Eduardo Della Torre
Gräfin Leonore von Ornavasso (fiktiv)	Gemahlin von Eduardo Della Torro
Fulco II. Della Este (fiktiv)	Kommandant der Burg Rivoli
Premyslide Vladislav II.	König von Böhmen
Herzog Konrad von Dalmatien	Graf Konrad II. von Scheyern-Dachau
Graf Eckbert von Butene	Auch Eckbert III. von Pitten
Herzog Heinrich II. v. Österreich	vorher Herzog von Bayern
Berta (fiktiv)	Wagenhure
Hubert von Orto	Ein Konsul Mailands
Alberico de la Turre (?)	Capitanei der Konsuln von Mailand
Markgraf Wilhelm V. v. Montferrat	Gefolgsmann, Diplomat, Berater Friedrichs
Mathilde von Canossa-Tuszien	Erblasserin der Mathildischen Güter
Goswin II. von Heinsberg	Anhänger Friedrichs, Statth. von Ancona
Bischof Daniel I. von Prag	Gefolgsmann, Diplomat, Berater Friedrichs
Probst von Bonn Gerhard v. Are	v. Dassels Konkurrent ums Erzbistum Köln

Konrad de Maze **(Konrad Colbo v. Oberschüpf)**	*Reichsministeriale, Mundschenk*
Markgraf Garnher von Ancona	*Ritter der kaisertreuen Stadt Cremona*
Graf Ullrich IV. von Lenzburg	*Gefolgsmann, Diplomat Friedrich I.*
Konrad von Hirscheck	*Bischof von Augsburg*
Comte Antonius v. Buccellati *(fiktiv)*	*Herr auf Gut Buccellati bei Cremona*
Papst Alexander III. (Bandinelli)	*Papst, Italiener 1159 – 1181*
Papst Victor IV. (de Monticelli)	*Gegenpapst, Italiener 1159 – 1164*
Berthold von Urach	*Schwäbischer Ritter vor Crema*
Patriarch Pellegrin von Aquileia	*Bischof Pilgrim I. von Spanheim*
Graf Adolf von Schauenburg	*Legat und Verwandter von Dassels*
Kapetinger Ludwig VII.	*König von Frankreich*
Plantagenet Heinrich II.	*König von England*
Herzog Dietbold von Böhmen	*Bruder König Vladislav II. v. Böhmen*
Herzog Friedrich von Böhmen	*Sohn König Vladislav II. v. Böhmen*
Landgraf Ludwig II. von Thüringen	*Gefolgsmann Friedrich I.*
Herzog Friedrich IV. v. Schwaben	*Friedrich v. Rothenburg*
Landgraf Gebhard v. Leuchtenberg	*Anhänger, Gefolgsmann Friedrich I.*
Walter von Bechtholtsheim *(fiktiv)*	*Hauptmann und Adjutant von Dassels*
Gernot von Kreiensen *(fiktiv)*	*Vater Ludolfs von Kreiensen*
Freiin Sybilla v. Bingenheim *(fiktiv)*	*Mutter Ludolfs von Kreiensen*
Leberecht von Kreiensen *(fiktiv)*	*Bruder Ludolfs von Kreiensen*
Heinrich von Kemnaten	*Abt des Klosters Fulda 1127 – 1132*
Bertho von Schlitz	*Abt des Klosters Fulda 1132 – 1134*
Konrad I.	*Abt des Kosters Fulda 1134 – 1140*
Hartmann von Siebeneich	*Ritter und Kämmerer am Kaiserhof*

Markgraf Dietrich von Sachsen	*Gefolgsmann Kaiser Friedrichs I.*
Markgraf Otto von Meißen	*Bruder des Markgrafen Dietrich v. Sachsen*
Graf Dedo von Groitzsch	*Bruder des Markgrafen Dietrich v. Sachsen*
Graf Wido IV. v. Biandrate	*Erzbischof von Ravenna 1159 – 1169*
Heinrich II. von der Leyen	*Bischof von Lüttich*
Hauteville Wilhelm I.	*König von Sizilien*
Randolf und Herwarth *(fiktiv)*	*Landser-Henkersknechte*
Siegfried v. Morle-Peilstein	*Graf und Zeuge einer Hinrichtung*
Christian von Buch	*Erzbischof von Mainz*
Alexander II. von Orle	*Bischof von Lüttich*
Philipp I. von Heinsberg	*Erzbischof von Köln 1167 – 1191*
Papst Paschalis III.	*Gegenpapst, Italiener 1164 – 1168*
Graf Ludolf von Dassel	*Bruder des Kanzlers und Erzbischofs*

Kapitel

Vorwort

Die Handlung des vorliegenden Romans erzählt hier eine kompliziert distanzierte Vater-Sohn Beziehung im Dunstkreis des Hofes Kaiser Friedrichs Barbarossa, handelnd ab der Mitte des 12. Jahrhunderts.

Das angesprochene Thema dabei auch der Stauferkaiser Friedrich Barbarossa selbst sind nicht die gravierenden Mittelpunkte der Erzählung, vielmehr ist es die Person des Kanzlers im Heiligen Römisch-deutschen Reich, die mein Interesse für die Entstehung des Buches weckte. Von Rainald von Dassel ist trotz seines nachhaltigen Wirkens im Reich der Deutschen wenig überliefert. Bekannt sind nur die Stationen seiner unprivaten politischen Arbeit als engstem Ratgeber Kaiser Friedrichs I.

Das Mittelalter an sich und noch viel mehr das Frühmittelalter ist nicht allzu üppig mit Nachrichten von detaillierten Informationen an die Umwelt oder Nachwelt umgegangen. Das Privatleben von interessanten Personen bekannt zu machen, wie es heute durch die Medien Normalität ist, gab es in verständlicher Weise zu jener Zeit nicht. Menschen im Mittelalters erfuhren nur von großen Ereignissen oder Taten erst lange nach deren tatsächlichem Geschehen. Und auch nur dann, wenn Bänkelsänger, seltener Minnesänger, die sich nur auf Burgen und Schlössern blicken ließen, oder eventuell umherziehende Gaukler mit Neuigkeiten zufällig durch ihren Weiler oder Städtchen zogen.

Meine Geschichte von dem illegitimen Sohn des Kanzlers im Heiligen Römischen Reich Deutscher Nation und des Erzkanzlers von Italien und Erzbischofs von Köln ist nicht nicht fundiert, eher eine Unterstellung und Fiktion.

Aber wer garantiert beim Mangel an Überlieferungen im Hochmittelalter von Informationen aus dem Privatbereich Rainalds von Dassel, das diese Fiktion nicht auch Realität oder gar die Wahrheit dein könnte.

Bei der Einbettung von fiktiven Teilen der Handlung habe ich darauf geachtet, diese mit tatsächlich Ereignissen, den gelebten Personen, Örtlichkeiten und Daten so dicht als möglich zu verknüpfen. Personen eigener Fantasie habe ich in einem Personenregister im Eingangsteil des Buches mit „fiktiv" gekennzeichnet. Auch sein Liebesverhältnis zur Italienerin Gabriella Della Torre ist erfunden. Mit in die Handlung habe ich auch die nicht geklärten Umstände beim Tod des Erzbischofs von Ravenna, Anselm von Havelberg vor Mailand 1158 aufgenommen, die bis auf das Datum und den Ort weitgehend im Dunkel der Geschichte ruhen. Aber Fiktion und die Wahrheit sind austauschbar, wenn die Realität nicht mehr zu ergründen ist.

Wenn ich eventuelle Nachkommen oder Verteidiger der Ehre Rainalds von Dassel irritiere, auch weil ich ihn in Passagen des Buches als rücksichtslos oder auch grausam personifiziert habe, so möge man bedenken: Er war ein Machtmensch und Kind einer unaufgeklärten Zeit.

Und letztendlich im Buch der Versuch des Autors und Laien seine Sichtweise, im Glauben der Person Rainalds von Dassel näher gekommen zu sein, die Psyche eines uns allen schon zu weit entfernten Machtmenschen in einigen wenigen Passagen zu analysieren.

Der Autor

Hinter Klostermauern

Der eisige Winter im Jahr 1155 auf 1156 hatte das fast 350 Jahre alte Benediktinerkloster Corvey und den in der Nähe liegenden kleinen Weiler Huxori (Höxter) in eine bald meterhohe Schneelandschaft getaucht. Hinzu kam der eiskalter Wind, der heulend um die Klostermauern pfiff, und der fast ungehindert durch jede der vier mit großen Tierblasen und Hanf abgedichteten Fensteröffnungen, in den mit einem offenen Feuer unter dem Kamin beheizten Raum des Klosterskriptoriums drang.

Die vier in ihren warmen Mönchskutten der Jahreszeit angepasst, und mit dem Kopieren und Übersetzen von alten Schriften beschäftigten Mönche störte weniger die Kälte, als vielmehr der leidige Luftzug, der durch die Fensteröffnungen drang und die nur notdürftig Helligkeit verbreitend schwer entzündbaren vielen Tiertalglichter immer wieder ausblies. Mal wieder wütend und unbeherrscht wegen des zu wiederholenden Anzündens seines vor ihm stehenden Lichts, schiebt Kunrad von Hachen eine vor ihm liegende Schrift des Cicero beiseite, die ihm der Abt des Klosters, Wibald von Stablo persönlich als seinem besten Kopierer übereignet hat. Gerade heute war Kunrad von Hachen nicht sonderlich auf seine Arbeit konzentriert. Immer öfter ertappte er sich jetzt bei den Gedanken, die ihm vorher in den 19 Jahren seines Klosteraufenthalts nicht gekommen waren. Es ist das Nachsinnen über seiner Herkunft. Dazu beigetragen haben das Getuschel und die Hinterfragungen seiner Mitbrüder. Aber vor allem die Einflüsterungen des Bruders Hunold von Rötgen. Vor vielen Jahren, als er noch ein Knabe war, hatte ihm Abt Wibald erzählt, das man Kunrad eines Morgens im Frühjahr des Jahres 1137 als Balg, mehrfach in Tüchern gewickelt vor der Pforte des Westwerks von Corvey gefunden habe.

Damit hatte sich Kunrad zufrieden gegeben und nie mehr nachgefragt. Wibald von Stablo, auch sein Amtsvorgänger Volkmar von Bömeneburg unterstützten und förderten ihn, solange er nur denken konnte. Kunrads Heimat und seine Erinnerungen war das Kloster, in dem er aufgewachsen ist und gelernt hat, zu lesen, zu schreiben und zu malen. Er war jetzt 18, und da er auch intelligent und gewitzt war, eins und zwei zusammenzählen konnte, fragte er sich nun doch, ob es nur seiner Begabung für das schnelle und exakte Kopieren zu verdanken war, das ihn gleich zwei Äbte bevorzugten, oder ob vielleicht noch jemand anderes dahinter verborgen sein könnte. Weiter seine Arbeit unterbrechend sinniert er weiter, wer denn sein Erzeuger und wer die Mutter sein könnte? Das zu erfahren und ihm zu verraten, Hunold von Rötgen ihm oft zugesagt hat. Kunrad erschrak fast, als Hunold von Rötgen Kunrad aus diesen ihn bedrängenden Fragen riss: „ Nun Kunrad, an was denkst du, der du so inniglich in Gedanken versunken bist? Bestimmt an heute Nacht. Lass deine Zelle wieder offen, nicht das man uns hört, wenn du deine Zellentür aufschließen müsstest." Jetzt unterbrach auch Hunold von Rötgen seine Abschrift an der >Liber vital von Helmarshausen< und schaut Kunrad verschwörerisch und augenzwinkernd an, um sein Einverständnis zu erhaschen. „ Ja die Tür wird wie immer unverschlossen sein. Aber nur, wenn du mir endlich sagen kannst, was du von mir weist ", wagt Kunrad mit äußerster Beherrschung einzuwenden. „ Ja doch, ich muss selbst noch Erkundigungen einholen ", vertröstete Hunold Kunrad wie schon so oft. Hunold von Rötgen ist erst vor fünf Jahren in das Kloster Corvey von gekommen, der zuvor im Kloster von Bursfelde bei der kleinen Stadt Northeim Insasse war. Von dort hat ihn sein Abt Nithard, wohl wegen Fälschens von Urkunden weg empfohlen wie doch gemunkelt wird, denkt Kunrad mit Gehässigkeit.

14

Hunold sah von Angesicht einnehmend aus, wenn nicht um den Mund dieser zynische, zu weilen bis ins brutale gehende Ausdruck stören würde. Kunrads Äußerem kann man kein so gutes Zeugnis ausstellen. Von untersetzter Statur, fielen bei ihm die bezwingenden kalt blickenden Augen auf, wenn er nicht gerade diesen Ausdruck durch ein Lächeln kaschierte.

Zum Entzug jeglicher weiblichen Reize im Kloster verdammt, hatte Kunrad von Hachen den durchtriebenen Verführungskünsten Hunolds von Rötgen nicht lange widerstanden.

In den letzten Wochen und Monaten waren Kunrad die heimlichen Treffen in seiner und auch Hunolds Schlafzelle immer lästiger geworden, zumal die sexuelle Gier des fast 50-jährigen von Rötgen immer unerträglicher wurde. Der junge Kunrad fühlte sich von ihm benutzt, hatte er doch bisher keine wirkliche Gegenleistung, was Informationen über seine Herkunft betrifft von ihm erhalten. Überhaupt wusste Kunrad sehr wenig über dessen Vorleben. Nur einmal, als beide in der Zelle Hunolds vor dem Akt zu viel Wein getrunken hatten, plauderte er dabei sich selbst bedauernd, seine bescheidene Herkunft aus.

Er käme aus der Nähe der größeren Stadt Friedberg in der Wetterau, und wäre der dritte Sohn seines Vaters, der in einem nahen Salzgrund einen Fronhof bewirtschafte.

Als Hunold spät am Abend in Kunrads Zelle schlüpfte, stand für Kunrad von Hachen fest: Nur wenn von Rötgen heute sein Wissen von seiner Herkunft preisgibt, wird er sich dessen abartigen Wünschen noch einmal beugen. Die sexuelle Abhängigkeit Hunolds, und die Hartnäckigkeit von Kunrad sich sonst zu verweigern, waren schließlich der Schlüssel, der Hunold von Rötgen zum Reden brachte. Und was Kunrad von Hachen jetzt folgend hörte, machte ihn nun doch sprachlos: „ Schon seit ungefähr Zehn Jahren gibt es ein Gerücht, das im Kloster Bursfelde schon länger gar keines mehr war und ist.

Der junge Rainald von Dassel wäre geboren auf der Burg Hunnesrück, als zweiter Sohn des Grafen Reinold I. und seiner Mutter einer Gräfin Mathilde von Schauenburg, soll mit 16 oder 17 Jahren auf der Vogtei Hachen von seinem Vater eine hübsche Magd geschwängert haben. Der Vater Rainalds ließ der Magd das Kind nach der Stillzeit gegen einen Dukatenlohn wegnehmen und verheiratete sie mit einem Knecht des Gutes. Rainald musste auf Geheiß von seinem Vater die unstandesgemäße und skandalträchtige Beziehung zu der drallen wie wohl auch leichtsinnigen Magd abbrechen.

Rainald von Dassel besuchte zu dieser Zeit schon die Domschule in Hildesheim und sollte in Paris sein Studium für eine kirchliche Laufbahn fortführen. Der kleine Junge der Magd wurde auf den Namen Kunrad getauft und der Vater Rainalds soll den Knaben bei dem ihm bekannten Volkmar von Bömeneburg, Abt damals hier im Kloster von Corvey hat abliefern lassen. Dort soll der Junge alle die Jahre heimlich von der gräflichen Familie unterstützt worden sein. Genauso, wie ich dir jetzt alles erzähle, hörte ich davon in Bursfelde. Jetzt kannst du dir deinen eigenen Reim daraus machen ", beendete Hunold triumphierend seine Wissensarie. „ Ich hoffe, du weißt mein Geheimnis zu schätzen ", hob Hunold noch einmal ironisch grindend verschwörerisch lächelnd an. Aber von Hachen registrierte Hunolds letzten Satz nicht mehr, und bitten Hunold jetzt gleich zu gehen. Zu viele Gedanken würden belasten.

Den Rest der Nacht war für ihn an ein Einschlafen nicht mehr zu denken. Zu ungeheuerlich war dies alles, was er erfahren hatte. Sollte er alles glauben, was ihn der windige Hunold von Rötgen erzählt hatte. Sicher, er führt ja den Namen von Hachen, der darauf hinweisen könnte. Besser wäre es, weitere Indizien oder gar eine Bestätigung über seine abenteuerliche Herkunft zu erhalten.

Eins stand für ihn jetzt fest. Keiner sollte davon erfahren. Nicht einmal seinem feinen Erzeuger, wenn er es denn tatsächlich wäre, würde er sich offenbaren. Vorteile, die sich aus dieser neuen Situation für ihn ergeben konnten, wird er künftig alleine für sich nutzen. Klar wurde ihm aber auch, dass er Hunold von Rötgen gegenüber erpressbarer geworden ist. Nicht nur weitere Nächte wird dieser mit ihm weiter teilen wollen, bestimmt auch an Vorteile von anderer Art denken. Er wird sich dafür einen Lösungsweg einfallen lassen müssen.

Schon am nächsten Morgen in der Bibliothek verhielt er sich Hunold gegenüber reserviert, um ihm von vorn herein Wind aus dem Segel zu nehmen. Kunrad tat so, als hätte Hunold ihm in der vergangenen Nacht einen großen Bären aufgebunden. Nun verstärkt pflegte er jetzt den Umgang mit Kuno und Rainfried, den zwei anderen Klosterbrüdern in der Bibliothek, und vertiefte sich in die Abschrift der Werke des Cicero, die gestern was den Fortschritt seiner Arbeit anbelangt, gelitten hat. Aber auch während seines Kopierens ließen Kunrad die Gedanken nicht los, wie er Hunold von Rötgen loswerden könnte, der ihm zu einer dauernden Gefahr werden würde. Für ihn stand jetzt fest, solange er Hunold in seiner Nähe im Kloster wusste, war er seiner sicher. Sollte sich eine andere Situation ergeben, hätte er keine Skrupel, Hunold aus dem Weg zu räumen. Intelligenter als dieser, hatte Kunrad von Hachen von der Rücksichtslosigkeit Hunolds von Rötgen viel gelernt.

Nach der Kenntnis von seiner Identität, auch wenn er ihrer immer noch nicht so ganz sicher war, informierte sich Kunrad mit großem Interesse, über die Laufbahn seines inzwischen weithin bekannten Vaters in der katholischen Geistlichkeit. So weiß er auch von dessen Erhebung zum Dompropst von Hildesheim im Jahr 1148.

Weitere Propsteien hatte Rainald von Dassel in Goslar 1153 und Münster 1154 verliehen bekommen. Einen weiteren Aufstieg, der ihm das Amt des Bischofs von Hildesheim eingebracht hätte, soll er sogar abgelehnt haben, wie Kunrad inzwischen erfahren hat. Dersehr rege Depeschenwechsel, den Rainald mit seinem Abt Wibald von Stablo unterhält, fällt ihm plötzlich ein, der dessen Nähe zum Königshaus des Staufers Friedrich I. aufzeigt, erklärt vieles, denkt sich Kunrad. Als Kunrad auch noch hört, das ihn der 1155 gekrönte Kaiser Friedrich zum Kanzler des Reiches berufen will, schwindelt es Kunrad von Hachen ob der Machtfülle, die dieser Mann besitzt und der sein Vater sein soll. Und wiederholt zweifelt er zwischendurch immer wieder an der Wahrhaftigkeit dieser Mitteilung des Hunold von Rötgen.

Mitte des Monats März 1156 empfängt der Abt Wibald in Corvey den ihm von Rainald von Dassel angekündigten Grafen Albert von Sponheim. Albert von Sponheim ist als Rechtexperte und Notar in der kaiserlichen Kanzlei tätig, und besitzt auch das Vertrauen des Kaisers. Genau wie Wibald von Stablo Rainald von Dassel kennt, hat Wibald auch mit Albert von Sponheim des Öfteren zu tun gehabt. Insbesondere kirchliche Rechtsfragen, aber auch so kluge politische Ratschläge an König Friedrich durch Albert von Sponheim hatte Abt Wibald von Stablo oft übermitteln lassen.

„ Nun verehrter Graf, was verschafft mir diesmal die Ehre Ihrer Ankunft ", begrüßt ihn der Abt. „ Ich komme mit den besonderen Grüßen, die Ihnen unser baldiger Kanzler im Reich, Rainald von Dassel übermitteln lässt. In der Sache eines Sekretärs, von der Ihr bereits wisst, den Rainald in der Kanzlei benötigt, und bei der Sie verehrter Abt das Vertrauen des künftigen Kanzlers besitzen, soll ich mir die Person ansehen, sonst mich aber auf Ihr Urteil verlassen ".

Der Abt kannte natürlich die delikate Angelegenheit der Grafenfamilie von Dassel. Einmal war er von seinem Vorgänger, zum anderen aber auch durch Rainald von Dassel selbst unterrichtet worden, zwischen denen sich schon in der Studienzeit in Hildesheim und Paris, wie bei schon so oft gemeinsamer politisch-diplomatischer Arbeit bis heute ein besonderes Vertrauensverhältnis, so eine Freundschaft entwickelt hat. Graf Albert Sponheim aus dem Hunsrück war in dieser Angelegenheit nur ein Bote. „ Graf, ich lasse den Kandidaten, unseren Bruder Kunrad von Hachen sofort holen. Er besitzt eine hohe Intelligenz, für mein Dafürhalten ist er für die Position des Sekretärs bei Rainald durchaus geeignet. Alles Sonstige werde ich Rainald schriftlich durch Boten senden ", überbrückt nun Wibald von Stablo die Zeit bis zum Eintritt Kunrads in die Prälatur. Überrascht und neugierig erwartet Kunrad von Hachen, dabei abwechselnd auf Wibald und den Grafen schauend, was man von ihm wolle. „ Kunrad ", eröffnet Wibald das Gespräch: „ Man hat von deinen Fähigkeiten hier bei uns in Corvey gehört. Man wünscht von dir deine Erprobung als Sekretär am Hofe des Kaisers oder vielmehr in der kaiserlichen Kanzlei ". Einen Moment lang täuschte Kunrad Sprachlosigkeit vor. Aber nicht über das Angebot an sich, sondern darüber, das dies wohl ja die indirekte Bestätigung für die Vaterschaft Rainalds von Dassel ihm gegenüber bedeute. Den nun völlig Ahnungslosen und Überraschten spielend, zeigte er sich überaus dankbar und bescheiden, in dem er sich artig vor seinem Abt und dem Grafen verneigte. Innerlich jubelte und triumphierte er. Endlich aus den beengten Verhältnissen des Klosters zu entkommen, war schon länger zum Wunsch geworden, nach dem er der Pubertät entwachsen war. Alles war jetzt möglich, vielleicht sogar Reichtum, Einfluss und Macht mit der eventuellen Unterstützung eines bekannten Vaters

Und so verstieg er sich zu den schmeichlerischen Worten:
„ Ich danke Euer Eminenz und dem Grafen von Sponheim.
Aber Eminenz Wibald, wollt Ihr mich den wirklich fort-
lassen "? „ Es soll deinem Fortkommen dienen, und auch
bedenke er, es ist erst eine Probezeit zu absolvieren. Jeder
Zeit wärst du uns hier im Kloster von Corvey wieder sehr
willkommen, wenn du möchtest ", sagt Wibald noch, um
ihm anschließend ein Zeichen zu geben, das er sich nun
wieder entfernen kann.

Höflich sich mehrfach verneigend, dem Abt und Grafen
dankend eilt Kunrad in die Bibliothek zurück, in hektische
Gedanken verfallend. Sollte Hunold von Rötgen von der
für mich so vorteilhaften Veränderung in der Nähe des
Kaiserhofes erfahren, was sicher nicht zu vermeiden sein
wird, werden die Erpressung und Drohungen von Hunold
nicht ausbleiben. Diesem Umstand zu begegnen, hat sich
Kunrad von Hachen vorbereitet.

Schon vor Wochen hatte er sich unter dem Vorwand einer
Erkältung in der Klosterapotheke des schon alten Bruders
Florian genauer umgesehen. Der Eisenhutextrakt für die
Bekämpfung der alljährlichen Rattenplage im Kloster war
in einem mit dem Wort Gift kenntlich gemachten Kupfer-
gefäß verschlossen. Nicht aber verschlossen dagegen der
Schrank, in dem Florian immer wieder leichtsinnig den
Schlüssel stecken ließ, wie Kunrad bei seinen mehrfachen
Inspektionen feststellte. Da kam es oft vor, dass Bruder
Florian gar nicht anwesend war, um bestimmt wieder ein
Schwätzchen mit einem Altersgenossen in dessen Zelle zu
führen.Vorbereitend für eine solche Gelegenheit, hatte
Kunrad sich ein kleines Behältnis beschafft, und ohne von
Jemanden bemerkt zu werden, hatte er sich des Mittags
von dem Rattengift etwas abfüllen können. Er war sich
sehr sicher, dass die Menge genügen wird, zwei oder drei
Menschen auf einmal zu töten.

Etwa eine Woche später rief Abt Wibald die Mönche ins Refektorium, um allen noch vor Beginn der Vesper mitzuteilen, welche Ehre dem Kloster Corvey zugefallen wäre, das einer der ihren, der junge Kunrad von Hachen das Kloster verlassen wird, um in die Kanzlei unseres kürzlich vom Papst gekrönten Kaisers einzutreten. Und so kam eher, wie es Kunrad lieb sein konnte, Hunold von Rötgens Reaktion prompt, als beide an ihrem Pult in der Bibliothek beim Kopieren stehen. Gehässig wegen der in den letzten Wochen erlebten Zurücksetzung durch Kunrad flüsterte er: „ Holt dich dein hoher Erzeuger jetzt unter seine Fittiche! Ich hoffe du weißt, dass du mir noch etwas schuldig bist, wie ich auch hoffe, dass du dich meiner hoffe ich dankbar erinnern wirst. " Und mit einem gemeinen Grinsen fügte Hunold hinzu: „ Bevor du von hier weg gehst, machen wir uns noch einmal eine schöne Nacht, nicht wahr "? Scheinheilig und freundlich zu Hunold aufblickend sagt Kunrad: „ Ja das ist wirklich ein Grund zum feiern und genießen. Heute Nacht komme ich zu dir, und bringe einen Krug besten Rotweins mit, den mir unser Abt Wibald aus diese Anlass geschenkt hat ".
Auf die Arbeit des restlichen Tages konnte sich Kunrad nun kaum mehr konzentrieren. Nach dem Komplet am Abend zwinkerte er Hunold zum Zeichen der Vorfreude für die kommende Nacht nochmals zu und verschwand in seine Zelle, um den Weinkrug mit Gift zu präparieren. Ein Bedenken oder gar Skrupel empfand Kunrad nicht, jetzt sogar noch viel weniger, da er eine so mächtige Person wie die seines Vaters Rainald hinter sich wusste.
In den Weinkrug mischte Kunrad den aus der Apotheke entwendete Giftextrakt, um von Rötgens Tod garantiert herbeiführen zu können. Zum anderen, um zu verhindern, das das Gift mit ihm in Zusammenhang gebracht wird, schüttet er den übriggebliebenen Rest Gift in den Krug.

Zur vereinbarten Zeit um Mitternacht verließ er leise auf Strümpfen, mit den bauchigen Weinkrug unter der Kutte steckt seine Zelle, um den ca. 30 Meter von ihm entfernten Schlafraum Hunolds auf dem Zellengang zu erreichen. Noch nicht auf halbem Weg des nur mit einem kargen Licht erhellten Dunkels, in Angst, dass ihn gerade heute Nacht niemand sehen dürfe, hörte er vor sich eine von den Zellentüren sich öffnen. Behände suchte hastig Deckung in der nächsten Türnische der zum Glück dicken Mauern im Kloster. Es war aber nur der alte Bruder Florian, der wohl wegen seines Stuhls den Abort im Zellengang eine Etage tiefer aufsuchen musste. Hunolds unverschlossene Zellentür wenig später öffnend, ging dann alles sehr schnell. Hunold, der ihn kaum hatte erwarten konnte, zog Kunrad in sein Domizil, riss ihm fast den Wein aus den Händen, um sich hastig einen Becher abzufüllen, den er gierig mit einem Zuge leerte. Natürlich hatte Kunrad auf diese haltlose Trunksucht Hunolds von Rötgen spekuliert, der sich damit immer in die rechte Stimmung für das nun anschließende Erlebnis bringen wollte. Ohne Kunrads Tun hatte Hunold damit sein Todesurteil vollstreckt. Kalt und ungerührt beobachtet Kunrad Hunold bald einsetzenden Todeskampf. Kunrad brauchte nicht einmal ein Kissen, das er wohlweißlich schon beim Eintritt in Hunolds Zelle entdeckt hatte, um einen eventuell zu lauten Todeskampf zu ersticken. Nur ein nicht fassbares Erstaunen und ja, ein Erschrecken Hunolds in dessen Augen ehe sie brachen, blieben im Gedächtnis von Kunrad von Hachen haften. Verräterische Spuren tilgte er, in dem er den Rest des Weines in einen Ablauf im Zellenboden schüttete, der mit Hilfe eines dünnen Kupferrohrs durch die Außenmauer des Klosters führte. Den Weinkrug, und den benutzten Weinbecher Hunolds mit Wasser ausspülen, reinigen und das wieder ein leises vorsichtiges schnelles Entfernen aus

Hunolds von Rötgens Zelle, das alles spielte sich binnen Minuten ab. Vom Verlassen seiner Unterkunft bis Kunrad wieder auf seiner Schlafpritsche lag, sind gerade einmal gut eine halbe Stunde vergangen.

Als dann Hunold von Rötgen am frühen Morgen nicht zur gemeinsamen Laude erschien, sah man nach seiner Zelle, und fand ihn tot auf dem Boden liegen. Die Nachricht von Hunolds Tod war zwar ein Gesprächsthema für alle, aber ein großes Aufhebens wurde deswegen nicht gemacht, da Hunold fast 50 Jahre alt war. Für ein Mann ein normales Alter, um zu sterben. Einen Grund, in anderer Richtung zu untersuchen, fand man nicht und so ordnete Abt Wibald Hunolds Bestattung innerhalb von drei Tagen an. Für Kunrad von Hachen und den zwei verbliebenen Mönchen Reinfried und Kuno im Skriptorium änderte sich vorerst nichts. Aber das Abschreiben von Texten empfand Kunrad plötzlich nicht mehr sehr interessant und jetzt sogar schon langweilig. Auch lustlos umso mehr, da er von Wibald, seinem Abt, oder von der kaiserlichen Kanzlei oder gar von seinem Erzeuger Rainald von Dassel gar nichts mehr hört. Drei Monate waren inzwischen ins Land gegangen und der Sommer war eingezogen. Kunrad wurde immer reizbarer. Seine Arbeit widerstrebte ihm zusehends und die Annäherungen Bruder Reinfrieds, die er noch selbst provoziert und veranlasst hatte, um seinerzeit Hunold los zu werden, wurden ihm zur Last. Da war ihm der zurückhaltende und wortkarge Kuno jetzt angenehmer. Langsam aber glaubte Kunrad nun, das der Graf von Sponheim, der ihn bei der Überbringung der seiner Zeit doch positiven Nachricht begutachtet hatte, zu einem für ihn negativen Urteil ihn gekommen sei, und man die Anforderung für die Sekretärstelle zurückziehen werde. Nach der Vesper an einem der letzten Tage des Monat im Mai, rief ihn Abt Wibald zu sich, das er ihm in sein Büro nun folgen möge.

„ Kunrad, so zufrieden ich bisher mit der Arbeit von dir bei uns war, so sind mir in letzter Zeit deine Fahrigkeit und ein gewisses Desinteresse an den bisher hervorragend von dir erledigten Aufgaben aufgefallen. Ich hoffe für dich und auch unser Kloster, das du dich für die kommenden künftigen Aufgaben gewappnet hast. Gestern habe ich eine Nachricht erhalten, dass in den nächsten fünf bis sieben Tagen ein Fuhrwerkgespann mit militärischer Bewachung Begleitung aus Lutra, der neu entstehenden Kaiserpfalz bei uns eintreffen wird. Du wirst mit nach Lutra reisen. Zusammen mit Ausstattungsgegenständen und Schriften aus unserer Klosterbibliothek, die wir hier doch entbehren können. Mache dich also bereit und packe so langsam die Habseeligkeiten zusammen. Du wirst zu gegebener Zeit von mir hören, wenn deine Reise bevorsteht “, beendete Abt Wibald seine ungewohnt lange Rede. „ Du kannst jetzt wieder gehen “!

Auf dem Weg in seine Zelle ist Kunrad freudig erregt und überrascht von dem nicht mehr erwarteten Erfolgserlebnis. Nach der Vesper am 6. Juni sah Kunrad Abt Wigbald von Stablo das letzte Mal. Mit dessen Worten: „ Mach bitte dem Kloster und auch mir künftige alle Ehre. Morgen in der Frühe wirst du Corvey verlassen “, so verabschiedet Abt Wibald von Stablo mit durchaus gemischten Gefühlen den knapp 20-jährigen Kunrad von Hachen, einen Sohn des engsten Vertrauten von Kaiser Friedrich I., genannt „Barbarossa“, Rainald von Dassel, Reichskanzler ab 1156, Erzkanzler Italiens und Erzbischof von Köln ab dem Jahre 1159 nach Christi Geburt.

Begegnung im Taunus

Erleichtert, befreit und bester Dinge packte Kunrad vor der Nacht seiner Abreise sein Bündel. Dazu ein großes Messer, das er eigener Sicherheit wegen der Klosterküche entwendet hatte, um es in seinem Gürtel unter der Mönchskutte immer parat zu haben. So stieg er am Morgen des 07. Juni auf eines der zwei voll bepackten Pferdefuhrwerke, welche von vier bewaffneten Landsknechten und einem Hauptmann begleitet werden. Der Abschied von der >Klosterfamilie< Corveys fiel ihm trotz seines hier ganzen verbrachten Lebens nicht schwer. Ohne Gefühlsaufwallungen winkte er den Klosterbrüdern zu, den Klosterhof durch das erst vor wenigen Jahren neu entstandene Westwerk verlassend, um einem neuen Leben entgegen zu sehen.

Eine lange und gefährliche Reise würde ihm bevorstehen, malte Kunrad sich aus. In der Zeit seines ganzen Lebens und das nur wenige Male, war er nie weiter als die drei Meilen nach dem kleinen Weiler Huxori gekommen, der vom Kloster aus immer gut, nahe erscheinend zu erreichen gewesen war.

Durch die Wälder und über die Höhen der Mittelgebirge in den Süden und auch Westen des Reiches, bei sehr wenigen Handelswegen, abhängig von Wind und Wetter musste man selbst bei zügigem Fortkommen vier lange Wochen Reisezeit einplanen. Zwei Mägde und Knechte, jeweils ein Paar, vervollständigen die Reisegruppe, die in Huxori zustiegen. Sie wollten auf Höfen in Calden und Fritzlar eine neue Arbeit suchen. Die Jahreszeit eines beginnenden Sommers war der Reise zuträglich und so ist man auch nicht immer auf ein Gasthaus für Übernachtung angewiesen. Nachdem man die zwei Arbeit suchenden Paare am fünften Tag nach einem Adieu, viel Erfolg und guter Lohn

spät am Nachmittag verabschiedet hatte, suchte die Reise-
kolonne einen geeigneten Platz auf einem Wiesengrund
zur Übernachtung in der Nähe von Chasella (Kassel).
Die müden Zugpferde wurden ausgespannt und zusammen
mit den Reittieren des Begleitkommandos auf der Wiese
angeflockt, wo sie nun grasen konnten. Genächtigt wurde
auf den Fuhrwerken oder auch im Freien, wie jeder Lust
verspürte. Die Weiterfahrt doch sehr früh am nächsten Tag
ins Hessische gestaltete sich problemlos, wie in den Tagen
der vergangenen Woche auch. Am späten Nachmittag aber
kam es bei schlechtem Wetter, es regnete schon Stunden,
zum Streit vor einem Wirtshaus an der Lahn um Logis für
die Nacht. Ein Ritter mit seinem Knecht, zur gleichen Zeit
ein Zimmer fordernd, wie auch die vier Landsknechte und
ihr Offizier, zieht mit seiner Forderung vor der Übermacht
der fünf bewaffneten Kaiserlichen jetzt aber den Kürzeren.
Drohungen ausstoßend, die Landser und Offizier lachend
quittierten, stiegen Ritter und sein Knecht auf ihre Pferde.
Noch lange, und von weitem wild gestikulierend, suchten
sie in Richtung Taunusgebirge das Weite.
Zwei Tage später auf dem Weg durch den mit dichten
Wäldern von Eichen, Buchen und Tannen bestandenen
Taunus, gerieten die zwei beladenen Fuhrwerke mit den
den sechs Reisenden in einen Hinterhalt. Kunrad entdeckte
von seinem Sitz auf dem zuvordersten Fuhrwerk zuerst
das Raubgesindel zwischen den Bäumen sich nähernd.
Sein Ruf: „ Überfall, Räuber ", kam zu spät. Schnell war
der Wagenzug von den offensichtlich auf sie wartenden
berittenen Männern umzingelt. Ihr Anführer im Gewande
einer Ritters, der sofort von den sechs Reisenden als der
streitende Adlige des Vortages vor dem Wirtshaus an der
Lahn erkannt wurde, stellte sich nun großspurig vor: „ Vor
euch steht Kuno von Münzenberg und auch von Nüringen.

Auf meinem Hoheitsgebiet verlange ich die Herausgabe eures Diebesgutes ". Ohne die Antwort des kaiserlichen Offiziers Vollrad von Rheinstein aus der Pfalz von Lutra abzuwarten, drangen der Ritter und seine drei Komplizen auf das Begleitkommando ein. Aber vorher schon hatten die ihre Schwerter gezogen, den Räubern Paroli zu bieten. Gleich beim ersten Aufeinandertreffen forderte der Kampf einen Toten bei den Landsknechten. Wütend und gereizt über den so plötzlichen Tod ihres Kameraden jagten die anderen vier den Münzenberger und seine Helfer vor sich her. Bei deren Flucht wurde einer der Räuber von einem niedrig hängenden Ast einer Eiche vom Pferd gestreift, stürzte und blieb dabei schmerzverzerrt nach den Beinen greifend liegen. Diesen geeigneten Augenblick der Wehrlosigkeit nutzend, sprang der bisher nur als Beobachter des Händels fungierende Mönch Kunrad vom Wagen. Schnell auf den offensichtlich Verletzten zu springend, zog von Hachen das unter seiner Kutte versteckte Messer hervor, und stach es dem Wehrlosen zwischen Helm und Lederkoller in die Kehle.

Kuno von Münzenberg und den zwei anderen Kumpanen gelang die Flucht vor den ihnen nachstürmenden Landsern wegen ihrer besseren Pferde. Zum anderen waren sie mit den Wegen in dieser Region des Taunus vertrauter. Bald kehrten Hauptmann und seine drei Untergebenen an den Ort des Überfalls zurück. Die Stirn runzelnd betrachtete Vollrad von Rheinstein den toten Gefolgsmann des Ritters Kuno. „ Es war Notwehr!" erklärte Kunrad, ohne das Vollrad von Rheinstein ein Wort an ihn gerichtet hatte. Was den Offizier erstaunte, war die Brutalität der Tat des jungen Gottesmannes, die er bei der Verfolgung von Ritter Kuno noch aus dem Augenwinkel hatte sehen können. von Rheinstein gab sich mit Kunrads Aussage zufrieden, nahm sich aber vor, den Bericht für seinen Vorgesetzten in Lutra seine Sicht der Dinge niederzuschreiben. Auf Befehl des Offiziers graben die drei Landsknechte in die steinige und lehmige Erde des Taunus eine genügend tiefe Grube, um Freund und Feind in Sicht von Burg Nüringen und dem Felsensporn des Falkensteins zu beerdigen. Dem Mönch überließ man es, ein kurzes Gebet zu sprechen.

Nach dem man den Toten die Waffen und brauchbaren Ausrüstungsgegenstände abgenommen und auf den zwei Fuhrwerken verstaut hatte, machte man sich immer scharf beobachtend weiter auf den Weg, um ein Nachtlager zu finden. Man kam besser voran wie geplant, und nach der Rheinüberquerung fand man in der Kaiserpfalz von Ingelheim Unterkunft und üppigen Verzehr im Überfluss.

Umbaumaßnahmen, die Kaiser Friedrich I. angeordnet und gerade zu dieser Zeit durchgeführt wurden, störten wenig. Ein Dach über dem Kopf war in jeden Falle einer Übernachtung im Freien vorzuziehen.

Noch eine Woche dauerte die Reise mit voll bepackten Fuhrwerken, sehr schlechten Wegen über die Ansiedlung Alzey, durch den nördlichen Teil des Pfälzer Waldes, ehe man die roten Quadersteine aus Sandstein der noch nicht ganz fertig gestellten neuen der Pfalz von Lutra erreichte.

Teile der Kaiserpfalz an der Lutra (Fluss Lauter) waren für die Aufnahme des kaiserlichen Hofes, wie auch einer Kanzlei bereits abgeschlossen. Im Bau befinden noch die mächtigen Umfassungsmauern, gleichfalls aus dem rotem Sandstein, die einen weitläufigen Park mit Wald und zwei Innenhöfe umfassen werden.

Da Wachkommando vor dem Tor der Pfalz kontrollierte die Befehle des Hauptmanns von Rheinstein, die ihm vom Kanzler Rainald von Dassel von Würzburg aus zugestellt worden waren. Nach dem man passieren konnte, wurden die Fuhrwerke im halbfertig gepflasterten Hof abgestellt, die Pferde ausgespannt und in die bereits fertig gestellten

Stallungen geführt und versorgt. Es war inzwischen sehr spät geworden und da die augenscheinlich noch wenigen Menschen auf der Burg den Tagesdienst beendet haben mussten, wies man den müden Neuankömmlingen einen Schlafplatz im Ruheraum des Wachkommandos zu.

Den nächsten Morgen werde ich mich erst einmal in der Kanzlei melden und dann der Dinge harren, die auf mich zukommen werden, denkt Kunrad von Hachen. Ist müde von den anstrengenden Reisetagen zuvor und war auch bald fest eingeschlafen.

Tatort Kaiserpfalz

Lutra, heute bei Kaiserslautern in der Pfalz, war die erste Königs- bzw. Kaiserpfalz, die Friedrich I. Barbarossa ab 1152 als > Heim des Königs < neu erbauen ließ. Sehr viel später folgten von ihm die weiteren Pfalzgründungen bzw. Ausbauten zu Pfalzen wie Hagenau, Gelnhausen im Jahr 1170 und in Bad Wimpfen im Jahre 1182. Sie wie so viele schon bestehende Pfalzen, die in Goslar, Braunschweig, Aachen, Kaiserswerth, Aschaffenburg, Quedlinburg, auch Ingelheim, Speyer, Worms oder auch Paderborn dienten den regierenden Königen und Kaisern als die Aufenthaltsorte eines reisenden Hofes zu Pferde. Das Verweilen in den Pfalzen war nie von großer Dauer. Fortlaufend mussten diverse Auseinandersetzungen von autonomen Fürsten und dem hohen Adel im Reich, oder aber Kriegszüge zur Sicherung der Grenzen geführt, wie geschlichtet und befriedet werden.

Als Kunrad nach seinem Erwachen sich vom Schmutz und Staub der Anreise vom Vortag an einem Brunnen befreit und erfrischt hat, musste er lange warten, bis ihm jemand begegnete, den er um Auskünfte bitten konnte. Dabei kam ihm in den Sinn, dass die Pfalz aufgrund unvollendeten Bauzustands auch noch nicht den üblichen Personalstand besitzen könnte. Und so sah er sich erst einmal im Burghof interessiert und staunend um, denn eine Kaiserpfalz zu sehen, passierte ihm auch zum aller ersten Mal. Gerade begutachtet Kunrad einen prächtig gestalteten Torbogenabschluss über dem Eingang eines prachtvollen Saalbaugebäudes, als eine junge hübsche Dame einem Korb in den Armen aus einem eingeschossigen Nebengebäude tritt, das am Prachtbau der Pfalz anlehnt steht. Offensichtlich eine Zofe oder Zimmermamsell denkt Kunrad bei sich und sprach sie an: „Junge Dame, ich bin Kunrad von Hachen. Leider aber hier fremd, da ich gestern erst angekommen bin. Ich möchte mich in der Kanzlei melden und würde gern wissen, wo ich sie finde? Für eine Auskunft wäre ich Ihr sehr verbunden ", konstatierte Hunold am Schluss mit einem Blick auf das sehr schöne und junge Mädchen. Einem gottesfürchtigem Mönch begegnet man freundlich und so erwidert sie: „ Mein Name ist Marie von Gunthard und ich gehöre zum Haushalt der neuen Kaiserin unseres Herrn Friedrich, der mit seinem Hof hier bald eintreffen wird ", verkündet sie mit einem Anflug von Stolz. „ Zur Kanzlei, der hier Herr von Kreiensen vorsteht, brauche er nur dort hineingehen, woher ich gekommen bin. Gehe er nach dem Eintritt gleich links, so sieht er zwei Türen, die zur Kanzlei gehören. Zwei Fenster der Kanzlei weisen hier auf den Kavaliershof, die zwei anderen auf den großen Park ". Gönnerhaft Kunrad: „ Den Besten Dank schöne Dame ", Worte, die zu einem gottesfürchtigen Mönch nicht so recht passen wollen, denkt sich Marie, worauf sie sich vom Blick der Augen Kunrads sehr irritiert, nun sehr eilig verabschiedet.

Kunrad hatte auf der Herfahrt von Corvey nach Lutra von den Bewachern des Wagenzugs erfahren, das der vor Jahresfrist in Rom gekrönte Kaiser am 17. Juni 1156 in der Stadt Würzburg seine zweite Gemahlin Beatrix von Burgund geheiratet hat. Von seiner ersten Frau, Adela von Vohburg hatte sich Friedrich 1153 wieder scheiden lassen. Offiziell hieß es, aus Gründen von Kinderlosigkeit, aber auch zu enge verwandtschaftliche Beziehungen wären ein Grund gewesen, hörte man. Wahrscheinlicher Anlass für die Trennung aber waren die Tagesgespräche schon über Wochen vorher, die von einer Untreue Adelas durch eine Beziehung zum Reichsministerialen Dietho von Ravensburg, den Adela von Vohburg bald auch geheiratet, und von ihm auch Kinder auf die Welt gebracht hat. - Erst wohl dann wird mein vermeintlicher Vater Rainald mit dem Hofstaat des Kaisers von den Feierlichkeiten der Hochzeit Friedrichs in Würzburg hier ankommen, schlussfolgert Kunrad und macht sich auf den kurzen Weg in die Kanzlei. In dem großen hellen Raum mit den vier hohen Spitzbogenfenstern standen ein halbes Dutzend Schreiber in einem wirren Durcheinander mit vielen Kisten herum. Mit Respekt erheischenden Worten antwortete Kunrad auf die Frage des Mannes, der hier wohl Leiter der Kanzlei ist, was er wünsche: „ Ich bin von Graf Sponheim für die neue Kanzlei hier in Lutra angefordert worden. Mein Name ist Kunrad von Hachen und komme aus dem Benediktinerkloster von Corvey ". Ohne im mindesten vom Ton des Mönchs Kunrad beeindruckt zu sein, blickt der in Mitte seiner Schreiber an einem riesigen Schreibtisch sitzende Mann Kunrad lange an: „ Ich bin Ludolf von Kreiensen und führe verantwortlich die hier neue Niederlassung der kaiserlichen Kanzlei in der Pfalz Lutra. Meine Anweisung von Kanzler Rainald ist, dem mir avisierten Kunrad von Hachen die Arbeitsabläufe in einer Kanzlei vertraut zu machen. Und eure Schlafstatt befindet sich in einer der Kammern über den Arbeitsräumen, eine Stiege hoch unter dem Dach. Morgens früh um 7 Uhr beginnt die Bürozeit. Mehr wisse er ihm nicht zu sagen ". Der äußerst strenge gebieterische und wohl auch arrogante Ton von Ludolf missfiel Kunrad zwar, aber er beherrschte sich mit Worten mönchischer Demut: „ Ich danke für die Unterweisung. Vergelte es euch Gott ", dabei aber sehr viel weniger fromme Gedanken für den Kanzleileiter von Kreiensen knüpfend. Seine kleine Unterkunft unter dem Dach lag dem Kavaliershof zugewandt, und besaß ein Fenster auf der Giebelseite. An Kunrads Schlafkammer schlossen sich vier weitere Kammern als Unterkunft der für restlichen

Schreiber in der Kanzlei an. Ihre Größe erinnerte ihn an seine Zelle im Kloster, nur komfortabler die Ausstattung mit einem Holzbett, einem kleinen Schrank, einem Tisch und zwei Stühlen. Sich einen weiteren Überblick aus dem kleinen Fenster, den Hof und Teile der Pfalz verschaffend, stellte er sich vor, das im Palastgebäude neben ihm wohl die Majestäten, Kaiser und die Kaiserin, aber auch sein vermeintlicher Vater, der von Kaiser Friedrich erst im Mai zum Kanzler des Deutsch-Römischen Reiches ernannte Rainald von Dassel nach seiner Rückkehr von Würzburg wohnen werden. Dort hin wolle er, nicht in der kleinen Kammer unter dem Dach und über einer Kanzlei in einem Gesindehaus versauern, formten sich nun in von Hachen überaus erwartungsvolle Vorstellungen.

Punkt 7 Uhr am nächsten Tag trat Kunrad von Hachen den Dienst an. Die Kanzlei bot noch das wüste Durcheinander eines Neueinzuges. In Unmengen von Kisten und Truhen lagen oder stapelten sich auf Tischen, noch halbleeren Wandregalen und Schränken Unmengen von Schriftrollen, Mappen, Briefschaften, Karteikästen und Urkunden. Seine Arbeiten wie auch die der anderen Kanzleischreiber in den ersten Tagen gilt dem Sortieren und Einordnen des vielen Inventars in die vorgesehenden Regale, Schränke und Schubfächer Dann beauftragte ihn Ludolf von Kreiensen mit der Aufgabe, die Korrespondenzen des Reiches mit den europäischen und außereuropäischen Ländern einem neuen System zwecks besseren Auffindens zu sichten und zu ordnen. Mit einher könne er sich dabei beim Lesen der Dokumente einen Überblick über die Verbindungen und die Lage im Reich und von anderen Ländern verschaffen. Kunrad führte die ihm von Ludolf von Kreiensen übertragenen Arbeiten nicht mit Widerwillen aus. Das Gegenteil ist der Fall, die vielen Verflechtungen in der Politik und Gesellschaft zu erfahren, spielte ihm in die in die Karten.

Und interessierte ihn auch, sind es doch Voraussetzungen für einen eventuellen späteren Aufstieg, denkt Kunrad. Sehr interessant zum Anderen fand er die Botschaften, die Kaiser Friedrich und Papst Hadrian IV. austauschten, sie sind doch voller Gegensätze in ihren verbohrt motivierten machtpolitischen und kirchenrechtlichen Ansichten. Ebenso sind die Berichte der vom Kaiser eingesetzten deutschen Vögte in den Städten Oberitaliens, Mailand, Ravenna, Tortona, von Cremona, Verona, Pavia und andere. Überall Konflikte, Aufstände und Überfälle auf die deutschen Besatzer. Daraus Vorteile für sich zu ziehen, war für Kunrad noch nicht vorstellbar, aber doch ein Ziel. Noch ist es nicht so weit. Und solange er keinen Kontakt zum Kanzler von Dassel hat, dieser seine Vaterschaft zu ihm nicht offenbart, musste er vorsichtig mit Karriereträumen von Einfluss und Reichtum sein. Mit großer Ungeduld wartete Kunrad auf die Ankunft des Kaisers, der neben den obligatorischen Unterbrechungen auf Reisen, den Baufortschritt gerade der auf seine privaten Bedürfnisse geplanten Pfalz sehen wolle. Kunrad ließ sich seine Ungeduld über die ständig sich verzögernde Ankunft des Hofes aber nicht anmerken. Er studierte im Zuge der Änderung in der Kanzleistruktur weiter Korrespondenzen, Bittstellungen und Ernennungen von Ratgebern des Kaisers oder des neuen Kanzlers. Nur einmal benötigte ihn Ludolf von Kreiensen persönlich für eine eilig zu verfassende Botschaft an Ritter Gotfried von Lutra, die durch einen Kurier mit den Befehlen des Kanzlers aus Würzburg veranlasst worden war, und in der es um ergänzende Verwaltungsfragen für die neue Pfalz in Lutra ging. Noch wochenlang herrschte eine idyllische Ruhe auf der neuen Kaiserpfalz, die nur wenig durch die Fortführung beim Bau an der Umfassungsmauer weit um das Areal der Pfalzburg herum gestört wurde.

Es waren einverständliche und verschwörerischen Blicke, die sich Ludolf von Kreiensen und dessen Vertrauter, sein Stellvertreter Diethelm von Baruth und der Überbringer von schweren eisenbeschlagenen Truhen, ein Mann aus der Reichsstadt Frankfurt, sich unbeobachtet glaubend zu warfen. Und auch die für Kunrad zu laute Bemerkung von Ludolf, die wohl alle Anwesenden im Kanzleibüro hören sollten: „ Hier quittiere ich den Empfang der gelieferten 4 Geldtruhen ", dabei auf seine Buchhaltung und den Überbringer der Gelder für die Hofhaltung von Lutra blickend. Das von Kunrad von Hachen von seinem Pult unauffällig beobachtete Verhalten dieser drei Personen hatte ihn misstrauisch und aufmerksam gemacht. Er ahnt, dass da etwas nicht stimme. Vielleicht ist er einem riesengroßer Betrug, vielleicht Unterschlagung auf der Spur. Bei der nächsten Lieferung, und diese wird kommen, denn es ist schon die zweite seit seiner Ankunft gewesen, will er noch genauer hinsehen. Was aber Kunrad bereits herausgefunden hatte, betrifft die zweite von Zofe Marie von Gunthard erwähnte Tür, die diese zur Kanzlei gehörig glaubte. Die Tür war mit schwerem Eisen beschlagen wie auch einem massiven Schloss ausgestattet. Sie führt in einen fensterlosen, nur mit Lichtschlitzen in der Außenmauer versehenen Raum, in dem die angelieferten Gold- und Silbermünzen in den Truhen deponiert sind.

Bereits eine Woche später, für den Freitagnachmittag hatte sich durch einen berittenen Boten ein weiterer bewachter Geldtransport angemeldet. Als das Geräusch des in den gepflasternen Kavaliershof fahrenden schweren gedeckten Fuhrwerks von der Kanzlei aus zu hören war, vermerkte Kunrad, das nur Ludolf von Kreiensen und Diethelm von Baruth den Raum verließen, um den wertvollen Transport vor dem Tor des Kanzleigebäudes zu empfangen. Kunrad mit der Registratur und der Einsortierung von Schriftrollen beschäftigt, nutzte den wiederholten Gang zu den Regalen und Schränken, um teilnahmslos und die pure Neugierde vortäuschend, vom Fenster aus alles zu beobachten. Der Überbringer der Gelder ist der gleiche Mann wie der bei den vergangenen Lieferungen, der sich mit Ludolf und Diethelm gestenreich und aufgeregt auf dem Hof redet. Gleichzeitig trugen zwei Knechte die erste schwere Truhe durch das Portal, denen Ludolf von Kreiensen mit einem Schlüsselbund in der Hand nun folgte. Das Schließen der schweren Tür des fensterlosen Raums neben an war in der Kanzlei zu hören, der wie sonst auch der Lagerung für die neuen schweren Geldtruhen diente. Noch vielmehr aber konzentrierte sich Kunrad auf die Anzahl der Geldtruhen, die vom Wagen geladen und noch nach oben transportiert wurden. Am Ende sind es fünf. Nun hatte von Hachen genug gesehen, und wartete nur noch auf das Quittieren für den Empfang der Münztruhen, der wie sonst auch von den vertrauten Dreien am Schreibtisch von Kreiensen erfolgte. So auch dieses Mal.

Offensichtlich hatten die 3 sich aber noch etwas zu sagen, was nicht jeder hören sollte. Denn gleich darauf verließen sie die Kanzlei schnell wieder. Die Quittung einschließlich Unterschriften der >korrekten< Übergabe der Münztruhen lag noch auf Ludolfs Schreibtisch, das dieser wohl sonst gleich in die Schublade seines Schreibtisches gelegt und verschlossen hatte. Unauffällig, seine Arbeit fortsetzend, sah Kunrad im Vorbeigehen auf das Papier. Sein Verdacht fand die Bestätigung. Sehr deutlich stehen auf dem Papier die Unterschriften für den Empfang von vier Truhen mit Inhalt, statt dem von Kunrad beobachteten Empfang von deren ihrer fünf. Für Kunrad stand fest. An diesem Betrug musste ein ganzes Netz von Betrügern beteiligt sein. Noch ein Mal, um sicher zu sein, ob seine Vermutungen nicht ein Hirngespinst oder eine Einbildung ist, wollte Kunrad eine weitere Lieferung abwarten. 10 Tage später war er sich seiner Vermutung sicher. Alles lief so ab wie beim den vorausgehenden Lieferungen.

Wenn er Ludolf von Kreiensen mit diesem gewagten Vorwurf eines Betruges konfrontiert, geht es Kunrad durch den Kopf, musste dieser hieb- und stichfest sein. Ansonst bestand für ihn selbst große Gefahr, dass man ihn wegen der unerwünscht gefährlichen Mitwisserschaft beseitigen könnte. Bei langem Abwägen nachts in seiner Kammer, kam er dann zu dem Schluss: Selbst ein Komplize zu sein, wäre wohl doch ein größeres Maß an Sicherheit für ihn. Er könnte an dem unterschlagenen Geld teilhaben, und das aller Wichtigste, Ludolf von Kreiensen wäre dann immer erpressbar. Wer weiß wofür ich ihn noch brauchen kann, sinniert Kunrad weiter. Dann stand sein Entschluss fest. Er wird mit dem Kanzleileiter morgen in aller Frühe reden, ohne Zeugen. Dreht sich auf die andere Seite und schläft mit großer Genugtuung ein.

Kunrad von Hachen wusste, das Ludolf von Kreiensen morgens fast immer als erster an seinem Arbeitsplatz zu finden ist. Erstaunt, Kunrad noch früher wie er selbst in der Kanzlei an zu treffen, ein Privileg das er bisher immer für sich in Anspruch nahm, rang er sich in nicht gerade bester Laune zu den Worten durch: „ Guten Morgen, was will er schon so früh hier "? So antwortet auch Kunrad agressiv: „ Ich habe mit Euch zu reden ", begleitet von einem triumphierenden Blick auf Ludolf von Kreiensen. Höchst erstaunt von dem arroganten herausfordernden Ton des Mönchs: „ Ich wüsste nicht was er mit mir hier zu bereden hätte", antwortet von Kreiensen daraufhin, jetzt eine Spur unsicherer geworden wegen des forschen Tons von Kunrad von Hachen.

Dann erzählt von Hachen die von ihm entdeckte Gaunerei der drei Beteiligten. Zuerst stritt Ludolf mit den Worten, ist er denn wahnsinnig geworden, vehement alles ab. Erst die von Kunrad vorgebrachten Tatsachen, die seinem Vorwurf ein dermaßen überzeugendes Gefüge mit logischer Schlussfolge gaben, ließen Ludolf von Kreiensen immer kleinlauter werden. Jetzt verzerrte Angst sein Gesicht, Schweiß brach aus ihm hervor, und kreidebleich musste Ludolf sich auf seinen Stuhl setzen, der sich bisher alles im Stehen angehört hatte. Ludolf von Kreiensen wusste, wenn das alles bekannt würde, bedeutete das für ihn ein Todesurteil, sein Leben würde bestimmt schimpflich am Galgen enden, wenn nicht noch schlimmer. Kunrad spürte dessen Angst , aber auch Gedanken die in von Kreiensen arbeiteten. Um Ludolf schon jetzt jegliche unredlichen Pläne aus dem Kopf zu bannen, fügte Kunrad hinzu: „ Ich habe mein Wissen in einer Botschaft, versiegelt an den Grafen Albert von Sponheim gesendet, der sie erst öffnen solle, wenn mir etwas unerwartetes zustoßen würde ".

Kunrad hatte von Kreiensen am Haken, ließ ihn noch eine Weile zappeln, um dann in dem verzweifelten Ludolf von Kreiensen wieder Hoffnungen zu erwecken: „ Entledige er sich seinen Mitwisser ", fuhr Kunrad fort. „ Wen meint ihr ", entfuhr es Ludolf von Kreiensen angstvoll. „ Ich denke an Euren Stellvertreter Diethelm von Baruth und auch den Überbringer der Truhen voll des vielen Geldes. Wie er es anstellt, ist seine Sache. Über die unterschlagene Summe unterhalten wir uns später ", verstummt Kunrad schnell, als um 7 Uhr die ersten Schreiber die Kanzlei betreten.

Die Arbeit in der Kanzlei ging in den folgenden Tagen wie gewohnt von statten, nur das eines Morgens Diethelm von Baruth nicht an seinem Arbeitsplatz erschien. Einer der Mitarbeiter sah nach seiner Kammer, wo man ihn letztendlich auch nicht auffinden konnte. Vier Tage blieb der von Baruth verschwunden, dann fanden ihn Müßiggänger mit durchschnittener Kehle im Flüsschen der Lauter. Der

Tote war wohl abgetrieben und von den tief im Wasser hängen Zweigen von Büschen und Bäumen am Uferrand aufgehalten worden. Schon wenig später wurde zur großen Verwunderung aller Schreiber in der Kanzlei, der Mönch Kunrad von Hachen, der >Neue< zum Stellvertreter und Vertrauten Ludolfs von Kreiensen bestimmt.

Erst waren es Gerüchte, das sich Kaiser und Kaiserin mit ihrem Hofstaat der neuen Pfalz von Lutra nähern würden. Aber wieder verstrichen weitere zwei Tage, bis ein Trupp Berittener tatsächlich die Nachricht von der Ankunft des Hofes vor der Pfalz von Lutra für 11 Uhr am Vormittag überbrachte. Der Monat Juli im Jahre 1156 näherte sich bereits dem Ende zu, als der prächtige Zug von den vielen Menschen im kleinen Ort von Lautern umjubelt die neue Pfalzburg, nach Friedrichs Bauwünschen erstellt, die hier dicht gedrängten Menschenreihen erreichte. Mit Glück und viel Ellbogeneinsatz in drei- und vierfachen Reihen stehend, erhaschten einige des freudetrunkenen Volkes die Almosen, die von dem reitenden Gefolge reichlich verteilt wurden. Kaiser Friedrich auf einem weißen hohen Ross imponierend, aber einer ernsten, Respekt einflößenden Miene, seinem rotblonden Bart und dem gelockten Haar im gleichen Farbton. Lieblich anzusehen dagegen seine erst 15 Jahre alt zählende junge Gemahlin Beatrix von Burgund, zierlich von schlanker Gestalt, das darüber hinaus ein hübsches Gesicht zierte.

Großer Jubel brandete auf, wann immer sie an den vielen Menschen vorbei ritt. Die zweite Ehe Friedrichs mit der burgundischen Herzogin bedeutete für Kaiser Friedrich einen nicht zu unterschätzenden Machtzuwachs für seine Herrschaft und seinen Einfluss an einer Nahtstelle seines Römisch-Deutschen zum Französischen Königreich.

Beatrix war seit 1148 regierende Herzogin in Burgund, dem Jahr, als ihr Vater Rainald III. von Burgund verstarb.

Aber ehe hier das dicht gedrängte Spalier der Neugierigen das Kaiserpaar erblickte, zogen vor ihnen und auch danach noch die Garden, Regimenter und alle honorigen Personen von Rang, hohem Adel und der Kirche vorbei. An der Spitze des Prachtzuges Reiter mit den Bannern der schwäbischen Staufer und denen des Hauses von Burgund. Hinter den Bannerträgern dann die Leibgarde des Kaisers, gefolgt von der Garde der Kaiserin, bestehend aus vielen burgundischen Edlen. Nun endlich das Kaiserpaar, dann kurz dahinter die Ministerialen Burkhard von Kästenburg, Werner II. von Bolanden, Dietho von Ravensburg und weiteren. Jetzt mit dem Kanzler Rainald von Dassel an der Spitze folgten die Erzbischöfe von Mainz, Worms, Speyer, Augsburg und Prag in einer Reihe mit Bischof Hermann von Verden und Anselm von Havelberg, die zu den klugen Beratern des Kaisers zählen. Danach der hohe Adel, sehr einflussreiche Personen und gleichfalls Ratgeber vom Kaiser, wie Pfalzgraf Otto von Wittelsbach, Pfalzgraf Konrad bei Rhein, Herzog Berthold von Zähringen, Graf Rudolf von Pfullendorf, Edelfreier Markward II. von Grumbach und noch viele mehr. Am Ende des überaus prachtvollen Zuges der Hofstaat des kaiserlichen Paares mit den Hofbeamten, die als persönliche Bedienstete des Kaisers gelten und deren Ämter mit ihren Pflichten für Kaiser und Reich innerhalb bestimmter Familien vererbbar sind. So wie da auch waren, der Mundschenk Schenk von Schüpf, die Kämmerer des Kaisers, Rudolf von Siebeneich und Kuno von Münzenberg oder der Marschall Heinrich Testa von Calden und Pappenheim. Darauf die Edelfrauen von Kaiserin Beatrix in zwei gedeckten Reisewagen, die von mehreren burgundischen Offizieren am Schluss des Zuges eskortiert wurden.

Auch Kunrad von Hachen hatte sich unmittelbar vor dem Eingangsportal der Pfalzburg im aller dichtesten Gedränge einen Platz in der vordersten Reihe der Gaffer erobert. Selbstverständlich haben alle Bediensteten in der schönen neuen Pfalz freibekommen, um das vermählte Kaiserpaar und ihren Hofstaat gebührend zu empfangen.

Einen Nebenmann in seiner Reihe fragte Kunrad, ob er denn den neuen Kanzler des Kaisers kenne und ob er ihm ein Zeichen geben kann, wenn dieser hier vorbei ritte? Worauf der Mann antwortete: „ Ja, ich habe den Kanzler erst kürzlich hier in der Maienzeit gesehen, als er sich über den Fortschritt der Bauarbeiten für unsere Pfalz informiert hatte ". Fast interessenlos beobachtet Kunrad den weiteren Einmarsch in die Pfalz, nur darauf erpicht, die für ihn so wichtige Person des Rainald von Dassel zu erblicken.

Und dann sah Kunrad ihn, umgeben von edlen Herren auf einem schwarzen Rappen reitend, stolz und selbstbewusst mit so viel Macht und Würde ausgestattet, denkt nun von Hachen plötzlich sehr bedrückt. Dazu noch von einem angenehmen Aussehen mit einem leicht gebräunten Gesicht und weichen blonden Haaren. Da hat er auch bestimmt sehr große Chancen bei den Damen, folgert Kunrad nun eifersüchtig. Nahe an ihm vorüber reitend, blickt Kunrad in sehr ausdrucksvolle entschlossene vor Ergeiz lodernde Augen. Kunrad erkennt in von Dassel die Autorität, die ihn wie einen Herrscher auftreten lässt. Zweifel befallen Kunrad jetzt, da er sich selbst klein und unbedeutend fühlt. Ob er zu diesem Manne je Sympathien empfinden kann? Und ob dieser Mensch ihn, einen kleinen Mönch Kunrad von Hachen jemals öffentlich, selbst auch nur vertraulich als seinen Sohn anerkennen wird, ist ihm momentan nicht vorstellbar.

Was seine Stellung und die Arbeit in der Kanzlei betrifft, änderte sich vorerst nur sehr wenig. Die Hoffnung einer Klärung seiner Tätigkeit und Stellung durch Rainald von Dassel erfüllte sich vorerst einmal nicht.

Die von Kunrad von Hachen aufgedeckte Unterschlagung eines Teils der Summe Geldes an Gold- und Silbermünzen für die Hofhaltung in Lutra, zwang Ludolf von Kreiensen, den Anteil des nun toten Diethelms von Baruth an Kunrad von Hachen als Schweigegeld zu übereignen. Aber ab sofort solle Ludolf von Kreiensen von jetzt an wieder dafür sorgen, dass die Anlieferungen der Gelder künftig wieder korrekt erfolgen und abgerechnet werden müssen. Gleichzeitig beugte er sich auch dem Verlangen von Hachens, dafür zu sorgen, dass alle Mitwisser des Geldtransportes auf ihrem Rückweg nach der Frankfurt die Stadt am Main nicht mehr erreichen.und nur wenige Tage später erhielt die kaiserliche Kanzlei eine Nachricht von einem ungeklärten Überfall auf einen Geldtransport, bei dem Räuber das Pech hatten, leere Schatztruhen vor zu finden. Da musste doch der sonst in sich gekehrte Ludolf von Kreiensen schmunzeln, als er davon hörte. Der Rest der Meldung, dass das bedeckte Fuhrwerk mit den davor ein gespannten Pferden unversehrt nahe einem Fahrweg im Odenwald gefunden wurde, man aber die Bewacher nicht fand, ließ aber von Kreiensen schnell wieder ernst werden. Auch noch Wochen später fand man keine Spur mehr von den Fuhrleuten aus Frankfurt. Sind weiterhin verschwunden zur Erleichterung Ludolfs von Kreiensens.

In Kanzler Rainald von Dassels Arbeitszimmer, das nach seinen speziellen Wünschen eingerichtet und ausgestattet wurde, um einen effizienten Arbeitsablauf zu garantieren, stapelten sich auf dem mächtigen Schreibtisch die Schriftrollen der Kurierpost. Bei einem mobilen und ständig im Sattel befindlichen Hof, mussten dem Kanzler die Kurier-Post und Botschaften ständig nach gesendet werden. Eine neue zusätzliche Pfalz neben schon vielen Bestehenden machte die Zustellung mit Kurierstafetten nicht einfacher. Und er ist ärgerlich weiterhin ohne einen Sekretär zu sein.

Der Kanzler sondierte je nach Wichtigkeit die während seiner Abwesenheit nach der Pfalz Lutra expedierte Post, als er die gesiegelte Schriftrolle seines Freundes und Vertrauten, Abt Wibald von Stablo in Corvey entdeckt. Ein ungesiegelter direkt daneben liegender Bericht von Hauptmann Vollrad von Rheinstein erinnerte Rainald von Dassel an die von ihm veranlasste Anforderung für einen Sekretär aus Corvey. Der müsse doch schon längst da sein, denkt er laut mit gerunzelter Stirn. Die mit dem Abt schon vor längerer Zeit vereinbarte Abmachung, den begabten und intelligenten >Sohn< in seiner Nähe unterzubringen, barg zweifelsohne gewisse Gefahren für eine Aufdeckung seines vor so vielen Jahren begangenen Fehltritts. In seiner exponierten Stellung im Reich und bei Kaiser Friedrich konnte und wollte er sich einen Skandal nicht leisten. Auf keinen Fall wird er sich dem >Sohn< weder vertraulich, noch weniger öffentlich als seinem >Vater< zu erkennen geben. Eventuell fördern und schützen, aber nur so lange, wie es nicht seinen Interessen und Fortkommen zu wider läuft, denkt Rainald für sich, und bricht das Siegel der von Abt Wibalds kurz gehaltenen Botschaft auf, um sie nun zu lesen:„ Hochverehrter Freund, ich habe Euch den als euren Sekretär vorgesehenen Kunrad von Hachen am 7. Juni des Jahres 1156 auf die Reise zu Euch nach der neuen Pfalz des Kaisers, Lutra geschickt. Mit Euch verbinde auch ich die Hoffnung, dass Er einen doch brauchbaren Mitarbeiter erhält. Seine unbestritten fachlichen Fähigkeiten sind uns ja bekannt, möchte Euch als Euer Freund aber den Hinweis geben, dass mir im Kloster in den letzten Wochen bei Kunrad Gereiztheit und auch eine gewisse Unstetigkeit aufgefallen sind. - Ich hoffe, die Kopien der Schriftrollen zum Kirchenrecht des Papstes in Rom und im Römisch-Deutschen Reich, die ich hier mit versendet habe, werden

Euch weiterhelfen. Als Freund und Helfer verbleibe ich Wibald von Stablo ".

Die schriftliche Meldung des Hauptmann von Rheinstein dagegen rang ihm ein Stirnrunzeln ab, worauf er diesen augenblicklich zum Rapport bat: „ Nun Hauptmann, was lese ich da, ist Euch auf dem Weg von Corvey nach hierher passiert? Erzählt "!

Wahrheitsgemäß gab er Bericht vom Überfall des Ritters von Münzenburg-Nüringen und das für ihn so erstaunliche Verhalten eines gottesfürchtigen Mönchs, der doch einen wehrlosen Gefolgsmann des Ritters zu Tode stach.

„ Das war dann doch wohl eine erzwungene Notwehr des Mönchs ", konstatierte Rainald von Dassel, Feststellung und Frage zu gleich. „ Ja, Eure Exzellenz ! Es könnte sich so abgespielt haben, da ich doch mit der Verfolgung des Ritters von Münzenburg-Nüringen beschäftigt war, quasi den Vorgang nur aus dem Augenwinkel sehen konnte ".

Mit einem nur kurzen Danke, verabschiedet Rainald den Offizier mit einem Wink zur Tür. Die zwei Hinweise von zwei einander unabhängigen Personen auf den Charakter des >Sohnes<, die Formulierung >meines Sohnes< unterdrückt er absichtlich für sich, sind doch wichtige Indizien für mein künftiges Verhalten gegenüber diesem Kunrad von Hachen, denkt Rainald von Dassel abschließend, um sich daraufhin der eigentlichen politischen Tagesarbeit zu widmen.

Ein Bediensteter der Kaiserpfalz war in der Kanzlei von Ludolf von Kreiensen erschienen, um zu melden, dass sich der Benediktinermönch Kunrad von Hachen am 2. August, morgens um 8 Uhr bei Seiner Exzellenz, dem Kanzler Rainald von Dassel einfinden möge.

Weit hatte Kunrad nicht zu gehen, denn der Saalbau, in dem sich jetzt das Büro des Kanzlers befindet, steht zur rechten Hand neben dem Gesindehaus, in dem die Kanzlei mit Ludolf von Kreiensen und den Mitarbeitern, wie auch andere gemeinschaftliche Einrichtungen wie Lagerräume, Magazine, eine Wäscherei und Unterkünfte für das Dienstpersonal untergebracht sind.

Auf dem nur kurzen Weg zum Kanzler des Römisch-Deutschen Reiches vereinten sich in Kunrads Hirn alle nur erdenklichen Attribute der Psyche zu einem wirren Knäul, die sich in großer Anspannung, Versagen, Angst, gefühlte Minderwertigkeit, auch in Erwartungshaltung ausdrücken. Schon vor der Begegnung mit seinem >Vater< war es für Kunrad Fakt: Von ihm aus darf nie, sei es auch nur eine Andeutung seiner Kenntnis von der Vaterschaft Rainalds von Dassel zu ihm als Sohn gelangen. Es sei denn, nur in Fällen größter persönlicher Gefahr für sich selbst. - Durch die hohen massiven Türen hörte Kunrad erst bei einem zweiten Anklopfen das ungeduldige „Ja" des Kanzlers. Ungewiss, nach dem er eingetreten war, blieb Kunrad von Hachen nahe der Tür stehen, abwartend, ob er Kanzler von Dassel unterbrechen darf. Dann tönte es mit angenehmer Stimme: „Komme er näher "! Ohne Begrüßungsworte sprach von Dassel gleich weiter: „ Sein Abt aus Corvey hat mir von seinen Fähigkeiten berichtet. Und auch von Kreiensen aus der Kanzlei verbreitet viel Lob über ihn ". Eingehend den Mönch von oben bis unten betrachtend, fährt er fort: „ In meinem hohen Amt benötige ich einen ordentlichen, tüchtigen Mitarbeiter als Sekretär allein für meine Person. Er wird erst einmal zur Probe bei mir angestellt. Es wird viel zu tun geben. Geregelte Arbeitszeiten gibt es bei mir nicht. Er muss sich darauf einrichten, dass ich ihn zu jeder Tages- und Nachtzeit zu mir rufen lasse. Nehme an, er weiß worauf er sich da einlässt ". Ohne das Kunrad bisher nur ein einziges Wort hat sagen können, spricht Rainald weiter: „ Wohnen wird er in einer Kammer nahe bei mir im Palas. Er bekommt Bescheid, wenn dann alles hergerichtet ist. Er kann wieder gehen ", beendet Rainald von Dassel seinen Monolog.

Mehrfach den Kopf niederbeugend und sich dann mit den Worten: „ Exzellenz werden sich in Zukunft bestimmt auf mich verlassen können ", verabschiedet sich von Hachen am Ende des Gesprächs erleichtert.

Weniger erleichternd für Kanzler Rainald von Dassel war der äusserliche Eindruck, den er vom >Sohn< gewonnen hatte. Sein wenig angenehmes Antlitz passte zu sehr zu den von Wibald von Stablo und Vollrad von Rheinstein geäußerten charakterlichen Defiziten. Von mir oder seiner Mutter ist bei ihm keine Ähnlichkeit zu sehen. Ein zurückhaltendes Lächeln glitt über Rainalds Züge, als er an die Magd, die ihm diesen Sohn gebar, nach so vielen Jahren dachte. Sie war schon ein Luder, und so verführte sie Rainald, als sie den jungen 17-jährigen Herrn beim Gang durch die Pferdeboxen begleitete. Er hatte sich gern mit ihr eingelassen, wo doch ein künftiger Weg im Dienste der Kirche bevorstand. Wie hieß sie noch? Ja, die Katharina ihr Name, lächelte er jetzt ein zweites Mal in sich hinein. Nun ja, er hat und wird sich um Kunrad von Hachen weiter kümmern, wenn auch nur mit mehr oder weniger weiter Distanz.

Drei Tage später wechselte Kunrad sein Quartier in den Palas der Pfalz von Lutra, nun schon näher ans Zentrum von Macht und Einfluss, denkt er übermütig.

Der Arbeitsbeginn für Kunrad beim Kanzler beginnt nun morgens eine Stunde später wie vorher in der Kanzlei von Ludolf, also erst um Acht Uhr. Einen Überblick über die administrativen Arbeitsabläufe hatte sich Kunrad schon vor Wochen in der Kanzlei Ludolfs von Kreiensen verschafft. Am ersten Tag des Arbeitbeginns hielt es Rainald von Dassel für angebracht, Kunrad wenigstens Eckpunkte der momentanen politischen Lage und Kräfte im Reich, in Europa und Italien zu erläutern. Mit folgenden Sätzen begann Rainald von Dassel, der ich selbst gern sprechen hörte, wie er auch seine Zuhörer in seinen Reden zu überzeugen wußte, seinen Vortrag, der oft in selbstverliebten Monologen enden konnte: „ Voraussetzung wie auch zum besten Nutzen unserer künftigen Zusammenarbeit muss sein, dass er über die anstehenden Dinge genauso gut informiert ist wie ich. Vordringlichste Aufgabe, die jetzt ansteht, wird sein, ein Konzil, das der Kaiser für nächstes Jahr in der Stadt Bisanz in Burgund plant, vorzubereiten. Es müssen Termine mit den daran teilnehmenden Kirchenvertretern des Papstes, wie auch der deutschen Bischöfe und des Adels eingeholt werden. Wir müssen für dieses Konzil sehr gut vorbereitet sein, denn es werden sich dort wohl entscheidende Dinge im Machtverhältnis zwischen Papst und Kaisertum ändern. Es gilt jetzt das Geheiligte Römische-Deutsche Reich gegenüber den unverschämten Ansprüchen des Papstes in Rom zu stärken. Er muss jetzt weiter wissen, das die im Jahr von 1153 geschlossenen Konstanzer Verträge, die zwischen dem Kaiser, damals noch unser König, und dem Papst Eugen III. mit dem Ziel ratifiziert wurden, die Unterstützung für die angestrebte Kaiserkrone und die Krönung in Rom durch Papst Eugen zu erreichen. Die Gegenleistung unseres heutigen Kaisers für Papst Eugen war das Versprechen, diesem im Kampf gegen die aufständische römische Stadtkommune immer Unterstützung zu leisten, byzantinischen Besitzansprüchen in Italien gegenüber dem Papst zu begegnen, und zuletzt keinen Frieden oder andere Übereinkommen mit einem normannischen Königreich Sizilien abzuschließen. Nach der Krönung Friedrichs zum Kaiser 1156 in Rom, dachte unser Kaiser nicht im Traum daran, die ihn zu fesselnden vom Papst auferlegten Vereinbarungen einzuhalten. Die Antwort von Papst Eugen ließ auch nicht lange auf sich warten. Die Aufkündigung des Bündnisses mit dem Kaiser und folglich die Unterstützung seinerseits für die Städte und Provinzen in Oberitalien im Kampf um deren Unabhängigkeit gegen Friedrich sind jetzt das Ergebnis. Also wird es in Bisanz zu Burgund, das durch die Heirat des Kaisers mit Ihrer Majestät Beatrix zu seinem Hoheitsrecht zählt, zu einer Machtprobe zwischen den Anhängern des Papstes in Rom und denen unseres Kaisers kommen, die Friedrich absolut für sich entscheiden will. Ich werde in meinem neuen Amt mit alle den Kräften, die mir zur Verfügung stehen, Ihre Majestät dabei unterstützen, damit wir für das Römisch-Deutsche Reich dieses Ziel auf jeden Fall erreichen.

Und noch etwas muss ich ihm sagen, Kunrad dabei in die Augen blickend. Künftig kann in seiner neuen Stellung der Fall eintreten, dass man ihm Versprechungen und auch Angebote, oder sonstige Privilegien von verschiedenen Seiten offeriert, in dem Glauben, mein Sekretär könnte Dinge gleich welcher Art zu ihren Gunsten beeinflussen. Davor muss er gefeit sein und will ich ihn warnen ".

Sicher hätte Rainald von Dassel noch etwas ausführlicher fabuliert und Kunrad von Hachen weiter eingeschworen, wenn nicht zaghaft an die Tür seines Kabinetts geklopft worden wäre. Ein Diener meldete die Herren Pfalzgraf Otto von Wittelsbach und Bischof Anselm von Havelberg zum bereits zuvor vereinbarten Gespräch beim Kanzler Rainald an. Mit dem Fingerzeig zur Tür der eintretenden Herren deutend, verabschiedet er Kunrad kurz und ohne weitere Worte. Zum zweiten Mal in diesem von Kunrad erwarteten Dialog mit Rainald von Dassel, seinem Vater, hatte er während der langen Belehrungen kein einziges Wort erwidern brauchen oder können.

Die Arbeit als Sekretär bei Rainald von Dassel war nicht sehr beschwerlich. Im Gegensatz zum 10- Stundentag in der Kanzlei zuvor, sind wegen Besprechungsterminen und Empfängen, oftmals ungeplant angesetzt, welche Rainalds Arbeitszeit zum großen Teil beanspruchen, so für Kunrad unverhoffte Freizeiten oder Freiheiten zu nutzen möglich. Unvorhergesehene Ereignisse, kurzfristig einzuberufene Sitzungen oder auch der Ruf zu Audienzen beim Kaiser beispielsweise konnte Kunrads Arbeitszeit unterbrechen. Der ganze Vormittag bestand fast immer aus Verfassen von Botschaften, Ernennungen, Einladungen oder auch Befehlen, vom Kanzler gleich in die Feder von Kunrad diktiert. Nachmittags fanden oft Besprechungen statt, zu denen Kunrad aber bisher nicht hinzu gezogen wurde.

In dieser Zeit beschaffte er in der Regel zur Vorlagel für den Kanzler die für den nächsten Tag eventuell benötigten Dokumente aus der Registratur der Kanzlei bei Ludolf von Kreiensen.

Vom Spätsommer bis zum Herbst sind Kaiser Friedrich und Vasallen wie auch der Kanzler Rainald von Dassel an den Rhein gezogen. Fehden zwischen Hermann III. von Stahleck und den rheinischen Erzbischöfen und denen von Mainz und Trier im Besonderen, bei denen es um Gebietsansprüche und Nutzungsrechte geht, sind zu befrieden. Handfeste Hausmachtinteressen Friedrichs, als aus dem Hause der Staufer kommend, ist Anlass, nach dem Tode Hermanns von Stahleck im September 1156 dieses Erbe seinem Halbbruder Konrad von Staufen (bei Rhein) zu übereignen. Der Streit mit den Erzbischöfen hielt schon lange, auch noch Jahre nach Konrads Erbantritt an.

Wenn Rainald von Dassel auf Reisen und längere Zeit nicht vor Ort ist, versah Kunrad Dienst in der kaiserlichen Kanzlei. Die neue Pfalz, sehr auf Friedrichs persönliche Bedürfnisse zugeschnitten, war in der Ausdehnung nicht so sehr groß, sieht man vom dem weitläufigen Park mit seinem großen Wildbestand für die Jagd ab.

So ist es nicht verwunderlich, das Kunrad von Hachen bei den dienstlichen Wegen zwischen dem Kanzlerbüro und der Kanzlei immer mal wieder der lieblichen Zofe Marie von Gunthard auf dem Pfalzhof begegnet. Seine Freundlichkeit, die er ihr bei der ersten Begegnung und ihrem Gespräch seinerzeit bei seiner Ankunft entgegen brachte, ignoriert Marie nun, in dem sie so tat, als ob sie Kunrad nicht sieht oder nicht wieder erkennt. Diese Erhabenheit und Stolz wie ihr Bemühen ihn zu übersehen, um nicht mit ihm in Kontakt kommen zu wollen, steigerte bei ihm die Anziehungskraft, die das schöne Mädchen auf Kunrad ausübt. Aber zugleich auch seinen unbändigen Zorn über die Arroganz von Marie. Aufgewühlt, verärgert, gereizt begann er Marie von Gunthard, wenn es die Zeit hergab, unauffällig zu beobachten. Was bildet sich das Freifräulein ein! Weil sie die Zofe bei einer Kaiserin ist! Warte nur, so leicht mache ich es dir nicht, denkt Kunrad, ohne eine Arbeit in der Kanzlei zu unterbrechen. Wiederholt immer mal ein Auge auf Marie von Gunthard zu werfen, war möglich, da Kunrad sowohl vom Kanzlerkabinett wie auch von der Kanzlei aus Sicht auf den Kavaliershof und den Park hatte.

Das Frühjahr des Jahres 1157 war angebrochen. Kunrad im Kanzlerkabinett an seinem Pult stehend und mit dem Kopieren einer Vielzahl von Übereignungsurkunden des Herzogtums Bayern an den Herzog von Sachsen, Heinrich dem Löwen durch Kaiser Friedrich befasst, sieht beim Blick aus dem Fenster Marie von Gunthard gemessenen Schrittes durch den Park der Pfalz flanieren. Erstaunen stieg bei Kunrad auf, da der Tag sich schon seinem Ende zuneigte. Dorthin, wo der gepflegte Teil des Parks später in Büsche und Bäume überging, war Marie plötzlich nicht mehr zu entdecken. Kunrad, für den Rest des Arbeitstages sich kaum noch konzentrieren zu können, glaubte er in

Marie von Gunthards Verhalten im Park nicht mehr an ein normales Flanieren der Entspannung geschuldet. Der Spur brauchte er auch nicht mehr lange folgen, dann hatte er die Gewissheit. Am frühen Abend, fast zur gleichen Zeit des folgenden Tages sieht Kunrad einen Soldaten vom Wachkommando der Pfalz in Richtung Parks den Kavaliershof verlassen. Kunrads Verdacht bestätigte sich bald, als etwas später auch Marie von Gunthard den Park betritt, um aufgesetzt gelangweilt mit ruhigen Schritten in den Bereich von Bäumen und Büschen zu gelangen. Kunrad konnte jetzt wohl Eins und Zwei zusammenzählen. Da wandeln Zwei auf Abwegen, wenn diese es so heimlich tun.

Seine Erkenntnis, bei Marie von Gunthard ein geheim zu haltendes Liebesverhältnis zu jemand Anderem aufgespürt zu haben, löste wegen seiner eigenen nun hoffnungslosen Ambition unendliche Enttäuschung und rasende Eifersucht bei ihm aus. Trotz, Wut, zudem großer Hass staute sich in seinem Inneren: Warte nur, ich kriege dich, du wirst noch zahm werden und deine Arroganz bereuen, denkt er. Dort wo der Park mit seinen Blumenrabatten und Zierbäumen in ein dichtes Gehölz übergeht, trafen sich also Marie von Gunthard und ein Fähnrich des Wachkommando der Pfalz Lutra, Eckehard von Breitebner, ein Schwabe zu geheimen Verabredungen. Den Namen des Liebhabers zu ermitteln, war für Kunrad von Hachen nicht allzu schwer gewesen. Er hatte einen der Schreiber aus der Kanzlei befragt, der ihm als dem Sekretär des Kanzlers bereitwillig den Namen nannte. Kunrad nutzte einen Tag, an dem der Kaiser mit seinen Vasallen und dem Kanzler zur Jagd aufgebrochen war, um dem Liebespaar bei ihren heimlichen Treffen aufzulauern und zu belauschen.

Mit einer Drohung ihr Verhältnis zu dem Fähnrich überall publik zu machen, gedachte er die schöne Zofe Marie von Gunthard gefügig zu machen.

Von finsteren Plänen aber wurde von Hachen erst einmal durch das Eintreffen einer Gesandtschaft aus Mailand ababgehalten. Mit kleiner Zeremonie, Pomp und Posaunen des Wachkommandos von Lutra empfangen, ritt die stolze Delegation aus Oberitalien durch die geöffneten Tore des hohen Torbogens in den Kavaliershof der Pfalz ein.

Als fungierender Protokollschreiber Rainalds von Dassel nahm Kunrad das erste Mal an zwei Gesprächsrunden teil, wobei ihn der Verhandlungsführer der Mailänder, ein Graf Guido von Biandrate keines Blickes für würdig erachtete. Dagegen weitaus angenehmer empfand Kunrad die drei anderen Delegierten, die durch den Erzbischof Mailands Hubert von Pirovano, dessen Sekretär Giuseppe Valdano und Stadtkonsul Hubert von Orto vertreten sind.

Mit dem persönlichen Sekretär des Bischofs entwickelten sich neben der Kollegialität desselben Berufsstandes sogar Kontakte nach den Verhandlungen, welche bei Wein und Bier in einer nahe der Pfalzburg gelegenen Schenke in so etwas wie Freundschaft mündeten.

Wunsch und Ziel der mailändischen Gesandtschaft wäre, führte Graf Biandrate aus, um Minderung der Summe der vom deutschen Kaiser festgelegten Reichssteuer zu bitten. Mailand hätte schon unter den normalen Abgaben an die von Seiner Majestät eingesetzten Verwalter und Vögte zu leiden. Eine zusätzliche Reichssteuer in einer von Kaiser Friedrich geforderten Höhe könne Mailand nun wirklich nicht aufbringen.

Rainald von Dassel, gerissen im politischen Ränkespiel, versprach dem Grafen und dem Erzbischof großzügig, sich für Mailand in dieser Angelegenheit um eine Audienz beim Kaiser zu verwenden. Dabei hatte sich Rainald schon nach dem ersten Termin der Verhandlungen mit Friedrich abgestimmt, das fordernde Begehren der so unbotmäßigen Mailänder jedenfalls abzulehnen. Aber alle Warnungen des Grafen Biandrate an Rainald von Dassel gerichtet, die von großer Unzufriedenheit der oberitalienischen Städte und Kommunen gegenüber der kaiserlichen Bürokratie und Bevormundung im Allgemeinen künden, ändern zum Ende der Verhandlungen nichts an den Forderungen des Kaisers. Auffallend registriert Kunrad seine Gedanken, die er nicht im Protokoll vermerkt, ist eine geschickt geführte, diplomatische Anbiederei des Grafen Guido von Biandrate an die Adresse des Kaisers, die sich beim Dialog mit dem Kanzler im fehlenden Nachdruck, die Interessen der Mailänder konsequent zu vertreten, Ausdruck findet. Ob die Audienz des Grafen und des Erzbischofs bei Friedrich noch gemeinhin weitere geheime Beschlüsse zeitigten, blieb Kunrad von aber verborgen. Nach wenigen Tagen verließ die kleine Gesandtschaft mit seinem militärischen Begleitkommando die Pfalz von Lutra wieder.

Noch einmal unternahm Kunrad von Hachen den Versuch, sich der Liebe und Sympatie der Marie von Gunthard zu nähern und zu versichern. Und so richtete er es ein, das eine Begegnung mit der schönen Marie wieder ohne eine Aufmerksamkeit von ihrer Seite, sei es ein Gruß oder das zurückhaltende Lächeln von Wiedererkennen, nicht zu erblicken war. Im Gegenteil: Ohne Kunrad nur anzusehen, rauschte die Zofe an ihm vorbei, ein von ihm als furchtbar erniedrigend empfundener Affront. Daher konnte er seinen Zorn nicht mehr bändigen und mit den Worten: „ Deine hoffärtige Arroganz wird dir noch vergehen, du Hure "! Wobei er das Wort Hure mehr in sich hinein sprach, so dass Marie das letzte Wort des in Erregung artikulierten Satzes von Kunrad nicht mehr hören konnte.

Marie von Gunthard hatte natürlich Annäherungsversuche Kunrads in den letzten Wochen bemerkt. Aber sie hatte bereits einen Liebhaber, und einen Mönch, wenn auch den Sekretär beim Reichskanzler, sein Äußeres und dann diese

Augen, in die sie nicht blicken wollte, die ihr aber Angst machten, schlossen für Marie einen Kontakt, welcher Art auch immer zu Kunrad von Hachen aus. Auch für Kunrad stand jetzt fest; er wird sich mit Gewalt holen, was man ihm nicht gewährt. Dieser Affront war nur ein weiterer Baustein, der in ihm die Überzeugung nährte, wie wenig ihn die launige Natur mit anziehenden Gaben ausgestattet hat.

Eifersucht war bei ihm schon oft während der Arbeit bei Rainald von Dassel aufgeflammt, wenn diesem von den Damen des Hofes respektvolle und bewundernde Blicke zu geworfen wurden, während dagegen seiner Person nie eine Beachtung geschenkt wurde. Und wenn doch einmal, dann verwandelten sich die Blicke der einflussreichen und schönen Damen in Eis, bestenfalls Gleichgültigkeit. Hinzu kommt die Kälte und Reserviertheit Rainalds, der keine Vertraulichkeiten zu Kunrad zulässt. Von dieser Zeit an, entwickelt sich das in Kunrad von Hachen vorhandene kriminelle Potential zielgerichtet gegen alle Menschen, die von Natur und Glück mehr belohnt sind. >Nein ich bin nicht gottgefällig<, denkt er im Zorn, in unbändiger Wut und Hass an Marie von Gunthard.

Es war der letzte Sonntag des Juli, an dem Kunrad die Zofe Marie von Gunthard und ihren Liebhaber, Fähnrich Eckehard von Breitebner im kaiserlichen Park von Lutra auflauert. Hinter einem dichten Gebüsch und Bäumen bei aufziehender Dunkelheit am Ende des Tages fühlten sich das Liebespaar und der Lauscher ziemlich sicher, nicht entdeckt zu werden. Kunrad, der den Platz kannte, an dem sich das schöne Paar immer traf, hatte zuerst Marie von Gunthard in den Park laufen sehen, um ihr dann bald zu folgen. Einen Umweg einschlagend, hatte er sich leise auf seinen Beobachtungsposten herangepirscht. Nach wenigen Minuten erschien auch Eckehard von Breitebner. Was das

Paar miteinander sprach, konnte Kunrad nicht verstehen. Nur das Flüstern und das sie sich fortwährend küssend in den Armen lagen, erkannte Kunrad schemenhaft. Mit den Augen, in denen Eifersucht und Gier glommen, verfolgte er den Liebesakt der beiden Verliebten. Lange wollten sich die beiden nicht trennen, bis sich der Fähnrich erhob, seine Kleidung richtete und langsamen Schritts durch den Park zur Pfalzburg zurückschritt. Inzwischen war es völlig dunkel geworden, und auch die Zofe ordnete hastig ihre Kleidung, mit der Absicht, etwas später der Pfalz wieder zuzustreben. Aber dazu kam es nicht mehr. Mit seinem zum Hass verzerrten Gesicht stand der Zofe plötzlich der unheimliche Mönch vor Augen. Erschrocken wollte Marie aufschreien, aber Kunrad hatte das Mädchen von hinten erfasst und hinderte es am Rufen und Schreien, in dem er ihr den Mund zuhielt. Nicht mehr Herr seiner Sinne, flüsterte er ihr hasserfüllt halblaut die Worte ins Ohr : „ Du burgundische Schlampe gehörst jetzt mir ". In diesem Moment erkannte Kunrad von Hachen; mit seiner nicht mehr zückgängig zu machenden Äußerung, Marie von Gunthard nicht mehr leben lassen zu können. Wenn sie seine Worte, den unsittlichen Angriff auf ihre Person weiter erzählte, sollte sie entkommen, man würde seine Äußerung als eine handfeste Majestätsbeleidigung an der Kaiserin Beatrix von Burgund werten. Ein Verbrechen, das bestimmt mit dem Tode geahndet werden würde. Verzweifelt wehrte sich Marie gegen die Vergewaltigung. Ungläubig mit ihren weit aufgerissenen Augen nach Luft ringend, sieht sie ihrem Peiniger in die Augen, der nun blitzschnell seine kräftigen Hände um ihren Hals legt und Marie von Gunthard ohne jegliche Rührung erdrosselt. Ihn würde man kaum verdächtigen, wenn man die Leiche Marie`s findet. Um so mehr wird man dem Fähnrich als ihrem Liebhaber bald auf die Schliche kommen. Seine

Liebschaft konnte bei seinen Kameraden nicht unentdeckt geblieben sein. Auch von Marie`s Umfeld im Kreis der Zofen von Kaiserin Beatrix konnte die Affäre bestimmt nicht unbeobachtet gewesen sein. Mit den, ihn jetzt doch erleichternden Feststellungen, verließ Kunrad von Hachen den Tatort, sich vergewissernd, keine belastenden Spuren von ihm hinterlassen zu haben. Inzwischen war es stockdunkel geworden. Selbst die Pfalzburg wenig beleuchtet, konnte er sein Nachtquartier unbemerkt aufsuchen. Auch Gewissensbisse quälten Kunrad von Hachen nicht, ein so junges schönes Menschenleben vor nicht einmal zwei Stunden ausgelöscht zu haben. In gespannter Erwartung, wie sich die Dinge wohl nun entwickeln würden, schlief er ruhig dem nächsten Morgen entgegen.

Kunrad von Hachens bösartiger Plan und dessen Abfolge wurden durch die Abwesenheit Rainalds von Dassel stark begünstigt. Zusammen mit dem Kaiser war er im Hochsommer 1157 zu einem Kriegszug nach Polen geritten, um den Verweigerer der Lehnspflicht gegen über Kaiser Friedrich, den Herzog der Polen Boleslaw IV. abzusetzen. Dafür dessen älteren Bruder, den im Exil in Deutschland lebenden Wladislaw II. auf den Thron zu setzen. Eine Krönung Wladislaws scheiterte, da Boleslaw im Lager des Kaisers vor Posen erschien, und seinen Treueid gegenüber Friedrich mit dem Kniefall barfuss und Büßerhemd reuig erneuerte. Wladislaw musste von Boleslaw aber als nachfolgender Herzog von Polen anerkannt werden. Aber nach Polen kam der vertriebene frühere Herzog von Schlesien (1138-1146) und Vater der schlesischen Linie der Piasten, Wladislaw nicht mehr. Er starb bald am 30. Mai 1159 in seinem Exil im thüringischen Altenburg.

Kunrad hatte von Rainald von Dassel während der langen Abwesenheit Auftrag, sich Einblick in Korrespondenzen, auch Geheimprotokollen und Verträgen von Monarchen, regierenden Fürsten wie auch Kirchenleuten im Römisch-Deutschen Reich und Europas zu verschaffen, damit er seinen Blick auf die politische Gesamtlage schärfe. Eigene Interessen von Kunrad ließen ihn in Archiven auch nach Vitas und Loyalitätshinweisen von Gegnern des Kaisers in Mailand, Crema, Verona, Piacenza und Tortona aufspüren, rebellischen Städten in Oberitalien. Geheimberichte von Personen, die als wenig kooperativ gegenüber Friedrich gelten. Sowie die Familien der Torrianis, Viscontis und auch des die Erzbischofs Hubert von Pirovano, erschienen Kunrad sehr aufschlussreich. Diese Erkenntnisse würden ihm in der Zukunft vielleicht helfen, Pläne für Einfluss und persönlichen Vorteile zu schmieden. Obwohl ihm bis jetzt noch die klaren Vorstellungen für Vorteilsnahmen fehlten. In Kanzleileiter Ludolf von Kreiensen glaubte er künftig diesen als ein Opfer dessen Vergangenheit mit der Hilfe von Erpressung als Helfer benutzen zu können.

Rainald von Dassel kehrte erst Ende August in die Pfalz nach Lutra zurück. Viel Post, die in seiner Abwesenheit nach hier versendet wurde, hatte sich angehäuft und sollte vor dem bald beginnenden Konzil in Bisanz abgearbeitet werden. Letzte Botschaften, auf die die Kuriere warteten, wurden eilig nach Österreich zum Babenberger Herzog Heinrich II., an den Bischof Hermann von Verden und die Erzbischöfe von Mainz, Speyer, Worms und Köln, und die Kunrad mehrfach zu kopieren und zu siegeln hatte, dann versendet. Alle Botschaften hatten den Hinweis, dass die Vertreter der römisch-deutschen Konzilsfraktion, Fürsten wie auch die geistliche Fraktion auf diesem Konzil eine gemeinsame pro kaiserliche Gesinnung an den Tag legen mögen.

Eine große Aufregung über den entdeckten Mord an dem Hoffräulein Marie von Gunthard hatte sich auf der Pfalz und auch außerhalb sehr schnell verbreitet. Ein furchtbares

Ereignis, von dem die Kaiserin und auch der aus Polen nach der Kaiserpfalz zurückgekehrte Kaiser Friedrich und sein Kanzler Rainald von Dassel erfuhren. Zu Anfang herrschte nach dem Mord völlige Ruhe auf der Pfalz. Über den Stand der Ermittlungen erfuhr man so gut wie nichts, so das Kunrad von Hachen leichte Nervosität befiel, die sich dann noch steigerte, je länger Ergebnisse ausblieben. Eine Untersuchungskommision, schon länger tätig zwecks Befragung im Umfeld des Wachkommandos und auch im Umfeld des Hofs der Kaiserin, um von einer heimlichen Beziehung der Ermordeten zu einem Fähnrich Eckehard von Breitebner mehr zu erfahren.

Ganz zu Beginn hatte der Fähnrich immer abgestritten, ein Verhältnis zu der Zofe Marie von Gunthards unterhalten zu haben. Lange hatte sich Eckehard von Breitebner auf seine Kavalierspflicht besonnen, mit der er der Zofe Marie versichert hatte, ihr Verhältnis geheim zu halten. Erst als man ihm wegen des Mordes mit peinlicher Befragung drohte, gab er zu, ein Verhältnis unterhalten zu haben, stritt aber weiter ab, Marie umgebracht zu haben. Man glaubte aber seinen Beteuerungen nicht, etwas mit der schrecklichen Tat selbst zu tun zu haben. Und die Indizien sprachen gegen ihn. Ein Militärgericht wurde zusammengerufen, dem an der Spitze der von Rang höchste Offizier der Pfalzbesatzung, Oberst Kunz von Edelsheim vorstand. Als Vorsitzender des aus fünf weiteren hohen Offizieren bestehenden Gerichts verkündet am Ende: „ Der Fähnrich Eckehard von Breitebner wird wegen des Mordes aus niedrigen Beweggründen, begangen an dem Edelfräulein Marie von Gunthard zum Tode durch Erhängen verurteilt. Wegen seines Standes und in Anbetracht seiner Verdienste bei der Truppe verwende ich mich als dem Vorgesetzten bei Seiner Majestät Kaiser Friedrich, das Er dieses Urteil in die Hinrichtung durch das Schwert umwandeln möge".

Der Junker Eckehard von Breitebner in seiner peinlichen Not, unschuldig eines ihm angelasteten Mordes verurteilt zu sein, registrierte die letzten Worte seines Obersten nicht mehr, als ihn nach dem Urteil seine Kameraden vom Wachdienstes in die Arrestzelle zurück brachten, um ihm jetzt Ketten anzulegen. Nach drei Tage wurde das Urteil mit der Gnade der Hinrichtung durch das Schwert von Kaiser Friedrich bestätigt: Zu vollstrecken am folgenden Tag, morgens 7 Uhr.

Mit großer Befriedigung und Erleichterung hatte Kunrad von der Verurteilung Eckehards von Breitebner erfahren. Seine anfängliche Verunsicherung und Nervosität hatte seiner gewohnten Selbstsicherheit und Kaltschnäuzigkeit Platz gemacht. Bis noch spät in die Nacht hörte Kunrad die Vorbereitungen für die Hinrichtung am kommenden Morgen durch das Hämmern und Rufen der Zimmerleute beim Bau des Henkerpodests auf dem Kavaliershof. Die Genugtuung um die gelungene Täuschung der Obrigkeit ließ Kunrad von Hachen wunderbar schlafen. Geweckt wurde er erst durch das Geklapper der Hufe von Pferden, und durch das laute Rufen von Befehlen auf dem Hof vor dem Palas. Der Blick aus dem Fenster zeigte bereits den Aufmarsch des ganzen Wachkommandos und den vielen Neugierigen der Pfalzbewohner rund um das hohe Podest für den Henker und seinen Delinquenten. Auch sehr viele Bedienstete wollten sich dieses Spektakel nicht entgehen lassen und hatten sich bereits eingefunden. Eilig warf sich nun auch Kunrad seine Mönchskutte über, um gleichfalls noch einen guten Platz in den vorderen Reihen der Gaffer zu erhaschen.

Etwas entfernt entdeckte Kunrad unter den Zuschauern auch Ludolf von Kreiensen. Der beobachtete die letzten Minuten des Delinquenten weniger, wie er sehr vielmehr unauffällig den Kanzlersekretär und Mönch von Hachen beäugt. Einen Henker hatte man aus der sich auflösenden Soldateska des gerade ohne Kampf beendeten Feldzuges gegen den Polenherzog Boleslaw gefunden. Ebenso einen Feldprediger, der dem jetzt gefassten von Breitebner die Beichte abnahm. Der Nothenker verstand das Geschäft des Tötens aus mehreren Feldzügen, denn mit einem gezielten Schwertstreich fiel der Kopf des jungen und unschuldigen Fähnrichs. Das Aufstöhnen der meisten Zuschauer bei der grausamen Prozedur zeugte auch von einer bisher und scheinbar auch jetzt noch angenommenen Unschuld des Hingerichteten. Über die Züge Kunrads von Hachen glitt ein kaum wahrnehmbares befriedigtes Lächeln. Aber bei all seiner Selbstgefälligkeit ahnte er nichts vom Verdacht des Leiters der Kanzlei, Ludolfs von Kreiensen. Diesen Verdacht, den Ludolf hegte und der seiner Meinung nicht unbegründet ist, behielt Ludolf wohlweislich für sich. Das Kanzleizimmer hat nämlich gleichfalls Sicht auf den Park, und so konnte von Kreiensen während seiner oft späten Arbeitsstunden, ohne daraus seiner Zeit Schlüsse ziehen zu können, die flanierenden Personen oftmals beobachten. Erst als Ludolf zufällig Kunrads zeitnahes Betreten des Parks mehrfach sah, auch an den Tagen, bevor man die Leiche des Edelfräuleins fand, glaubt von Kreiensen jetzt auch Kunrad von Hachen, Sekretär des Kanzlers mit dem Wissen und Verdacht in der Hand zu haben.

An der Arbeit seines neuen Sekretärs hat der Kanzler Rainald von Dassel nichts zu bemängeln. Das war aber auch das einzige Positum eines Verhältnisses, das Rainald, sein >Vater< nicht an seinen Leistungen zweifelt, dachte Kunrad oft, wenn er seinen Dienst antrat. Vertrautheit, die sich vielleicht in anerkennenden Worten nach bald einem Jahr hätte vielleicht entwickeln können, stellte sich nicht ein. Diese Hoffnung wurde an einem Tage des Dienstes nun endgültig, wie drastisch und sehr brutal zerstört:

Als Rainald von Dassel zu Kunrad mit kaum verhehlter Kühle sagt:

„ Wenn er auf meine Befehle wartet oder ich ihm Papiere oder Dokumente zu übergeben habe, dann wünsche ich, dass er sich bitte vor mich stellt. Ich mag nicht, wenn man hinter mir steht, ein Gesicht nicht sehen kann, um dabei festzustellen, was diese Person denken möge ". Die Kälte Rainalds aus diesen Sätzen an ihn war greifbar. Und diese Erkenntnis verfestigte sich in Kunrad zu Vorstellungen, seinem >Vater<, Kanzler des Römisch-Deutschen Reiches zu schaden, wo immer es ihm möglich ist.

Auf dem Weg nach Bisanz

Entgegen seinen sonstigen Schlafgewohnheiten, sehr früh am Tage aufzuwachen, weckte Kunrad von Hachen eine hektische Betriebsamkeit im Kavaliershof von Lutra. Dort wurde begonnen, Fuhrwerke in großer Eile mit allem zu beladen, was für eine längere Reise notwendig ist. Überrascht sah er von seinem Fenster noch einige Augenblicke dem geschäftigen Treiben zu, beobachtend wie Truhen, Kisten und andere Utensilien von allerhand Bediensteten und Zofen der Kaiserin herbei gebracht werden. Irritiert, da er von einem späteren Zeitpunkt einer Abreise nach der Stadt Bizanz wegen des Konzils wusste, schlüpfte Kunrad in seine Kutte, um ins Büro seines Vorgesetzten zu eilen, ob wohl Gründe für eine vorzeitige Abreise vorlägen. Da Rainald von Dassel noch nicht anwesend war, begann Kunrad die vor Tagen für das Konzil in Bizanz benötigten Dokumentenmappen, Urkunden und Blankopapiere in die bereitgestellten Reisetruhen zu verstauen. Dann ein wenig später erschien auch Rainald im Büro mit den bei Eintritt ins Kabinett schon geäußerten Worten: „Hat er schon alles für die Abreise vorbereitet? Morgen werden wir die Pfalz verlassen, um uns auf den Weg nach Bisanz zu begeben ". Auf Kunrads fragenden Blick, um weiter fortzufahren: „ Der Kaiser hat angeordnet, die Reise nach Burgund und Bisanz vor zu verlegen, da seine junge Gemahlin die Reise nutzen will, ihrer Mutter Agathe von Oberlothringen, der Witwe des Herzogs Rainald von Burgund und dem Onkel Matthäus I., Herzog von Lothringen einen Besuch als jetzt junge Kaiserin auf der Burg Oricourt abzustatten, jetzt der Witwensitz ihrer Mutter. Die Mutter unserer Kaiserin ist eine Tochter des Herzogs Simon I. von Lothringen "..., wollte Rainald von Dassel wieder in einen von seinen Monologen fallend weiter ausführen, als es an die Tür klopfte. Dann noch zu Kunrad gewand: „ Sage er dem von Kreiensen, er müsse uns mit zweien seiner Schreiber nach Bisanz in Burgund begleiten ".

Kunrad von Hachen verabscheute diese selbstgefälligen Monologe seines >Vaters Rainald< von Dassel, welche ein weiteres Indiz von der Unnahbarkeit ihm gegenüber sind, da er seine Worte nicht an ihn Kunrad, sondern mehr an sich selbst oder an ein Publikum richtete. Aber auch das stellte Kunrad fest: Es ist ein Zeugnis von seiner loyalen An- und Abhängigkeit, ja eine fast fanatische Bindung an das Herrschergeschlecht der schwäbischen Staufer.

Den ganzen Tag und auch die folgende Nacht wurden die offenen und gedeckten Fuhrwerke beladen, verzurrt und am Ende die Pferde davor gespannt. Viele weitere Wagen hatten sich bereits vor der Pfalzburg in Position gebracht, teilweise mit Ochsengespannen davor. Dann am frühen Vormittag setzte sich der lange Zug in Bewegung, von den Insassen der neuen Pfalz von Lutra mit bunten Tüchern winkend verabschiedet.

Vor dem Wagentross reitend Bannerträger, dahinter eine Truppe bewaffneter Reiter. In der Mitte des Zuges die viel elganteren und gedeckten Wagen der getrennt fahrenden Majestäten, rund um begleitet von der Leibgarde Kaiser Friedrichs. Dahinter dann die Wagen des hohen Adels, der Geistlichkeit, des Kanzlers, der Ministerialen und anderer gewichtiger Begleiter von Staat und Kirche. Dazwischen auch immer wieder edle Reitpferde, von Knechten oder Pagen geführt und bereitgehalten, wenn die Herrschaften vom Gefährt zu ihren Pferden wechseln wollten. Ein nun riesig langer Tross, der am hinteren Ende die Wagen von Marketenderinnen, Kaufleuten und auch einen größeren gedeckten Wagen für die, den Tross begleitenden Huren aufwies. Am Ende, zu Fuß ein Volk von Gesinde und Gauklern, die sich von dem Zug des Kaisers nach Burgund

und Lothringen gute Geschäfte versprechen. Kunrad reiste auf seinem Fuhrwerk mit von Kreiensen und den zwei Schreibern zusammem.

Unmittelbar davor die aufwendig abdeckten Wagen von Kanzler Rainald mit Albert von Sponheim, dem Pfalzgraf Otto von Wittelsbach, Pfalzgraf Konrad bei Rhein und für Kunrad sehr überraschend auch Graf Guido von Biandrate. Kunrad mochte diesen Italiener nicht, diesen Adelsstolz, den mit Nichtbeachtung spazieren führend, die unter ihm standen und ihm dienten, aber allen anderen Personen, die über ihm rangierten, mit peneranter und opportunistischer Schleimerei begegnete.

Ausser den Leibgarden der Majestäten wurde der Tross von der Tete bis zum Ende von Bewaffneten und einer Vielzahl von Trossknechten zu Fuß oder auch auf Pferden begleitet. Berücksichtigt man die Jahreszeit, der Herbst des Jahres 1157 steht vor der Haustür, dann muss man bei den vielen Aufenthalten auf geeigneten Pfalzen, Burgen oder auch in Zelten auf Marktplätzen von Städten oder in freier Natur eine Reisezeit von mindestens drei bis vier Wochen planen, um rechtzeitig zum gesetzten Termin des Konzils Anfang Oktobers in Bisanz einzutreffen. Erste Tage noch bei schönem Spätsommerwetter, war man recht noch zügig vorangekommen. Dann wurde es mehr und mehr beschwerlicher, denn einsetzender Regen mit den ersten Tagen des Herbst hatten die Fahrwege zum großen Teil grundlos und schwer passierbar werden lassen. Immer wieder mussten längere Verzögerung in Kauf genommen werden. Steckengebliebene, zu voll beladene Trosswagen konnten dann nur durch vorgespannte zusätzliche Pferde oder Ochsen, aber auch Manneskraft aus den immer tiefer gewordenen Fahrwegen heraus gezogen werden. Dazu die Achsen- und Radbrüche, denn viele der Fuhrwerke sind in der Heimat viel zu schwer beladen worden.

Nach anstrengenden Reisetagen erreichte man im Elsass, einen kleinen Umweg in Kauf nehmend, die ältere Pfalz von Hagenau. Am Anfang des 12. Jahrhundert hatte der Herzog Friedrich der Einäugige hier im Jagdgebiet der Herzöge von Schwaben ein Wasserschloss errichtet, das der Kaiser später zu einer Pfalz hatte ausbauen lassen. In und um die Burg herum nahm der Tross für zwei Tage Quartier. Selbst Kunrad bekam in der Burg eine kleine Schlafzelle zugewiesen, um für Rainald von Dassel als dessen Sekretär präsent zu sein. Kunrad war gerade dabei sein Ruhelager für die Nacht zu richten, als ihn einer der Schreiber mit der Nachricht überrascht, noch hurtig zum Kanzler zu kommen. Sicher ist noch eine eilige Botschaft oder Ähnliches zu erledigen denkt er, und macht sich erst einmal auf den Weg, Rainald in der finsteren Burg auch zu finden. Äußerst ungehalten empfängt ihn Rainald mit den Worten: „ Die Kaiserin will ihn sprechen! Was will Ihre Majestät von ihm "? Kunrad sieht den Kanzler verwirrt und befremdet an, so als wenn er Aussage und Frage Rainalds nicht verstanden hätte. Dann als sich sich Kunrad gesammelt hat: „ Das weiß ich nicht, Exzellenz ", kann Kunradt immer noch, ziemlich verständnislos antworten. „ Gehe er sofort und lasse sich melden, Ihre Majestät die Kaiserin wartet auf ihn ", weist Rainald selbst irritiert und unsicher Kunrad die Tür. Auf dem Weg zur Kaiserin, auch noch zu dieser relativ späten Stunde, durch die dunklen, mit wenigen Fackeln erhellten Gänge der Burg, beschlich Kunrad doch Beklemmung. Was will die Kaiserin denn von mir? Ist es vielleicht ein Tritt weiter auf einer Leiter nach Oben. Aber wer könnte ihn protegieren, außer sein >Vater<, denkt er bei sich. Dann wieder: Das ist nicht möglich, kann nicht sein. Unbehagen überkommt ihn jetzt. Kaum registriert er, das ihn ein Bediensteter bei Kaiserin Beatrix mit den Worten meldet: „Majestät, der gewünschte

Herr Secretarius ist jetzt hier ". Als Kunrad von Hachen in das Gemach der Kaiserin tritt, und er sich nach seiner devoten Verbeugung aufrichtet, begegnet er ihren ihn von oben bis unten betrachtenden Augen. Für sich selbst denkt Kunrad, eine schöne Frau mit einer tatsächlich Majestät ausstrahlenden Aura und braunen, bezwingenden wie auch intelligenten Augen. Bei der Kaiserin im Zimmer befinden sich noch drei Zofen, die ihr Gemach für den kurzen Aufenthalt auf Hagenau einrichten helfen. Kunrads bis dahin andauernde Beklemmung löst sich, als Beatrix ihn jetzt anspricht: „ Er ist Sekretär bei unserem Herrn Kanzler? Ich benötige ihn für eine eilige Botschaft zu schreiben, die an meine Mutter, Herzogin Agathe von Oberlothringen und meinen Onkel, den Herzog Matthäus von Lothringen nach Oricourt abgehen wird, die des Kaisers und meine Ankunft meldet ". Erleichtert schreibt Kunrad die Botschaft, die ihm die Kaiserin diktiert und übergibt sie der jungen Beatrix zur Unterschrift. „ Lass er das Schreiben hier, ich lasse es siegeln ", dann Beatrix. Kunrad jetzt mit devoten und artigen Verbeugungen, triumphierend schon auf dem Weg zur Tür, wurde von der Kaiserin Beatrix plötzlich mit der Frage konfrontiert:: „ Er kannte meine Zofe Marie von Gunthard "? Sich ruhig umdrehend, als ob er diese Frage schon früher erwartet hätte: „ Ja! Ihre Majestät, ich hatte das Vergnügen, die Edle Dame einmal nach dem Weg zu fragen ". „Sonst wohl wollte er nichts von ihr ? ", erwidert Beatrix, während ihre Augen nun einen härteren Glanz als bisher annahmen. „ Nein Majestät, ich grüßte sie danach noch mehrmals, ohne dass sie mich gewahrte ", antwortete Kunrad jetzt durchtrieben und kühl, seine Annäherung an Marie von Gunthard seinerzeit so darzustellen. Aber die Kaiserin ließ nicht locker: „ Meine Damen erzählten mir doch etwas anderes ! ", ihren strengen Blick fragend auf die drei Hofdamen gerichtet. „ Meine Bedienstete Agnes

66

von Schreckenstein, die das innigste Vertrauen von Marie von Gunthard besaß, erzählte mir, dass sich Fräulein von Gunthard von ihm belästigt gefühlt hat, ja sogar Angst vor ihm hatte ". Kunrad, jetzt wesentlich souveräner und beherrschter trotz des für ihn doch so peinlichen Gesprächs geworden, antwortet aber wieder sehr höflich: „Verzeiht Ihre Majestät, wenn ich Ihrer Hofdame unbeabsichtigt Angst gemacht haben sollte, tut mir das leid; aber belästigt habe ich sie nicht ". Ohne Übergang und Verbindlichkeit verabschiedet Beatrix von Burgund Kunrad sehr kühl mit den Worten, „ Gehe er jetzt " und wendet sich abrupt ab. Mit sehr zwiespältigen Gefühlen sucht von Hachen seine Schlafzelle auf. Hegt man jetzt eventuell gegen ihn einen begründeten Verdacht? Beweisen könne man ihm aber nichts. Einen guten Eindruck hatte er wohl bei der jungen Herrscherin nicht hinterlassen, dazu war Verabschiedung doch sehr schroff gewesen.

Während der zwei Tage auf Hagenau bekam Kunrad den Kanzler nicht zu sehen. Eine Besprechung bei Friedrich jagte die andere. Es wurden die Fäden für den Hoftag und das Konzil gesponnen, der zum einen der Machtsicherung des Kaisers in Burgund durch seine Heirat mit Beatrix galt, zum anderen aber einer abgestimmten festen Front der deutschen Fürsten und Geistlichkeit gegen Ansprüche und Anmaßungen des Papsttums in Rom. Nicht nur der Rast galt die Pause auf der Pfalz von Hagenau, sondern ist auch Treffpunkt weiterer Fürsten aus ihren Territorien und Personen der Hohen Geistlichkeit, um auf dem Weg nach Bisanz hier dazu zu stoßen. Neben dem bairischen Pfalzgrafen Otto von Wittelsbach sah Kunrad auch die Grafen wie Rudolf von Pfullendorf, Markward II. von Grumbach, Albert von Sponheim, aber auch die Bischöfe Hermann von Verden und Anselm von Havelberg der geistlichen Fraktion, daneben auch den Mailänder Grafen Guido von

Biandrate zu den Beratungen über den Burghof zu Kaiser Friedrich eilen.

Nach den zwei Tagen der Rast und vielen Beratungen, wo von ein halber Tag der Jagd des Kaisers im Hagenauer Forst gewidmet war, zog der riesige Tross nach Süden weiter, linksrheinisch dem Fluss folgend über Straßburg, Colmar, Mulhouse und Belfort.

Kunrads, Ludolfs und die Arbeit der beiden Schreiber galt der Erstellung von Kopien, um die Zeit der Weiterfahrt zu nutzen, die den Inhalt der Protokolle von Besprechungen bei Kaiser Friedrich niederschreiben mussten. In Pausen und noch bis spät Nachts waren alle Berichte fertig zu schreiben, damit sie dem Kanzler am folgenden Morgen zur Durchsicht vorgelegt werden können. Interessante und wirklich brisante Einzelheiten waren dort zu erfahren, die Kunrad von Hachen wohl in seinem Kopf speicherte, sich aber aus nahe liegenden Gründen der eignen Sicherheit halber keine Notizen machte.

Das letzte Drittel des Weges nach Bisanz gestaltete sich zeitaufwendig, denn der Herbst war früh, feucht und kalt ins Land gezogen. Außerdem war die Region nur dünn mit entsprechend großen Adelssitzen und Burgen besiedelt, die den kaiserlichen Tross für die Nächte hätte aufnehmen können. Und so hatte man unweit Belforts nochmals eine 2-tägige Rast eingelegt, die den Reisenden in mitgeführten großen Zelten, Schutz vor den Unbilden des Wetters und Ruhe für die Nächte boten. In einem kleineren Zelt hatten Ludolf, Kunrad und die zwei Schreiber ihren Unterschlupf gefunden. Kunrad war in der Nacht aufgewacht dann aufgestanden, um einem menschlichen Bedürfnis in der Natur nachzugehen. Die anderen drei Insassen schliefen fest, den Anstrengungen der bisher so langen Reise Tribut zollend. Gerade will Kunrad das Zelt verlassen, um sein Wasser abzuschlagen, hört er die Stimmen eines Dialoges durch die Zeltwand dringen. Zwei Landser beim Rundgang ihres Wachdienstes durch die Zeltreihen patrouillierend, waren zufällig vor dem Zelt Kunrads stehen geblieben, um sich flüsternd zu unterhalten: „ Hast du gehört Ludwig, dass man den Tod von der Zofe auf Lutra nochmal untersuchen will "! „ Das hilft unserem Eckehard jetzt auch nicht mehr. Aber wieso denn das, Gernot "? Erschrocken blieb Kunrad von Hachen im stockdunklen Zelt stehen, um weiter zu lauschen. „ Ja, angeblich hätten sich jetzt weitere Zeugen gefunden ", hört nun Kunrad wieder den Soldaten Ludwig sagen, um jetzt nur noch sich entfernendes Gemurmel zu vernehmen.

Besorgt sieht sich Kunrad im Zelt um, ob von seinen drei Schläfern jemand etwas mit bekommen hat, aber ein sich abwechselndes Schnarchen beruhigt ihn. Aber wer könnte damals etwas gesehen haben, denkt Kunrad. Wie schwer wiegt da die Aussage der Zofe Agnes von Schreckenstein bei Beatrix von Burgund, der jungen Kaiserin? Aber doch entscheidend ist, ob ihn jemand beobachtet hatte und dazu fiel ihm im Moment niemand ein. Es sei denn, vielleicht Ludolf von Kreiensen? Aber diesen Gedanken verwirft er bald wieder, hat er diesen wie er glaubt doch in der Hand .

Nur vielmehr vorsehen muss ich mich, schlägt das Wasser hinter einem Busch ab, und geht jetzt erleichtert wieder schlafen.

Jetzt gut drei Wochen sind seit dem Aufbruch des großen Trosses von der Pfalz Lutra vergangen, und man erblickt an der Spitze des langen Zuges unter lautem Ruf spät am Nachmittag, letzter Tag im September den hohen Kirchturm der Klosteranlage von Saint Etienne in Bisanz, heute (Besancon).

Das Benediktinerkloster war das Ziel der kaiserlichen und päpstlichen Teilnehmer am Konzil, welches im bekannt sehr großen Refektorium abgehalten werden wird.

Alle Mönche haben sich für die Dauer des Konzils und Reichstages in eine Klause eines nicht weit von Bisanz entfernten Dorfes Vieilley zurückgezogen, um den vielen Abgesandten von Kaiser und Papst Platz zu machen. Der Kaiser und seine Ratgeber, wie auch Rainald von Dassel waren noch Gäste des Herzogs von Lothringen, Matthäus und Agathes von Oberlothringen in Oricourt, und würden erst unmittelbar vor Beginn des Konzils hier eintreffen. Kunrad, Ludolf und die Schreiber erhielten Quartier in den zwei Seitenflügeln des quadratisch angelegten Klosters mit dem riesigen Innenhof, der sogar Stallungen für einige Pferde aufwies. Bis zum Beginn des Konzils am 12. Oktober hat es zwar noch knapp zwei Wochen Zeit, die mussten aber letzthin zu den vorbereitenden Maßnahmen der politisch prisanten, entscheidenden Bisanzer Verhandlungen genutzt werden. Das Refektorium selbst war bezüglich seiner Bestuhlung und Sitzordnung für die Delegationen schon vorbereitet. Aber es sind mit Kunrad von Hachen als Sekretär Kanzler Rainalds in der Verantwortung, alle die mit weltlichen und kirchlichen Rechtsvorschriften, Besitz- wie Verleihungs-urkunden oder kaiserlichen Verordnungen voll bepackten Trosswagen zu entladen und dann zu ordnen. Dokumente so zu ordnen, damit diese während des laufenden Konzils für Rainald von Dassel immer gleich zur Hand sind, falls der sie für relevant erachtet und sie benötigt.

Am letzten Tag kurz vor dem Beginn des Konzils traf die päpstliche Delegation, autorisiert durch Papst Hadrian mit Kardinalpriestern Roland von San Marco und Bernhard von San Clemente an ihrer Spitze ein. Überraschend für Kunrad waren in der päpstlichen Abordnung auch der Erz-bischof Hubert von Pirovano wie dessen enger Mitarbeiter Giuseppe Valdano vertreten, die eigentlich auf der anderen Fraktion stehen sollten; nämlich als Vertreter von Mailand unter des Kaiser Friedrich Herrschafts, repliziert Kunrad für sich. Als er aber nun Giuseppe unter den Kirchenleuten erblickt, freute er sich und begrüßte Valdano als einen der lange vermissten Freunde.

Der deutsche Kaiser, sein Kanzler, alle die wichtigsten Fürsten des Reiches wie die deutsche Geistlichkeit trafen dann vier Stunden vor dem Beginn des Konzils ein. Gleich nach der Ankunft berief der Kaiser nochmals alle Vertreter seiner herrschaftlichen Absichten zu einer zielführenden Beratung zusammen, was als Forderungen und welche der Ergebnisse contra der päpstlichen Seite zu fordern wären. Kunrad von Hachen war gerade zugange, seine benötigten Schreibunterlagen für die Protokollführung während des Konzils in sein Behältnis zu packen, da klopft es laut an seine Zellentür. Ludolf von Kreiensen, in der Tür stehend teilt ihm ziemlich aufgeregt mit, er solle sich sofort zum Kanzler Rainald ins Skriptorum neben dem Refektorium verfügen. In Erwartung eine wichtige Instruktion noch vor Beginn der Beratungen zu erhalten, meldet sich Kunrad bei Rainald von Dassel. Mit ernster Miene und ohne die Andeutung einer Begrüßung, fragt und stellt Rainald zu gleich fest: „ Was hat es auf sich, das mir Ihre Majestät Kaiserin Beatrix mitteilt, er kannte die Hofdame Marie von Gunthard, die zu Tode kam "? Trotz der für Kunrad überraschenden Eröffnung des Gesprächs mit dieser Frage durch Rainald antwortet er auch hier wie bei der Kaiserin Tage zuvor ruhig: „ Meine Bekanntschaft mit der Dame von Gunthard beschränkte sich nur auf eine Frage nach dem Weg zur Kanzlei bei meiner Ankunft in der Pfalz von Lutra und einer von mir ausgesprochenen Begrüßung". Scheinbar befriedigt, ohne das heikle Thema noch weiter ausführen zu wollen, gibt Rainald von Dassel Anweisung: „ Er wird während der Verhandlungen hinter mir am Pult stehen, damit er mit mir kommunizieren kann".

Erleichtert aber doch beunruhigt zugleich, entfernt sich Kunrad auf einen Wink Rainalds.

Was Kunrad von Hachen nicht wusste, war die geschickt von Rainald von Dassel veranlasste Unterdrückung einer erneuten Untersuchung des >Falles Marie von Gunthard< und damit einen neuen Prozesses, nach dem ihm Kaiserin Beatrix bei einer Audienz beiläufig die Aussage ihrer Hofdame Agnes von Schreckenstein geschildert hatte.

Nicht aus Menschlichkeit gegenüber Kunrad von Hachen, dem >Sohn< hatte er diese Anstrengung unternommen. Denn wenn Kunrad wirklich der wahre Täter wäre, würde das für ihn selbst wohl auch das Ende seines Aufstiegs und der Anfang seines Falles in der Gunst bei Friedrich sein. Hatte ihn doch der rasante Aufstieg unter dem hohen Adel und anderen Ratgebern des Kaisers im Reich nicht allzu viele Freunde beschert. Aber auch in Kunrads Gehirn tat es arbeiten nach dem Gespräch beim >Vater<. Nur gingen seine Gedanken in eine ganz andere Richtung. Er muss in der Zukunft viel vorsichtiger sein und Begierden noch sehr viel beherrschbarer karschieren. Vorallem aber benötigte er Verbündete. In Ludolf von Kreiensen hatte er lange Zeit geglaubt, einen solchen gefunden zu haben. Aber in den letzten Monaten war Misstrauen in ihm erwacht. Warum konnte er nicht genau definieren. Vielleicht waren es die Blicke Ludolfs, von denen er sich in letzter Zeit gestört und verfolgt glaubt.

Die Konzilsverhandlungen begannen jeden Vormittag um Punkt 11 Uhr. Direkt vor Kunrad, der an einem Pult steht, sitzt Rainald von Dassel an der rechten von zwei langen Tischreihen mit dem Blick auf Kaiser Friedrich. Rechts vom Kanzler sitzen Graf Albert von Sponheim als des Kaisers Rechtsexperte, daneben der Pfalzgraf Otto von Wittelsbach, dann Wilhelm V. von Montferrat und daran anschließend Hermann von Behr, Bischof von Verden.

Links vom Kanzler haben Markward von Grumbach, dann der Graf Rudolf von Pfullendorf, Anselm von Havelberg, daneben Graf Guido von Biandrate und Herzog Berthold IV. von Zähringen Platz genommen. Mit letzterem, dem Herzog von Zähringen bestanden lange unterschiedliche Auffassungen wegen des Erbes von Burgund mit Friedrich dem Kaiser. Die Erbansprüche des Zähringers wegen des Herzogtums von Burgund hatten sich durch die Heirat des Kaisers mit Beatrix von Burgund zerschlagen. Dieser gab gab die Ansprüche auf Burgund zwar niemals auf, erfüllte aber die Lehnspflicht gegenüber dem Kaiser weiter durch die loyale Gefolgstreue in Friedens- und Kriegszeiten.

Die prominentesten der Fraktion des Papstes saßen mit dem Kardinalpriester Roland Bandinelli von San Marco, der Kardinalpriester Bernhard von San Clemente der Stadt Rom, Erzbischof von Mailand Hubert von Pirovano und dem greisen Bischof von Verona, Omnebono Veronensi der kaiserlichen Anhängerschaft auf der linken Tischreihe gegenüber. Friedrich thronte auf einem erhöhten Podest zwischen den beiden Parteien mit ihren unterschiedlichen Auffassungen und Vorstellungen.

Schon zu Beginn gab es Schuldzuweisungen von beiden Seiten über nicht eingehaltene Abkommen und Verträge. Noch verschärft wurden die Gegensätze durch eine erst kürzlich erfolgte Gefangennahme des papstfreundlichen dänischen Bischofs Eskil von Lund bei dessen Rückreise von Rom nach Dänemark auf burgundischen Gebiet durch kaiserliche Beamte. Grund der Arretierung Lunds ist ein Streit zwischen Friedrich und dessen dänischen König Waldemar I. wegen seiner erhobenen Machtansprüche im Ostseeraum, die Eskil von Lund klar und offen für seinen König reklamiert. Gleich zu Anfang erheben die Legaten des Papstes die Forderung nach Freilassung des dänischen Bischofs Eskil. Und so ist das Verhandlungsklima jetzt schon unerträglich, ehe man mit den wichtigen Themen begonnen hat. Aber der Höhepunkt von Provokation und Auseinandersetzung der beiden Parteien sollte erst noch folgen. Kunrad als Rainalds Sekretär, Protokollführender konnte anfangs die eigentliche Entwicklung und dann die Zuspitzung der Auseiandersetzung nicht so konzentriert wahrnehmen, denn diese Protokollierung der ausufernden Streitduelle forderte seine erhöhte Aufmerksamkeit, zumal Rainald von Dassel Kunrad oftmals Korrekturen eigener Wahrnehmung zurief.

Die sehr massiven Vorwürfe Rainalds von Dassel an die Adresse der päpstlichen Vertreter, das Papst Hadrian IV. die aufständischen Städte in Oberitalien unterstützt, die doch der hoheitlichen Verwaltung Friedrichs unterliegen, werden mit Vorhaltungen wegen Bruchs der Konstanzer Verträge von 1153 zwischen dem damaligen Papst Eugen III. und Kaiser Friedrich beantwortet. Als danach folgend eine Botschaft Hadrians an den Kaiser und die deutschen Bischöfe durch Kardinalpriester Roland von Bandinelli verlesen wird, in der beiläufig das Kaisertum im Reich Deutschland im Zusammenhang mit Nennung des Wortes >beneficium< ausgedrückt wird, eskalieren die belasteten Verhandlungen in der Folge endgültig.

Sich zu seinem Sekretär Kunrad umwendend, lässt der Kanzler Rainald von Dassel das Wort >beneficium< als ein übergebenes Lehen durch den Papst übersetzen und auch protokollieren. Als Kunrad Kanzler Rainald fragend ansah, denn als guter Kenner des Latein verstand Kunrad von Hachen in der Botschaft des Wortes >beneficium< in Übersetzung und Zusammenhang des Satzes, eher als eine vom Papst entgegenkommende Wohltat. Diskret Rainald darauf hinweisend, bestand dieser aber darauf, den Satz mit >als ein vom Papst verliehenes Kaisertum als Lehen< an Friedrich abzufassen.

Provozierend protestierend verbat sich Kanzler Rainald im Namen des Kaisers dieses von Hadrian IV. eigenwillig herausgenommene Recht. Bei den jetzt nun aufbrechenden tumultartigen Szenen vergaß Kunrad fast seine Pflichten der Protokollführung. Worte und Widerworte in Geschrei und Gebrüll ausartend, machten es Kunrad von Hachen unmöglich, das Durcheinander von Wort und Widerwort auseinander zu halten und diese im Protokoll entsprechend festzuhalten. In seiner kaisertreuen Verblendung ließ sich der Pfalzgraf Otto von Wittelsbach sogar dazu verleiten, sein Schwert zu ziehen, um es gegen die Legaten Roms drohend zu benutzen. Erst die Autorität Kaiser Friedrichs und seine, sich abrupt vom Thron erhebend einhaltende Geste gegen den Pfalzgrafen, verhinderte eine Gewalttat. Damit sich die Gemüter beruhigen konnten, wollte man den Rest des Tages und die darauf folgende Nacht dazu nutzen, die gegensätzlichen Ansichten neu zu überdenken, um am nächsten Tag zivilisiert wieder weiter verhandeln zu können. Die letzten Zeilen des Tagesprotokolls lesend, wollte sich Kunrad müde vom anstrengenden Tag auf sein Ruhelager zum Schlafen niederlegen, als es leise verhalten an seine Zellentür klopfte. Neugierig, aber auch verärgert öffnete er. Vor seiner da Tür steht Giuseppe Valdano, den Finger warnend am Mund. Den langen Zellengang im Auge, ob ihn im allerletzten Moment auch niemand sieht, trat er beim überraschten Kunrad ein, einen Krug Rotwein aus den weiten Ärmeln seines Gewandes hervorzaubernd.

Seit ihrem gemeinsamen Wirtshausbesuch in Lutra vor Jahresfrist waren sie Freunde geworden, soweit man es bei so einer kurzen Bekanntschaft überhaupt sein kann. Sie hatten einander Gefallen gefunden, waren sie doch aus dem gleichen Holz geschnitzt im Ergeiz und Streben nach dem Erfolg. Kunrad aber ahnte nicht, das diese Freundschaft Valdanos schon in der Pfalz von Lutra gezielt und provoziert vorbereitet war, um durch Kunrad jetzt oder später an wertvolle Informationen für das im Kampf gegen Kaiser Friedrich aus Deutschland begriffene Mailand zu kommen. Giuseppe Valdanos Auftraggeber ist Mailands Erzbischof Hubert von Pirovano. Giuseppe Valdano als ein sehr guter Menschenkenner hatte in Lutra von Hachens gespaltene Integrität und Anhänglichkeit an den Kanzler Rainald von Dassel und das Kaisertum schon erahnt, und seine Erkenntnis auf der Rückreise nach Mailand dem Erzbischof berichtet. Und der Geheimauftrag von Giuseppe Valdano hier in Bisanz lautete nun, Kunrad von Hachen zu einem Sympathisanten und geheimen Mitarbeiter von Mailand umzufunktionieren.

Der Wiedersehenstrunk löst dann die Zunge Kunrads von Hachen zusehends. Jetzt erst beginnt Giuseppe Valdanos Einsatz: „ Kunrad, möchtest du bei deiner Intelligenz für immer nur ein Sekretär bleiben? Oder könntest du dir eher ein unabhängiges Leben in Italien, zum Beispiel als einen Besitzer eines Weingutes auf dem Land vorstellen"? Überrascht doch dabei hellwach tat Kunrad so, als sei dieses Gerede Valdanos ein nicht ernst gemeinter Vorschlag für ihn:„ Ja, ein schöner Traum Giuseppe ", antwortet Kunrad vortäuschend weinselig. Gleichzeitig arbeitete es aber in seinem Kopf. Dieses gerade zu diesem Zeitpunkt äußerst passende Angebot der Mailänder wahrzunehmen, kam so unrecht nicht, da er sich im eigenen Lager auf dünnem Eis wusste und Verbündete benötigte. Deshalb wartete er auf weitere Äußerungen des Italieners. „ Nein Kunrad, das sind keine Hirngespinste, wenn du das glaubst. Es wäre Wirklichkeit, wenn du uns unterstützen würdest. In Oberitalien hat sich mit Mailand an der Spitze und den Städten, Crema, Tortona, Brescia, Piacenza, Verona und Genua mit der Unterstützung des Papstes in Rom starker Widerstand gegen euren Kaiser Friedrich gebildet. Erzbischof Hubert von Pirovano hat mich beauftragt, dir dieses Angebot zu unterbreiten, wenn du für uns arbeitest und uns künftig mit Informationen aus dem Bereich deines Umfeldes immer wieder zukommen lassen würdest ". Jetzt, da alles gesagt, schaute Valdano Kunrad lauernd ins Gesicht, denn sollte Kunrad negativ oder gar protestierend auf das verlockende Angebot reagieren, hatte er Auftrag, unauffällig Gift, das er bei sich führte, in den Wein Kunrads zu mischen. Da aber Guiseppe Valdano in den Augen Kunrads sichtbares Leuchten sah, fuhr er weiter fort:

„ Der Erzbischof bietet dir bei deiner Zusage, und wenn wir uns vom Joch eures deutschen Kaisers befreit haben, das Landgut Buccellati südlich Cremonas an. Dazu gutes Geld in Gold in der Zeit unserer Zusammenarbeit ". Das so freimütig geäußerte Angebot Giuseppes überraschte auch den sonst eiskalten Kunrad, aber beherrscht antwortet er: „ Ich werde die Nacht darüber nachdenken und dir morgen Bescheid geben. Eins verspreche ich dir aber jetzt schon als dein Freund, das von unserem Gespräch niemals irgend Jemand erfahren wird ". Bevor sich Valdano schon spät in der Nacht verabschiedet, legt er Kunrad noch einen Beutel voller Golddukaten auf den Tisch, als quasi einer letzten Prüfung für eine Zu- oder Absage zu dem riskanten und gefährlichen Bündnis.

Valdano war natürlich ein hohes Risiko eingegangen. Zum einen hier in den Unterkünften der Kaiserlichen entdeckt zu werden, zum anderen das Restrisiko, bei dem Kunrad vielleicht am Morgen den deutschen Kanzler Rainald von Dassel über die Vorgänge informiert. Und auch tatsächlich wurden Giuseppe Valdano und der Erzbischof Hubert von Pirovano auf eine harte Probe gestellt. Denn das vergiftete Verhandlungsklima hatte Rainald von Dassel mit einem Einverständnis des Kaisers am nächsten Tag dazu veranlasst, das ganze Reisegepäck der verdächtigen Papstleute durchsuchen zu lassen. Was man dort fand, waren vorgefertigte Urkunden, in denen Privilegien für das deutsche Episkopat verbrieft waren, mit denen der Papst Stimmung gegen die beanspruchte Oberhoheit von Kaiser Friedrich in kirchlichen Angelegenkeiten im Römisch-Deutschen Reich permanent schüren wollte. Diese jetzt ausgerechnet beim Konzils aufgedeckte Kampagne des Papstes Hadrian IV. empfand die Hohe Geistlichkeit im Reich als äusserst provokative Bevormundung und erwirkte in den Reihen der bisher Unentschlossenen, bei Fürsten und Kirche eine geschlossene Front gegen den englischen Papst in Rom. Aus diesem Vorfall aber ergaben sich für den Mailänder Erzbischof Hubert von Pirovano und dessen Mitarbeiter Giuseppe Valdano keine negativen Konsequenzen. Beide empfanden nun Kunrads offensichtliches Schweigen als Zusage und positives Zeichen seines Einverständnisses, für die Interessen Mailands und des Papstes einzustehen. Der provokative und wohl möglich auch von seitens des deutschen Kanzlers Rainald von Dassel inszenierte Vorfall der Durchsuchung ihres Gepäcks war nun auch Anlass für die päpstliche Delegation das Konzil platzen zu lassen und selbiges unter Protest am nächsten Tag zu verlassen. Ab dieser Zeit standen die Zeichen des ohnehin schlechten Verhältnisses zwischen Papst und Friedrich auf Sturm. Erst recht, als Hadrian IV. in einem Sendschreiben an die deutschen Bischöfe die Vorgänge in Bisanz zum Anlass nahm, den Kanzler Rainald von Dassel mit folgenden Worten zu tadeln und zu verunglimpfen: Ich weise damit auf diesen verderblichen Menschen in der Umgebung des Kaisers hin, der Unkraut säe. Und fordere die Bestrafung des Kanzlers Rainald wegen seiner unsäglichen gotteslästerlichen Beleidigungen gegen die päpstlichen Legaten und damit auch den päpstlichen Stuhl in Rom.

Es begann in Goslar

Die Rückreise des kaiserlichen Trosses von Bisanz ins Herz des Reiches nach Deutschland benötigte einen noch längeren Zeitraum wie bei der Hinreise. Nicht nur, weil das Endziel diesmal der alten Kaiserpfalz von Goslar galt, sondern weil der eingebrochene frühe Herbst und nahende Winter die Reisewege tiefer, zuweilen grundlos werden ließ. Nach 16 Tagen erst hatte der Zug Worms erreicht. Ein Teil des Wagenzuges setzte über den Rhein, das einige Zeit in Anspruch nahm, die der restliche Teil zu einer Rast am linken Rheinufer nutzte.

Kunrad in Gedanken an das in Bisanz erlebte, schritt nach einer sehr langen Tagesetappe auf dem Wagen allein ein Stück des Weges am Rheinufer entlang, als er von einem Fremden überholt wurde, der ihn höflich, etwas gebrochen deutsch ansprach: „ Er ist doch der Sekretär Kunrad von Hachen? Entschuldige er, auch ich begleite den kaiserlichen Tross seit Wochen. Ich bin Händler und Kaufmann für Waren aus Leder aller Art, die zum Werkzeug aller Soldaten und den Pferden gehören. Mein Sortiment sind Schuhe, Stiefel, Sattel und Zäumung. Und deshalb wird er mich immer in der Nähe von den kaiserlichen Truppen finden. Man nennt mich Eduardo ". Da Kunrad jetzt den Fremden nach der langen Rede doch unterbrechen möchte, fuhr dieser schnell fort: „ Gleichfalls bin ich für Nachricht Übergaben an Giuseppe geeignet," worauf Kunrad fragend und die Stirn runzelnd ergänzt: „ Valdano "? Nur mit dem Kopfnicken als Antwort macht nun Eduardo kehrt, um Kunrad noch zuzuflüstern: „ Wir sehen uns bald wieder ", und verschwand darauf im Durcheinander der sich jetzt neu ordnenden Fuhrwerke für die Weiterfahrt. Überrascht und löblich anerkennend dem Eduardo nachsehend, denkt

Kunrad für sich: Alle Achtung wie schnell hier doch die Mailänder ihre Mittelsmänner und Agenten einsetzen. Hier jetzt auf der rechten Seite des Rheins verließen die Mehrzahl der Fürsten, Adel und Geistlichkeit den Kaiser, um zu ihren Burgen oder in ihren Territorien nach dem rechten zu sehen. Der verbliebene Rest des Trosses steuert die alte Kaiserpfalz Ingelheim an, in der eine zweitägige Rast geplant ist, bei der Kaiser Friedrich zum zweiten Mal nach 1150 die kluge Äbtissin Hildegard von Bingen zu empfangen gedenkt. Denn gerade nach diesen in Bisanz gescheiterten Verhandlungen mit den Vertretern von Papst Hadrian IV. wollte er auch die Meinung der in seinem Reich von sich Reden gemachten klugen Frau auf dem Rupertsberg, hoch über dem rechten Ufer der Nahe, hören. Hildegard ist eine streitbare Frau des Glaubens, vertritt mit Vehemenz auch andere kontroverse Meinungen gängiger Glaubenslehre gegen die geistlichen Amtsträger bis hin zum Papst. Hildegard von Bingen, wie sie jetzt gemein hin genannt wird, ist im Jahre 1098 in Bermersheim bei Alzey als zehntes Kind eines Landadligen, Hildebrecht und der Gemahlin Mechthild von Hosenbach, geboren. Erst als Nonne im Benediktinerkloster Disibodenberg und später als Äbtissin und alleinige Gründerin ihres Nonnenklosters Rupertsberg nahe der Nahemündung in den Rhein, befasst sich Hildegard in ihren schriftlichen Aufzeichnungen mit Religion, Medizin (Naturheilkunde), Musik, Ethik und Kosmologie.

Nach zwei Tagen Aufenthalt in der Pfalz von Ingelheim wurde die Reise nach Goslar fortgesetzt. Ab diesem Zeitpunkt bekam Kunrad den Kanzler Rainald bis Goslar nicht mehr zu Gesicht. Der Kaiser hatte den Kanzler zusammen mit Albert von Sponheim zu Herzog Heinrich den Löwen, nach Braunschweig gesendet, wo noch äusserst schwierige Verhandlungen bezüglich der von Heinrich angestrengten auszudehnenden Territorialpolitik nach Osten und Norden im Reichsgebiet geführt werden mussten.

Dem machtgierigen Welfenherzog war nach Belehnung Baierns durch den Kaiser, die Ausdehnung nach Süden hin bei der gleichzeitigen Belehnung Österreichs an das Haus der Babenburger durch Kaiser Friedrich verwehrt worden.

Kunrad nutzte diese Zeit in den Tagen der Anreise nach Goslar, die schriftlichen Berichte der Verhandlungen von Bisanz und anderswo für die Archive von den Schreibern des Ludolf von Kreiensen fein säuberlich auf Pergament kopieren zu lassen, das inzwischen wegen seiner längeren Haltbarkeit und der Möglichkeiten öfter korrigieren zu können, das Papyrus aus Ägypten immer mehr ersetzt.

Schon auf dem Konzil und dem gleichzeitigen Hoftag in Bisanz hatte Kaiser Friedrich die deutschen Reichsfürsten für den 1. Januar 1158 in die Kaiserpfalz nach Goslar einbestellt. Unter der Prämisse und Voranstellung, dass eine äußerst wichtige Entscheidung zum Wohle und zur Sicherheit des Heiligen Römischen Reiches Deutscher Nation in Goslar zu beschließen wären.

Als dann Kunrad von diesem wichtigen Termin erfahren hatte, dachte er was doch nahe liegt, sofort an die daraus folgernden Ergebnisse und Informationen, an die er durch den Kanzler, seinen >Vater< zu gelangen hoffte, um sie an Mailand oder deren Agenten weitergeben zu können.

Bevor man aber um Mitte Dezember, zum Ende des alten Jahres in der Pfalz von Goslar eintraf, wurde mit dem kleiner gewordenen Tross noch ein Umweg ins Bistum von Paderborn getätigt. Der Paderborner Bischof Bernhard von Oesede lag mit dem Erzbistum von Köln unter dessen Erzbischof Friedrich II. von Berg in einem langen Einfluss- und Übernahmestreit, der in letzter Konsequenz zur Auflösung des Bistums von Paderborn und Einvernahme unter das Erzbistum Kölns hätte führen können. Kaiser

Friedrich gelang es, den Streit mit einem Schiedsspruch zu beenden. Paderborn kann seine Eigenständigkeit behalten wie auch zu seinen Nutzen weiterhin verwalten. Am 17. Dezember dann endlich traf der kaiserliche Zug unter dem frenetischen Jubel der kaisertreuen Harzstadt nach vielen anstrengenden Reisetagen in Goslars Pfalz ein. Eine Reisestrapaze, die im ersten Drittel des September von der neuen Pfalz Lutra aus begann. Als auch Kunrad von Hachen im Begriff ist, das große Tor in den Pfalzhof von Goslar zu durchfahren, fiel ihm sofort der Händler Eduardo auf, der rechts der großen Toreinfahrt an der Umfassungsmauer der Pfalz von Goslar seinen Stand mit der Hilfe von zwei Knechten aufbaute. Lachend winkte er Kunrad, dem Sekretär des Kanzlers Rainald zu. Kunrad sich noch einmal umdrehend, gewahrte wie sich ein junges dunkelhaariges Mädchen mit einem Korb in den Händen, lachend mit diesem Kaufmann Eduardo unterhält. Der nächstfolgende Trosswagen gewährt aber nur einen kurzen Blick auf das offensichtlich schöne Mädchen.

Kunrad von Hachen ist nun schon über ein Jahr als seinem Sekretär bei Rainald von Dassel im Dienst. Die ihm am Anfang angedeutete Probezeit ist längst verstrichen, und so fühlt er sich ermutigt, seine bisher wie eine Uniform getragene Mönchskutte abzulegen, um sie durch passende Beinkleider, würdig für den Sekretär bei einem Reichskanzlers zu ersetzen. Morgen würde er in Goslar einen Schneider aufsuchen und sich von diesem gleich zwei Garnituren schneidern lassen. Hat ihm schon bei der Einfahrt durch die Stadtmauer die kleinere Stadt im Harz, am Fuße des Rammelsberges gefallen, deren schöne Häuser vom Reichtum der Region durch den Gold- Silber- und Kupferabbau zeugen, so war Kunrad erst recht von der prächtigen Kaiserpfalz Goslars beeindruckt. Der Reichtum und die zentrale geografische Lage im Reich waren sicher mit ein Grund, dass die Salier Konrad II. und Heinrich III. von 1030 bis 1045 gerade hier eine Königs- bzw. Kaiser-Pfalz errichten ließen.

Bei der Gelegenheit, in Goslar einen sehr guten Schneider aufzusuchen, hoffte Kunrad von Hachen mit dem cleveren und fixen italienischen Händler Eduardo in Kontakt zu kommen, um näheres von ihm und auch dessen Umfeld zu erfahren. Ja, da standen sie schon vor der Mauer der Pfalz, die Interessenten, zumeist Soldaten aber auch Offiziere, die bei Eduardo kaufen wollten. Unauffällig gab Kunrad dem Kaufmann ein Zeichen, ihm in die Stadt zu folgen, was dieser auch bald befolgte, nach dem er den Gehilfen entsprechende Verhaltensmaßregeln hinterließ. In Nähe des Marktplatzes zog Kunrad den Kaufmann in ein langes gebautes Gasthaus mit hohen spitzbogigen Fenstern und den Worten: „ Hier könnten wir uns einmal in Ruhe unterhalten ". Nachdem beide bei der jungen Bedienung Wein bestellt hatten, fuhr Kunrad fort: „ Wer sind denn die zwei Knechte bei ihm "? Lächelnd sah ihm der Kaufmann ins Gesicht, um zu antworten: „ Zur Hälfte hat er Recht, die andere Hälfte ist mein Sohn Enzio, der größere von den beiden. Enzio wird uns als Kurier zur Verfügung stehen, für die Nachrichten von ihm, dabei Kunrad in die Augen blickend, und für die Botschaften nach unserer guten Stadt Mailand ". Lächelnd fragt nun Kunrad weiter: „ Und wer ist die junge Magd, mit der ihr vor der Pfalz gesprochen und geschäkert habt "? Eduardo diesmal ernster blickend: „ Sie ist meine einzige Tochter Gabriella. Vielleicht kann sie uns auch noch gute Dienste leisten. Schön wäre es, wenn sie hier bei Hofe als Dienstmagd unterkäme. Sie ist ein hübsches Mädchen. Vielleicht hilft das. So, jetzt muss ich aber wieder gehen. Man sollte uns beide nicht zu offt beisammen sehen. Nur bei wichtigen Informationen und Anlässen ". Die Zeche übernahm Eduardo. Dann trennten sich beide. Eduardo, um nach seinen Geschäften zu sehen; Kunrad weiter auf dem Weg zu einem Schneider.

Am 20. Dezember, kalt war es an diesem Tag, kehrte der Kanzler Rainald von Dassel von seinen Verhandlungen bei Heinrich dem Löwen aus Braunschweig zurück. An der Spitze der 20 Mann starken bewehrten Reitertruppe, und gerade im Begriff das Tor der Pfalz von Goslars zu passieren, scheute plötzlich sein Pferd. Vielleicht war Rainald vom Jubel des seine Truppe empfangenden Volks abgelenkt, denn eine junge Frau, eher noch ein junges Mädchen war seinem Pferd wohl zu nahe gekommen und fiel unter die Hufe des scheuenden, hochsteigenden Tieres. Ärgerlich über die ihn befallene Unaufmerksamkeit, versuchte Rainald von Dassel sein Pferd zu bändigen, sehr darauf achtend, die junge Frau nicht zu verletzen oder noch schlimmeres zu verhüten. Besorgt sprang er jetzt vom inzwischen beruhigten schwarzen Rappen mit den Worten: „ Hat die Jungfer sich denn wehgetan, ist sie etwa verletzt "? Schnell war das junge Mädchen mit den langen schwarzen Haaren wieder aufgestanden. „ Nein, Hoher Herr, mir tut nichts weh, nur erschrocken bin ich doch nur gewesen ". Erst aus der Nähes ihres Angesichts registriert Rainald die offenbare Schönheit, den Liebreiz der Augen und den Klang der samtnen dunklen Stimme, welche von reizendem Akzent begleitet ist. Sonst eher zurückhaltend, fragt Rainald diesmal: „ Wie heißt die Jungfer, und hat sie noch einen Wunsch "?

„ Hoher Herr, man ruft mich Gabriella, und ich war gerade auf dem Weg in die Burg, um mich um eine gute Arbeit zu bemühen ". Nachdenklich betrachtet Rainald noch einmal die junge Frau, die ihn dabei bittend ansieht. Wieder sein Pferd besteigend antwortet Rainald: „ Melde sie sich bei mir morgen am Vormittag 11 Uhr und frage sie nach Rainald von Dassel, so mein Name ", stellte er sich noch vor, um mit den geduldig auf ihn wartenden Reitern endgültig durch das Tor in die Pfalz zu galoppieren.

Es gehörte zum Plan von Eduardo neben dem Sohn Enzio, auch die Tochter Gabriella zum Ausspähen in das Umfeld des kaiserlichen Hofes zu bringen. Es war der unbedingte Wille Gabriellas gewesen, gegen den ihres Vaters, sich auch in dieses gefährliche Metier und risikovolle Handwerk der Spionage einzubringen. Das Bild der Deutschen, die ihre Stadt und ihr Land in Italien in Abhängigkeit und Ausbeutung durch die Vögte und Statthalter des Kaisers zwang, hatte ihr der Vater Eduardo als völlig ungebildete barbarische Teutonen beschrieben.

Nach dem Gabriella den mächtigen Rainald von Dassel so nahe vor Augen sah, regte sich in ihr eine ungewollte Sympathie für diesen Mann. Dieser war sehr angenehm anzuschauen in seiner prachtvollen Kleidung. Das Gesicht schön, ausdrucksvoll und leicht gebräunt, wie sie sich an die kurze erhebende Begegnung erinnert. Das Haar war ihm unter dem Barett weich und blond auf die Schulter gefallen. Unsicher geworden, dachte Gabriella aufgeregt an den kommenden Tag.

Zu dem von Kaiser Friedrich einberufenen Fürstentag am Neujahrstag 1158 trafen Tag um Tag die Reichsfürsten, Hohe Geistlichkeit wie der einflussreiche Adel ein. Als Versammlungsort wurde selbstredend der große Saalbau des Kaiserhauses hergerichtet. Nach seiner Ankunft hatte Rainald von Dassel erst einmal dem Kaiser seinen Bericht erstattet, was die Verhandlungen mit dem Welfenherzog in Braunschweig ergeben hatten. Dann erst widmete er sich den bevorstehenden Vorbereitungen zum Fürstentreffen, zu denen er jetzt seinen Sekretär rufen ließ.

Wochenlang wohl, seit Ingelheim hatte der Kanzler seinen Sekretarius nicht mehr benötigt. An eine schwere Tür des mittelgroßen Kabinetts, dem sehr prachtvollen Kaisersaal gegenüber anklopfend, tritt Kunrad in neuen Kleidung vor seinen Chef. Als Rainald aufsah, musterte er erstaunt den auffälligen >Sohn< ungläubig, diesen nun von oben nach unten ironisch betrachtend. Kunrad trug nicht mehr sein Mönchsgewand, sondern eine sehr eng anliegende beige Beinhose und als Oberteil eine sehr kurze über die Hüften gehende geschnürte dunkelbraune Jacke. Eine passende Beinkleidung, die ihm der Schneider in Goslar von einem zurückgetretenen Kunden verkauft hatte. Spöttisch fragt von Dassel aber: „ Leugnet er jetzt seinen Gott mit dieser Verkleidung oder ist er sich zu fein geworden, seit dem er bei mir arbeitet "? Für diese sarkastische Bemerkung zu seinem Äußeren hasste Kunrad den Mann, der sein Vater ist und dies nicht offenbart noch mehr. So antwortet auch Kunrad nur: „ Nein Eminenz, ich dachte eher, Euch damit Ehre einzulegen, wenn ich von Euer Ehren aufgefordert werde, unter Eures Gleichen meine Arbeit als Secretarius auszuüben ".

Ohne auf eine Antwort seines Sekretärs zu warten, ging Rainald von Dassel zur Tagesordnung über, die da heißt, letzte Vorbereitungen zum bevorstehenden Fürstentag zu besprechen. Dieser erneute Affront und die Kälte, die aus Rainalds Worten drang, trug viel dazu bei, Kunrad von Hachens Vorhaben weiter zu verfestigen, die Ambitionen Rainald von Dassels zu behindern und selbstredend damit auch dem Kaiserreich künftig zu schaden, wo und wie er nur konnte.

Das von Kaiser Friedrich einberufene Fürstentreffen am Neujahrstag des Jahres 1158 diente in erster Linie dem Wunsche Friedrichs, dass die Fürsten des neuen Reichs Römisch-Deutscher Nation, ihn bei einem erneuten Feldzug gegen die ständig unbotmäßigen und aufständischen Städte in Oberitalien unterstützen. Der deutsche Einfluss und die seit 1154 installierten kaiserlichen Strukturen sind durch die aufmüpfigen Städte mit der Unterstützung durch den Papst Hadrian IV. in Rom zusehends mehr und mehr untergraben worden. Deshalb lautete der dringende Appell Friedrichs an die Reichsfürsten, ihn zu diesem so bitter notwendigen zweiten Aufbruch nach Italien zum Vorteil des Reiches persönlich, wie bei der Stellung von Fähnlein durch ihre Ritter und Landser zu begleiten. Mit sehr vielen Versprechungen und dem Verleihen von Privilegien an den Hohen Adel gelang es ihm, die Mehrzahl der Fürsten zu überzeugen und deren Zusagen zu erhalten. Nur der erst einen Tag später in Goslar eingetroffene mächtigste Fürst des Reiches, Heinrich III. von Sachsen, durch des Kaisers Gnaden seit 1156 auch Herzog Heinrich XII. von Baiern, auch der Löwe genannt, lehnt seine Teilnahme ab. Der „Löwe" argumentierte seine Ablehnung, so vermerkt es Kunrad in seinem Protokoll, mit den Worten: Nach der mir neu verliehenen Herzogswürde von Baiern, müsse er in seinen Stammterritorien im Norden und jetzt Osten wie auch im dazu erhaltenen Baiern dringend neue, wie für alle seine Gebiete gleiche Strukturen einführen, die strikt seine persönliche Anwesenheit erfordern. Aber diese von Heinrich angeführten Gründe sind nur die halbe Wahrheit. Die politische Realität ist, dass ihn die Gegnerschaft zu Friedrich als Machtrivale im Reich mit dem Papst in Rom verband. In einer Botschaft des Papstes an Heinrich den Löwen fragte dieser an, ob er nicht seinen Einfluss im Reich geltend machen könne, den Einmarsch des Kaisers in Oberitalien zu verhindern.

Nach dem der Kaiser und sein Kanzler die Zusagen der Fürsten für den Italienfeldzug erlangt hatten, wurde als strategische Maßnahme nachfolgendes beschlossen, wie es das Protokoll Kunrads preisgibt: Zusammen mit dem Pfalzgrafen Otto von Wittelsbach wird Kanzler Rainald von Dassel ein kleineres Heer im zeitigen Frühjahr nach

Oberitalien führen, um dem im Juni mit dem Hauptheer folgenden Kaiser den Boden durch viele Bündnisse mit dem hiesigen Adel Oberitaliens zu bereiten.

Diese und weitere damit verbundene administrative Maßnahmen und Anordnungen für Oberitalien, die hier im zweigeschossigen 47x15 Meter großen Kaisersaal von Goslar beschlossen wurden, sollen schnellstens umgesetzt werden. Für den Sekretär Kunrad von Hachen begann jetzt erst, hier in Goslar 1158 die konspirative geheime Tätigkeit für die unentwegten Gegner der Herrschaft von Kaiser Friedrich in Oberitalien, d. h. Spionage für den Feind.

So machte sich Kunrad bei der Ausarbeitung der Tagesprotokolle zum ersten Mal heimlich Notizen über Termine Ortsangaben, Marschwegen aus Karten auch der Stärke von Truppenverbänden, welche doch sehr wichtig für den bevorstehenden Einfall in die Lombardei sind, ehe Kunrad die Protokolle zum Kopieren in die Kanzlei weitergibt..

Auch wenn Papst Hadrian versucht, durch die versöhnlich klingende Botschaft an Kaiser Friedrich, die Spannungen aus dem Disput von Bisanz abzumildern, in der er betont, das er seine damalige Botschaft als seinen Ausdruck einer von ihm verliehenen >Wohltat< verstanden wissen wollte, kann er Friedrichs Einmarsch in Italien nicht verhindern. Friedrich kümmere nicht Lavieren und Einlenken Papst Hadrians, sollte doch nach der Stabilisierung seiner Macht in Oberitalien ein weiteres Ziel realisiert werden: Macht und Einfluss auch im Süden Italiens zu gewinnen im Kampf gegen die normannischen Könige aus dem Hause Hauteville in Frankreich, dem Königreich Sizilien. Für den Papst und die Kurie eine Gefährdung ihrer Macht in Mittelitalien.

Alle diese relevanten Informationen übergab Kunrad dem Händler Eduardo nur mündlich, in dem er vor dessen Stand dem Kaufmann unauffällig den Kopf nickend an zeigt, sich gleich mit ihm auf dem Marktplatz von Goslar treffen zu wollen. Auf dem immer belebten Platz konnten Eduardo und Kunrad völlig unauffällig ihre Botschaften austauschen. Überrascht war Kunrad aber dann doch, als Eduardo ihm mitteilte, dass nun wie geplant auch Tochter Gabriella eine Arbeit im Umfeld des Hofes erhalten habe. Und noch überraschter ist Kunrad, wenn Eduardo weiter augenzwinkernd verkündet: „ Rate er mal wo "? Um dann eilig fortzufahren: „ Im Haushalt eures Kanzlers. Ja es sind sehr gute Nachrichten, die er uns da bringt, und ich werde meinen lieben Sohn Enzio noch heute Nacht losschicken, sie nach Mailand weiter zu leiten ".

Getrennter Wege strebten sie kurz darauf wieder der Pfalz von Goslar zu, ohne das Kunrad nicht vergaß noch vorher zu erwähnen, dass man die ihm zugesagten Belohnungen nicht vergessen möge. Darüber nun nachsinnend, warum Rainald von Dassel, der neben seinem politischen Amt auch ein Mann der Kirche ist, ein so junges Mädchen wie diese Gabriella bei sich einstellt, ist ihm der Weg in die Pfalz zurück nun recht kurz erschienen.

Der Februar des Jahres 1158 ging schon auf sein Ende zu, da begegnete Kunrad Eduardos Tochter zum ersten Mal in der kaiserlichen Pfalz. Ein wenig verlegen nickte Gabriella dem zum Kanzler eilenden Sekretär zu, als sie mit einem Tablett in den Händen aus der Tür des Kabinetts trat. Von der noch geöffneten Tür aus sah er Rainald von Dassel an seinem Schreibtisch sitzen und sich müde über die Augen streichen. Diese Müdigkeit, ungewohnt beim Kanzler, war Kunrad schon seit einiger Zeit aufgefallen, die er sich jetzt auch blitzartig erklären kann. Gabriella, Eduardos Tochter war inzwischen die Geliebte Rainalds von Dassel, seines Vaters geworden. Siehe einmal an, denkt Kunrad für sich. Er, ein Mann der Kirche, Kanzler des Heiligen Römischen Reiches Deutscher Nation, der im Rufe steht, tugendhaft zu sein, hat einen illegitimen Sohn und jetzt auch noch eine Geliebte, die eine Spionin ist. Dies alles erfassend, da Kunrad ins Kabinett des Kanzlers tritt. Rainald sich sofort an den Sekretär wendend sagt: „ Halte er sich für den Zug nach Italien bereit. Ich nehme ihn mit, wie auch Ludolf von Kreiensen aus der Kanzlei und auch wieder weitere zwei Schreiber. Am 14. März werden wir von einer Truppe bewaffneter Reiter begleitet, nach der Stadt Ulm aufbrechen, wo wir auf ein Heer unter Führung des Pfalzgrafen Otto von Wittelsbach treffen werden, um dann mit diesem tapferen bairischen Fürsten über den Pass des Brenner in den Alpen in die Lombardei zu gelangen ".

Nach Italien

Unter dem wehrhaften Schutz eines kleinen bewaffneten Trupps reiste nun auch Gabriella im fahrenden Hausstand Rainalds von Dassel nach Ulm, um sich dem grösseren Heer des bairischen Pfalzgrafen nach Oberitalien in die Region der Lombardei anzuschließen. Nicht viel später brach auch Händler und Kaufmann Eduardo seinen Stand in Goslar ab, um den Spuren des kleinen bewaffneten Trupps von Kanzler Rainald nach Ulm zu folgen. Der Heereszug von Ulm aus, der vom Kaiser mit großem militärischen Pomp verabschiedet wurde, gestaltete sich ab Innsbruck äußerst schwierig. In den Bergen der Alpen herrschte noch Winter, so das es auf vereisten Wegen und den mit unter steilen Rampen immer wieder zu Unfällen kam, so das Pferde, Reiter und auch Wagen in die Tiefe stürzten. Über den schon vor Jahrhunderten als Route über das Alpengebirge nach Italien zumeist überquerten Pass des Brenners, strebte man dem kleinen Dorf Sterzing zu, wo dem Heer des Pfalzgrafen Otto und des Kanzlers eine 3-tägige Ruhepause vergönnt wurde. Diese tat aber dem kleinen Ort im weiten Tal gar nicht gut. Da nutzten auch die besseren Geschäfte nicht viel, die einige ansässige Kaufleute durch das kleine Heer der Landser und Ritter tilgten. Viel größer stellten sich da die Schäden heraus, die einige Landser mit Plünderungen, Raub und auch Verge-waltigungen vor dem Weiterziehen verursacht hatten. Und ein Mord an einer jungen Frau in diesen drei Tagen war ebenfalls zu beklagen. Diese böse Tat konnte bislang nicht aufgeklärt werden. Nur dass die Einwohner von Sterzing dem am vierten Tage weiter ziehenden deutschen Heer oft Flüche oder viele ungute Verwünschungen hinterher rufen konnten. Da musste Kunrad von Hachen unwillkürlich mit einem befriedigten Gefühl von besserem Wissen an den ebenfalls „ungeklärten" Mord an der hübschen Zofe Marie von Gunthard denken. Eine abermalige Untersuchung des Falles, wie von Kunrad von Hachen seinerzeit durch die zwei belauschten Wachsoldaten in der Nacht der Rast vor Belfort erfahren hatte, hat bisher nicht stattgefunden und wird sicher wie so oft nur ein Gerücht gewesen sein.

Ohne längere Aufenthalte musste ab jetzt zügig weiter marschiert, weiter geritten und gefahren werden, um über Brixen, Bozen, Trient und Rovereto schnellstens die so strategisch enge „Veroneser Klause" zu erreichen.

Mit gemischten Gefühlen und gleichzeitig nachdenklich, hatte Kunrad von Hachen ein erstes Gespräch mit Eduardo Della Torre`s hübscher Tochter Gabriella geführt. Denn bei einer kurzen Rast gab sie Kunrad zu verstehen, mit ihm sprechen zu müssen. Abseits vom Heereszug, damit niemand ihrem Gespräch folgen konnte, dann Gabriella hastig: „ Mein Bruder Enzio hat eine Mitteilung für ihn. Er solle doch unauffällig ein Gerücht verbreiten, das sich die Besatzung der auf dem Wege nach Verona liegenden Burg Rivoli, nach Verona zurückgezogen hätte, um die Truppen der Stadt Verona für einen Kampf gegen eure Soldaten zu verstärken. Es ist aber in Wirklichkeit nicht so, aber doch eventuell eine erfolgreiche List, eure Ritter und Truppen zu schwächen oder gar zu vernichten, sagt mein Bruder! ".

Lächelnd ohne zu überlegen antwortet daraufhin Kunrad: „ Glaubt ihr, junge Dame, das solch ein Gerücht oder diese Nachricht ein einigermaßen fähiger Offizier, weniger noch ein Heerführer glaubt? Trotz dieser absurden Geschichte werde ich diskret für die Verbreitung dieser Nachricht aber sorgen. Aber Rivoli sollte lieber nicht damit rechnen, das Heer des Pfalzgrafen Otto von Wittelsbach damit zu überraschen. Sage dies bitte deinem Bruder.

Und noch etwas, sie verschenkt ihre Gunst an Rainald von

Dassel, verrät ihn aber gleichzeitig ". Gabriella schon im Fortgehen begriffen, stutzt nur kurz, um zu antworten: „ Ich tue es für mein Land. Und warum verrät er seinen Herrn und sein Land "?

Die zwei letzten geführten Dialoge hatten beide, Kunrad wie auch Gabriella nachdenklich gemacht. Nur mit einem Unterschied, das Kunrad für sich selbst beschied: Ich tue es aus persönlicher Rache und Enttäuschung.

Gabriella hingegen ist aber wirklich unsicher geworden, liebt sie Rainald von Dassel inzwischen mit der ungemein ehrlichen Zuneigung.

In diesen Tagen zum wiederholten Male hatte Ludolf von Kreiensen seinem Auftrag gemäß, Kunrad von Hachen beobachtet. Wenn er auch das Zwiegespräch von Kunrad und Gabriella nicht hatte hören können, so war es für den Kanzler sicher interessant genug, davon trotz allem zu wissen. Ludolf von Kreiensen hatte im Laufe der Wochen nach der Unterschlagung der Geldlieferungen in der Pfalz von Lutra das Gewissen in soweit geplagt, sich aus der gefährlichen Abhängigkeit Kunrads von Hachen zu befreien. Sie würde wohl auf immer und ewig wie ein Schwert über seinem ganzen Leben schweben. Seine eigenen Vergehen müsste Ludolf von Kreiensen dann offen legen, wenn er sich da zu durchringen könnte, bei Rainald von Dassel Meldung zu machen.

Anlass schließlich, um Audienz bei Rainald von Dassel nachzusuchen, war dann bald darauf der Mord an der Zofe Marie von Gunthard und seine Beobachtungen unmittelbar davor gewesen, die er bisher für sich behalten hatte. Bei der Offenbarung dieses Wissens bei Rainald hoffte von Kreiensen bei seinen eigenen Vergehen einiger Maßen ungeschoren davon zu kommen. Lange hatte er gezögert, aber nach der Hinrichtung des vermeintlichen Mörders Eckehard von Breitebner hatte Ludolf sich entschlossen,

ein umfassendes Geständnis seiner eigenen Vergehen, und anschließend seinen Verdacht gegen den Sekretär Kunrad von Hachen zu äußern. Wohlweislich aber verschwieg er seine Mitschuld an der Ermordung seines damaligen Stellvertreters in der Kanzlei, Diethelm von Baruth, genauso wie er die indirekte Beteiligung am Verschwinden der drei Begleiter des Geldtransports in den Wäldern des dichten Odenwaldes verheimlicht. Äußerlich völlig gelassen und und undurchsichtig hatte sich Rainald von Dassel Ludolfs Geständnis von der Unterschlagung der kaiserlichen Kasse angehört, um nur ganz leicht, kaum sichtbar zu erröten, als Ludolf von Kreiensen ihm seine Wahrnehmungen bei der Liebesaffäre des Eckehard von Breitebner und der Zofe Marie von Gunthard im Zusammenhang mit Kunrad von Hachens Alibi am Tage ihrer Ermordung schilderte. Auf die jetzt zornige Frage Rainalds, warum er denn seine Beobachtung in dieser Angelegenheit nicht vor dem Urteil bezeugt habe: „ Ihre Eminenz, ich hatte Angst, das mich der Sekretär von Hachen wegen des Betruges bei den Geldlieferungen belasten würde ", gab Ludolf ehrlich zu. Lange hatte der Kanzler geschwiegen, während Ludolf denkt: Wird er jetzt die Wachen rufen, um mich verhaften zu lassen? Erleichtert, wie aus weiter Ferne, weil er es erst nicht glauben konnte, sagte Rainald von Dassel: „ Er wird mir ab dem heutigen Tag von allem Auffälligen, was den Sekretär betrifft berichten. Und gnade ihm Gott, er lässt von diesem Gespräch, egal bei welcher Person etwas verlauten ". Bedrohlich klangen ihm die Worte Rainalds im Ohr, als er sich nun erleichtert und grosser Dankbarkeit gegenüber Gott und dem Kanzler verabschiedet.
Rainald aber denkt für sich, als von Kreiensen gegangen ist: Jetzt ist es wohl sicher, ich habe wahrscheinlich einen ungeratenen Sohn mit unlauteren Anlagen. Natürlich darf nie jemand davon erfahren. Es würde meiner Deputation,

meinem Ansehen und meiner Stellung im Reich schaden, nein sie zerstören. Und den einzigen Mitwisser, der ihn eben verlassen hat, wird er im Auge behalten müssen.

Und nur zum Schein, um auch dem Wunsch der Kaiserin Beatrix zu entsprechen, hatte er damals nochmals Zeugen befragen lassen, wie die Kameraden des Fähnrichs von Breitebner und die Zofe Agnes von Schreckenstein. Sein späterer Abschlußbericht besagte aus, dass es keine neuen Erkenntnisse im Fall der Zofe gegeben habe und so ist die leidige Geschichte zu seiner Befriedigung abgeschlossen.

Die neueste Information, die ihm Ludolf von Kreiensen von der verdächtigen Plauderei Kunrads mit Gabriella bei der Truppenrast lieferte, machte ihm keine größere Sorge, denn er war sich der Zuneigung Gabriellas relativ sicher. Ich werde sie fragen, was es damit auf sich hat, denkt er.

Was aber dem mächtigen Kanzler und seinem Informant Ludolf von Kreiensen bisher verborgen bleibt, sind die verräterischen Kontakte, die Kunrad von Hachen mit den nach der Unabhängigkeit vom kaiserlichen Joch ringenden Regionen und den Städten Oberitaliens inzwischen pflegt. Schon das Nachtlager bei der Stadt Dolce gab Rainald von Dassel die Gelegenheit Gabriella zu fragen, was dieses Gespräch mit seinem Sekretär zu bedeuten hatte.

Auf einer eilends aus Brettern gezimmerten Plattform, nur abgedeckt durch ein Zelt, stehend auf einem Bergsporn mit weiter Sicht ins darunter liegende Tal des Flusses Etsch, servierte Gabriella Rainald von Dassel sein Abendmahl. Gerade im Begriff Rainald den Wein in den Becher einzuschenken, fragt er plötzlich unvermittelt: „ Was hatte Sie mit meinem Sekretär Kunrad von Hachen so angeregt zu reden "? Die plötzliche Frage Rainalds zu beantworten, zwang Gabriella zu lügen, und so antwortete sie eine Spur zu hastig: „ Der Sekretär hat mich gefragt, seit wann ich bei Ihrer Eminenz denn beschäftigt bin.

Worauf ich ihn dann dasselbe gefragt habe ".
Ja, er ist eifersüchtig, denkt Gabriella im ersten Moment freudig. Als ihr Rainald von Dassel aber ins Gesicht schaut, spürt sie: Er glaubt mir nicht und meint, meine Antwort wäre eine Ausrede. Nach der Bitte, ihm von dem Wein noch nachzuschenken, verlässt Gabriella die Augen Rainald von Dassels suchend und findend den Pavillon. Denn schon bald nach dem verschwörerischen Gespräch mit Kunrad plagten Gabriella Gewissensbisse. Ja, Kunrad von Hachen hatte Recht, als er sagte, sie schenke Rainald von Dassel ihre Zuneigung und gleichzeitig verrät sie ihn. Was sie heute getan hatte, empfand sie nun als eine große Untreue gegen den ihr teuren Geliebten. Sie hatte diesen ehrgeizigen und zielbewussten Mann gern und liebte ihn wirklich, der ihr in Goslar so freundlich und höflich bei dem von ihr selbst provozierten Reitunfall begegnet war. Das alles jetzt bereuend, kam Gabriella zu dem Schluss, gleich am den nächsten Morgen mit ihrem Vater Eduardo zu reden. - Noch bevor der lange Heereswurm begann ins Etschtal hinunter zu steigen, suchte Gabriella lange in den weit auseinander gezogenen Heeresteilen, bis sie endlich ihren Vater und Bruder fast am Ende des Zuges zwischen Berittenen und Fußvolk auf deren Verkaufsfuhrwerk fand. Flink stieg sie auf den Sitz neben ihren erstaunten Vater, der sie doch im mobilen Hausstand Rainalds von Dassel vermutete. Atemlos musste Gabriella sich erst sammeln, denn ein wenig Angst ließ ihre Kehle trocken werden, wie denn der Vater ihren Sinneswandel aufnehmen würde: „Vater, ich muss mit dir reden! Gestern habe ich den Auftrag erfüllt, den Enzio mir gab, da ich ja immer gesagt habe, dass ich bei der Arbeit, die ihr für Mailand tut, mit einbezogen sein will. Nun möchte ich dich aber bitten, mich künftig von diesen Aufgaben zu entbinden. Ich weiß Papa, ehe du antwortest. Ich weiß, ich bin Mailänderin,

die für unsere Freiheit eintritt und auch weiterhin dafür stehen wird ", sprudelte es aufgeregt aus ihr heraus. „ Aber es hat sich doch etwas geändert zwischen mir und diesem Deutschen. Ich liebe ihn, und möchte ihn jetzt nicht mehr hintergehen. Und außerdem würde es für mich und auch für dich und Enzio immer gefährlicher werden, da ich auch nicht weiß, ob mich der Kanzler Rainald eines Tages durchschauen wird ".

Lange sah Eduardo seine Tochter an, deren schöne Züge ihn immer wieder schwach machten. Er liebte die einzige Tochter abgöttisch. Darum antwortete Eduardo auch ohne Vorwurf: „ Ich zwinge dich beileibe nicht, die gefährliche Arbeit weiter zu tun. Du weißt, dass ich vorher nur einverstanden war, weil du es unbedingt wolltest. Natürlich bin ich einverstanden mit deiner Entscheidung. Aber wir, d.h. Enzio und ich werden weitermachen. Und was deine Liebe zu diesem Minister betrifft, bitte ich dich Gabriella, prüfe dich. Er ist doch so viel älter, so wie ich ihn von Angesicht schon gesehen habe. Und sei bitte vorsichtig ", rief er der Tochter noch nach, die sich mit einem „ Danke für alles Papa, und passt bitte auf euch auf ", vom Wagen springt und sich freudig winkend verabschiedet.

Unter dem Kaufmann und Händler Eduardo, wie er sich rufen lässt, verbirgt sich ein entferntes Mitglied der neben den Viscontis sehr einflussreichen Familie Della Torre (Torriani) in Mailand. Zwar aus einem Nebenzweig, hatte sich Eduardo Della Torre mit seiner Familie schon im Jahr 1154 nach der Flucht aus Mailand nach der Stadt Arona dem Widerstand gegen die deutschen Vögte, Handlanger des Kaisers angeschlossen. Seine Ehefrau Leonore, eine geborene Comtessa Ornavasso, war kurz nach der Geburt des Mädchens Gabriella im Jahre 1140 im Kindbett verstorben. Tief betrübt hatte Eduardo Della Torre nie mehr geheiratet, widmete sich seinen kleinen Kindern Enzio und

Gabriella, bis ihn die Besetzung von Mailands durch den Stauferkönig Friedrich I. aus Deutschland dazu zwang, die Flucht zu ergreifen.

An der Spitze seines Heeres blickte Pfalzgraf Otto von Wittelsbach hinunter ins Tal der Etsch auf die eine Ebene beherrschende Burg von Rivoli, nahe der engen Veroneser Klause. Eine Schlucht zwischen steilen und hohen Felswänden, durch die sich der Fluss Etsch und alte Handelsweg nach Verona wie durch ein Nadelöhr hindurch zu zwängen sucht. Der Pfalzgraf kannte den Engpass aus den Feldzügen von 1154 und 1155 schon, als er das deutsche Heer auf dem Rückweg ins Kernreich aus seiner kritischen Situation gegen 200 Straßenräuber unter der Führung des Veroneser Ritters Alberich durch eine List unter Mithilfe von zwei kaisertreuen, geländekundigen Veroneser Ritter Garzaban und Isaak befreite. Heuer musste daher erst die Feste Rivoli genommen werden, damit das Heer weiter ungehindert nach Verona marschieren kann.

Mit den Händen seine Augen gegen grelle Mittagssonne schützend, beobachtet der Kommandant der Festung von Rivoli, Fulco II. Della Este das Heer der Kaiserlichen, das sich von den Bergen des Monte Baldo und Monte Lessini abwärts ins Tal der Etsch bewegt. Fast endlos schien die Schlange von Reitern, Landsern und Fuhrwerken. Etwa 2000 Mann schätzte der Comte. Selbst mit Verstärkung aus Verona kann er den Deutschen nicht Paroli bieten und so entschloss sich Fulco Della Este, nachdem er sich mit seinen Offizieren besprochen hatte, zu längeren Verhandlungen bei der Übergabe der Burg, um Zeit zu gewinnen. Mit der gewonnenen Zeit könnten sich die Städte Verona, Mailand, Crema, Brescia, Piacenza, Ravenna u. a. in ihrem Widerstand gegen Kaiser Friedrich gezielter vorbereiten, denkt Fulco Della Este. Aber der Comte hatte sich in dem draufgängerischen Otto von Wittelsbach getäuscht, der das

Lavieren um Zeitgewinn sehr wohl erkannte. Denn sofort begannen seine Söldner das um die Burg liegende Land zu plündern, zu verwüsten und zu dem Gehöfte in Brand zu stecken. Um weiteren Schaden und Unheil von Gut und Leben der Bewohner zu stoppen, blieb Fulco nur übrig als Festung und Ort von Rivoli zügig zu übergeben. Die Burgbesatzung wurde in den Dienst des Heeres von Pfalzgraf Otto gepresst. Fulco Della Este und zwei seiner Offiziere wurden noch am Tage der Übergabe mit dem Schwert enthauptet, weil sie sich als die Verantwortlichen treulos gegen Kaiser Friedrich erhoben hatten. Pfalzgraf Otto von Wittelsbach als der militärisch Verantwortliche ließ einvernehmlich mit dem Kanzler Rainald von Dassel 100 Mann als Burgbesatzung zurück, die das Einfallstor nach Oberitalien und in die Lombardei für den mit dem Hauptheer nachfolgenden Kaiser Friedrich kontrollieren und freihalten sollen.

Kunrad in seiner Eigenschaft als Sekretär Rainalds von Dassel wurde während der doch anstrengenden Märsche weniger benötigt, wie üblich. Bis auf Kurierpost an das kaiserliche Heer- und Fürstenlager nach Augsburg, das sich dort auf dem Lechfeld für den Zug nach Oberitalien rüstete, und an die kaisertreuen Städte in Oberitalien, wie Como, Lodi, Pavia oder Cremona, die zu erledigen war. Konspirative Botschaften brauchten im Augenblick an die widerspenstigen Städte nicht weiter gegeben werden, da Termine, Heeresstärken und diverse An- wie Aufmarsch-routen der Kaiserlichen schon bekannt oder auf dem Weg zu ihnen waren. Enzio Della Torre, der Sohn von Eduardo ist inzwischen Hauptbote unter den aufständischen Städten der Lombardei geworden, immer mit der Nase dem Heer der Kaiserlichen voraus.

Kunrad indessen suchte heimlich spät am Abend oder gar in der Nacht, während der der Heerzug campierte, oftmals

die zwei Hurenwagen des Heeres auf, um sich bei Liebes-
dienerinnen Befriedigung zu verschaffen.
Aber dessen Triebe abzureagieren, machte den Mädchen
auch oft Angst. Unter den Freudenmädchen hatten sich
Kunrads sadistische Liebeswünsche herumgesprochen, die
den armen Frauen oft auch Schmerzen bereiteten. Gerne
wurde er darum dort nicht empfangen, auch wenn er gut
zahlte. Der Leiter der zu dieser Zeit mobilen Kanzlei mit
Ludolf von Kreiensen behielt auftragsgemäß den Sekretär
Rainalds, Kunrad von Hachen weiter im Auge. Aber der
sich entwickelnden Freundschaft zum Kaufmann Eduardo,
die von Ludolf auf dem Heereszug beobachtet wird, misst
er dennoch zu wenig Bedeutung zu, um diese dem Kanzler
Rainald von Dassel zu melden.
Ohne längere Rast bei Rivoli selbst, marschierte indessen
Pfalzgraf Otto und Rainald von Dassel mit dem Heer auf
das 25 Meilen entfernte Verona zu. Die Stadt hatte ihre
Tore der Befestigungsmauern beim Anmarsch des Heeres
geschlossen und verbarrikadiert. Ohne auf Verhandlungen
mit der aufmüpfigen Stadt und den Konsulen einzugehen,
hieß der Wittelsbacher sofort dem Beispiel von Rivoli zu
folgen, Felder, Höfe und die Güter rund um die Stadt zu
plündern und zu brandschatzen. Schnell öffneten darauf
hin die Stadtverantwortlichen Tor und Sperren Veronas,
und sich dem Kaiser eilig zu verpflichten. Jetzt auch dem
Beispiel von Verona folgend, erneuerte auch die Stadt
Cremona die unbedingte Treue zu Kaiser Friedrich. Hier
erhält der Kanzler Rainald von Dassel und Pfalzgraf Otto
von Wittelsbach als Abgesandte Friedrichs auf dem >Tag
der Städte der Lombardei< weitere Treuerklärungen und
eingeforderte Zugeständnisse.
Rainald von Dassel, fast immer erstickend in einem Wust
von zu beantwortenden diplomatischen Depeschen, neben
einhergehenden Besprechungen oder Empfängen, nahm

sich spät am Abend die Zeit, eine private Botschaft an den Freund und Vertrauten seit Jugendtagen, den Abt Wibald von Stablo zu schreiben, in der er nun seinen Kummer und die große menschliche Enttäuschung über einen >Sohn< Kunrad von Hachen Ausdruck verleiht, welche ihm bisher durch seinen Sekretär Kunrad widerfahren ist. Vielleicht, so klagt er dann, kann er mir seinen Rat mit der nächsten Depesche an mich anvertrauen, wie ich mich speziell hier verhalten sollte, schließt Rainald von Dassel die Botschaft ab. Aber auf eine ihn aus dem Dilemma befreiende Nachricht seines Freundes wartet Rainald lange und am Ende doch vergeblich. Vielmehr macht ihn in Italien nur wenig später eine Depesche aus der Heimat traurig, das der Abt Wibald von Stablo am 19. Juli 1158 auf der Rückreise von einer diplomatischen Mission in Byzanz bei Bitola, fern der Heimat in Mazedonien vom Tod überrascht wurde.

Denn nur Wibald und noch dessen Vorgänger im Kloster von Corvey, der verstorbene Volkmar von Bömeneburg, seine Eltern und die Mutter des Jungen, Katharina, die wussten von seinem Fehltritt, wobei er nicht einmal genau weiß, ob die Magd auf dem Gut von Hachen, Katharina noch lebt.

Es beginnen nun innerhalb Oberitaliens anstrengende und gefährliche Reisen zu den Städten des Widerstandes. Sie entweder mit diplomatischem Geschick zu Bündnissen zu überreden oder diese unter militärischer Gewalt dazu zu zwingen, ist das Ziel der kleinen Armee. Kunrad war im Augenblick von jeglicher Agententätigkeit befreit, für die wie er nun wusste, jetzt Enzio und Eduardo Della Torre zuständig waren. Zu diesem Zeitpunkt gab es noch kein offizielles Netzwerk oder gar einen Zusammenschluss der widerspenstigen Stadtgemeinden zu einer Allianz. Aber in ihrem Einverständnis eines gemeinsamen Widerstandes waren die Städte für jede Weitergabe von Informationen über Bewegungen der kaisertreuen Ritterheere dankbar. Für deren Verbreitung desweiteren Eduardo, und Enzio als Kuriere sorgten.

Die bislang so sehr kaisertreue Theoderichstadt Ravenna wäre in diesen Tagen durch eine Intrige beinahe Kaiser Friedrich verlustig gegangen. Unter einem vorgegebenen Grund, für den griechischen Kaiser Manuel Truppen für Sizilien zu rekrutieren, hatte Wilhelm von Maltraversar 300 Ritter aufgeboten, die von Ancona kommend, die Stadt Ravenna für den Griechenkaiser Manuel mit dieser Finte einnehmen wollten. Aber rechtzeitig, das Ritterheer war schon auf dem Weg nach Ancona, wurden durch das entschlossene und tapfere Handeln des Pfalzgrafen Otto von Wittelsbach, Rainalds von Dassel und des Erzbischofs von Ravenna, Anselm von Havelberg an der Spitze ihrer Truppen die Ränke und Intrige der in griechischem Dienst stehenden Ritter aufgedeckt. Sie wurden eingefangen und in das Heer des Pfalzgrafen gepresst. So blieben Ravenna und auch Ancona dem Kaiser Friedrich ergeben.

Bei der jetzt öffentlichen Treuebekundung Ravennas zu Kaiser Friedrich im Dom der Stadt hatte der Sekretär des Kanzlers Gelegenheit anwesend zu sein, um die relevanten Auflagen, die man nun der Stadt aufbürdete, zu notieren. Dicht bei Rainald von Dassel und Erzbischof Anselm von Havelberg stehend, konnte er einen kurzen, leisen Dialog der beiden verfolgen, in dem es um seine Person, Kunrad ging. Denn ohne den Sekretär sonst zu estimieren, hat der fast 60 Jahre alte Erzbischof Kunrad nur mit einer Geste von widerwilliger und gleichgültiger Duldung betrachtet. Ohne Gruß, ohne ein Kopfneigen, um dann an Rainald von Dassel gewendet zu fragen: „ Das ist Euer Eminenz Sekretär "? Des Kanzlers kurzes: „ Ja! ", zeugte abermals von der Kälte Rainalds gegenüber Kunrad. Es ist zugleich der Hinweis für den Erzbischof, dass er sich zu seiner, als einer Person nicht äußern möchte. So als wäre Kunrad gar keine, eher eine Unperson, empfindet Kunrad dieses ganze Verhalten seines >Vaters<. Für Kunrad von Hachen ein wie er findet, vernichtender Ausdruck von Arroganz und Nichtachtung der Mächtigen und Einflussreichen, den er einmal mehr nicht verwinden kann.

Mailand zum zweiten ...

Neben Verona, Ravenna und Ancona wurden auf Grund von militärischen Druck, aber auch durch eine geschickte Verhandlungsdiplomatie Rainalds von Dassel, Piazenza, als mächtiger Verbündeter der Mailänder, sehr vorteilhaft zu einem Vertrag an den staufischen Kaiser gebunden. Dies sehr zum Schaden und zur Schwächung von Mailand, der Hochburg der Unbotmäßigkeit und Auflehnung. Inzwischen war Kaiser Friedrich Ende Juni nun selbst mit einem Heer, bestehend aus 10.000 Rittern, das sich auf dem Lechfeld bei der Stadt Augsburg versammelt hatte, in Richtung Norditalien aufgebrochen. Mit der Mehrzahl von Deutschen, Österreichern, Burgundern, Ungarn, Böhmen und den Aufgeboten der mit Mailand, Crema und Brescia verfeindeten Städte Oberitaliens werden neben einem Kontingent, das Otto von Wittelsbach und Rainald von Dassel schon seit vielen Wochen in Italien befehligen, über 100.000 Landser und Ritter zur Verfügung stehen.

Bei Brescia vereinigten sich dann das große Reichsheer Friedrichs mit dem kleineren des Pfalzgrafen Otto und Kanzler Rainald. Nach dem man das Gebiet um Brescia verwüstet und gebrandschatzt hatte, unterwirft sich die Stadt, stellt 60 Geißeln, zahlt Entschädigung und beeidet, auch Truppen gegen Mailand zu stellen. Auf dem von Friedrich kurzfristig einberufenen Reichstag von Brescia lud er die treulosen Vertreter von Mailand vor, um die uneinsichtige Stadt anschließend in Acht und Bann zu legen, und sie zum Reichsfeind zu erklären.

Friedrichs Heer, sich nun Mailand nähernd, wurde von der einzigen Brücke über die Adda bei Cassano vom anderen Ufer aus von den über tausend mailändischen Rittern wie Bogenschützen und Bürgern verhöhnt, die sich dann hinter die sicheren Mauern Mailands flüchteten, als ein Teil der

Ritter Ritter und Lanzer, geführt vom böhmischen König Vladislav II. und dem Herzog Kunrad von Dalmatien aus dem Hause Scheyern-Dachau durch den wilden Fluss ans andere Ufer stürmte. Die Flucht der Mailänder in sicheren Mauern nutzend, eroberte man nebenher die bei Mailand vor gelagerte Burg Trezzo, deren Besatzung sich schnell der kaiserlichen Übermacht beugte.

In eitler Eigenmächtigkeit und auch einem Drange, sich auszuzeichnen, sammelt der übermütige Graf Eckbert von Butene (Eckbert III. von Pitten) aus einer von Friedrich geschickten Vorhut tapfere Freiwillige, mit denen er den Feinden bis an die Mauern Mailands nachsetzt. Fazit des Unternehmens sind sein eigener Tod und der von anderen tapferen Rittern, die der Übermacht der aus den Mauern Mailands stürzenden wohlgeordneten bewaffneten Bürger erliegen. Friedrich wütend über den so unsinnigen Verlust seiner Leute, ordnet die sofortige Belagerung um die Stadt von Mailand an, und ist nur mit Mühe von einer harten Bestrafung der so eigenmächtigen Kämpfer abzubringen. Rund um Mailand hat Friedrich alle Wege in und aus der Stadt abgeriegelt, so dass bald keine Waren mehr für die Ernährung der Bewohner zur Verfügung standen.

Angesichts des riesigen Heeres, das ihre Stadt umschloss, sah Mailand seine hoffnungslose Lage ein. Mehrere ihrer Parlamentäre boten im Auftrag der zu sehr großem Reichtum gekommenen Stadt, Kaiser Friedrich viel Geld an, wenn er daraufhin Mailand verschone und vom Bann löst. Die Mehrzahl der Berater in Friedrichs Umgebung raten im Angesicht der so immensen Summe, zur Annahme des Angebots der Mailänder. Nur Anselm von Havelberg, der Erzbischof Ravennas spricht nun klare Worte: „ Majestät, traut den Mailändern nicht. Sie versprechen immer alles, gedenken aber nie etwas davon einzuhalten. Schlagt das Angebot aus ".

Es sind die letzten weisen Ratschläge des klugen, gut 60 Jahre alten Erzbischofs, wie man etwas später sehen wird. Friedrich schenkt auch dem Rat des Erzbischofs Anselm Gehör und lehnt es als unverschämtes Angebot von den Mailänder erst einmal ab.

Nur wenige Tage später, am 12. August stirbt Anselm von Havelberg, Erzbischof von Ravenna für viele doch sehr überraschend. Mit verhaltener unterdrückter Genugtuung und auch Befriedigung verfolgt Kunrad von Hachen den Todeskampf des Kirchenmannes im Zelt des Kanzlers, als dessen Sekretär bei einer Besprechung von Anfang bis zum Ende. Im Beisein der vielen Ratgeber des Kaisers wie Pfalzgraf Otto von Wittelsbach, Konrad bei Rhein, dazu Berthold von Zähringen, Wilhelm von Montferrat, weiter des Bischofs von Verden wie des Kanzlers Rainald, greift sich Anselm plötzlich stöhnend mit den Händen an den Hals. Nach Luft ringend, stirbt der Erzbischof Ravennas Anselm von Havelberg innerhalb von wenigen Minuten.

Die Taktik der hinter den mit mächtigen Mauern, Türmen und sieben Haupttoren bewehrten Stadt und verschanzten Rittern und bewaffneten Bürger bestand in überraschenden Ausfällen am Tage aber auch während der Nacht gegen abgesonderte Truppenteile des kaiserlichen Heerlager. Die Gegenattacken von König Vladislav II. von Böhmen und des österreichischen Herzogs Heinrichs II. trieben aber die Mailänder jedes Mal hinter ihre Mauern zurück.

In Friedrichs Heerlager mischten sich tagsüber oftmals Zivilisten, hauptsächlich aber Jugendliche aus der Stadt Mailand, unterwegs um etwas zu organisieren oder auch Geschäfte mit den Landsern und Rittern zu tätigen. Wie ziellos im Feldlager etwas suchend, hielt ein Junge auf Kunrad zu, der auf dem Wege zum Feldherrenzelt des Kanzlers Rainald war. Unauffällig hatte der Jugendliche vor Kunrad einen Zettel fallen lassen. Ehe Kunrad noch

etwas fragen konnte, war der Halbwüchsige schon wieder verschwunden. An einem vieler gestaffelt angeordneten Palisadenabschnitte, konnte Kunrad dann unbeobachtet folgende ihm zugedachte Botschaft lesen: Komme heute Nacht! Pforte wird für dich offen sein. - Giuseppe - Wie soll das funktionieren, denkt Kunrad erschreckt. Wie kann ich mich nachts unbemerkt von Ludolf und den Schreibern aus dem Zelt entfernen können? Lange dachte er nach, dann glaubt er eine Lösung gefunden zu haben. Er wird Ludolf von Kreiensen erklären, das er wieder einmal Berta im Hurenwagen besuchen wolle. Es war garnicht einmal gelogen, als Kunrad sehr spät am Abend das Zelt verließ, um die Hure Berta auch wirklich aufzusuchen. „Verrate aber meinen Fehltritt nicht ", sagt er vorher leise lachend zu Ludolf und verlässt dann grinsend die gemeinsame Unterkunft des Kanzleizeltes. Genug Geld hatte Kunrad, um Berta für zwei Stunden zu bezahlen. Zum Vorteil erwies sich der Standort des Wagens der Huren, der nicht allzu weit von der Stadtmauer und dem Neuen Torwerk aufgestellt stand. So konnten tagsüber Kunden aus dem großen Heer oder auch Interessenten aus Mailand bedient werden. Äußerst befriedigt und sich vergewissernd, nicht gesehen zu werden, verließ er Berta, um sich in Deckung zwischen Trosswagen und Zelten zur von Giuseppe beschriebenen, auch ihm bekannten Torpforte zu schleichen.
Giuseppe Valdano hatte den diensthabenden Wachoffizier dieses Abschnitts über die Ankunft des Spions informiert. Kunrad von Hachen klopfte sehr leise und verhalten an die Pforte. Auf ein: „ Wer da ! ", so antwortet er: „ Kunrad will Giuseppe Valdano sprechen "! Sofort öffnet sich die kleine Pforte neben dem großen Tor des Neuen Torwerks, und Giuseppe zog Kunrad hastig hinter die dicken Mauern Mailands. Nach einer freudig- flüchtigen Begrüßung der beiden Agenten, zog Giuseppe eine dunkle Augenbinde

aus der Jacke: „ Kunrad, wir vertrauen dir natürlich, aber du musst sie aufsetzen. Es ist Krieg. Der Capitanei und auch die Konsuln der Stadt in der Mehrzahl haben es mir befohlen ", sagt er beruhigend. Nach einem längeren Fußmarsch von wohl reichlich zehn Minuten führte Valdano Kunrad offensichtlich auf einer vielstufigen Außentreppe lange nach oben, weiter durch einen hallenden Treppentrakt, abermals ging es aufwärts über fast endlose Stufen bis man wohl vor einer Tür zu einem Raum oder Saal halt machte, aus dem trotz noch geschlossener Tür Stimmengewirr drang. Valdano führte Kunrad jetzt durch die Tür in einen überaus dimensional großen Saal und nahm Kunrad endlich die lästige Augenbinde ab. Augenblicklich wurde es ruhig im prächtigen Saal, so still als hätte man nur noch Kunrad von Hachen gewartet. Es waren ca. 15 Personen, die an einem langen ovalen Tisch saßen, stellte Kunrad blitzschnell fest. Valdano stellte den Honoratioren am Tisch Kunrad als einen Verbündeten vor der sich ihrer, der Intressen Mailands seit dem Konzil in Bisanz verschrieben hat. Sein Anliegen sei, betont Giuseppe Valdano vor den Versammelten, dass man Kunrads Sicherheit bedenkend, Diskretion ausüben solle und man die Kunrad von Hachen zugesagten Abmachungen einhalten möge.
Ein allgemeines, wenn auch nur angedeutetes Kopfnicken der älteren Honorigen beruhigte Kunrads Anspannung und gewisse Unsicherheit etwas. Kunrad spürte trotz deren Zustimmung unverhohlen Verachtung in den Augen der alten Edlen von Mailand. Bis auf den ernsten Erzbischof Hubert von Pirovano und den Konsul Hubert von Orto, kannte Kunrad niemand von den am langen Tisch Sitzenden. Im Laufe weiterer Gespräche und Fragen an Kunrad blieb ihm nur noch der Name des Capitanei Albericus de la Turre (?) im Gedächtnis haften. Hubert von Pirovano war es dann auch, der an ihn die Frage richtete: „ Was fordert Kaiser

Friedrich und sein Kanzler Rainald von unserer so teuren Stadt Mailand? Und was hat der Kaiser und euer Kanzler mit uns vor? Mailand hat bereits ein Friedensangebot unterbreitet. Weiß er etwas Neues "? Worauf Kunrad sofort antwortet: „ Ich weiß nur von Befehlen Brandschatzungen, Plünderungen und Unterwerfung des ganzen Gebiets rund um eure Stadt, die bereits an die Offiziere ergangen sind ". Wortlos sah sich die Tischrunde im Saal an. Der Konsul Hubert von Orto faste sich jetzt als erster: „Wir werden jetzt weiter beraten ". Zum Sekretär gewandt: „ Er kann jetzt wieder gehen ". Der Capitanei Alberico de la Turre (?) nickte darauf Giuseppe Valdano zu, dass er doch den Kunrad von Hachen wieder hinausführen möge.

Sich jetzt höflich verneigend, im Begriff zur Tür zu gehen, öffnet sich im gleichen Augenblick ein Türflügel auf der Gegenseite, durch die Graf Guido von Biandrate eintritt. Kurzzeitig empfindet Kunrad eine kleine Schwäche in den Gliedern. Denn sofort erinnert er sich der Arroganz dieses Menschen. Auch jetzt nahm der Graf kaum Notiz von ihm, obwohl ihn der Blick Biandrates kurz streifte. Mit ernster Miene setzte der sich an den Tisch des Gremiums.

Auf dem Weg zur Pforte wieder mit einer Augenbinde, zu der ihn Giuseppe führt, lief Kunrad in der Zeit einsilbrig neben Valdano einher. Kunrad beschäftigte die Rolle des undurchsichtigen Grafen Guido von Biandrate. Der als Mailänder, ein Vertrauter Kaiser Friedrichs? Ist er damit nicht ein Verräter an Mailand? Und hat er Kunrad vorhin erkannt? Wird er ihn dann auch verraten und ans Messer liefern? Fragen über Fragen.

Nur noch die letzten Worte Giuseppes sind ihm im Ohr, als er gegen morgens 3 Uhr die kleine Pforte beim Neuen Torwerk auf dem Weg zu seinem Zelt verließ: „ Sei sehr vorsichtig, Kunrad "!

Kunrad, Ludolf und die Schreiber wurden am Morgen

von aufgeregtem Treiben im Heerlager geweckt. Befehle und ein Hurrageschrei der Soldaten taten ein Übriges. Für den Kaiser! Für den Kaiser! Schalt es laut durch das Heerlager. Ein Blick rund umher zeigen schreckliche Bilder von entfachten Bränden, Rauch und Plünderung. Von den Mauernkronen Mailands müssen die Einwohner tatenlos zusehen, wie ihre noch nicht abgeernteten Felder und die Gehöfte der Bauern brennen. Dazu der Hunger und die Aussichtlosigkeit des bis heuer vergeblichen Kampfes. Von Nirgendwo ist Hilfe zu erwarten, da die Belagerer alle Verbindungen von und nach Mailand abgeschnitten und vollends unter Kontrolle haben. Fast vier Wochen, seit 6. August dauert bereits die Belagerung ihrer hungernden Stadt. Die bewaffneten Ausfälle der tapferen Einwohner haben sind inzwischen eingestellt, denn man hatte sich doch meist blutige Nasen geholt. Um den Widerstand der Stadt zu brechen, wurden Plünderungen aber auch die Vergewaltigungen an der Landbevölkerung von Offizieren mit der größten Brutalität durch die Soldateska befohlen. Mailands Konsule sahen keinen Sinn mehr, diesen aussichtslosen Kampf noch weiter zu führen. Am vorletzten Tag des Augusts senden sie Boten ins Lager des Kaisers und bitten um Verhandlungen für einen guten Frieden. Friedrich erklärte sich einverstanden und bestimmte für die Einleitung der Friedensgespräche eine Delegation, die bestehend aus dem König Vladislav von Böhmen, Herzog Heinrich von Österreich, Herzog Berthold von Zähringen, Pfalzgraf Otto von Wittelsbach, dem Herzog Friedrich von Rothenburg und dazu noch Kanzler Rainald von Dassel. Von der Geistlichkeit zu Vermittlern bestellt werden der Patriarch Pilgrim von Aquileia und die Bischöfe Eberhard von Bamberg wie auch Daniel von Prag. Auf der Seite von Mailand verhandeln als Vermittler der gewünschte Markgraf Wilhelm von Montferrat (?), der Mailänder Erzbischof Hubert von Pirovano, in Vertretung der Konsuln, Hubert von Orto, des Capitanei Albericus de la Turre (?) und schließlich Graf Guido von Biandrate. Der Graf Guido von Biandrate war es auch, jetzt offensichtlich ein Parteigänger Friedrich I., der in einer eindringlichen Rede an den Rat der Stadt Mailand und seiner Bewohner zur Aufgabe ihres Widerstands geraten hatte, um weiteres Blutvergießen zu vermeiden. Aber nicht wenige wollten gegen den Kaiser aus Deutschland weiterkämpfen, und die Worte wie Verräter konnte man aus der Menge vor dem Palast der Konsuln hören. Und diesen nicht kleinen Teil der Bürger hatte Kunrad von Hachen mehr oder weniger behindert, mit hetzerischen und übertriebenen Parolen über maßlose Forderungen des Kaisers und des Kanzlers Rainald von Dassel im Besonderen versorgt.

Für jetzt anstehenden Verhandlungen hatten sich Kaiser Friedrich, der König Vladislav von Böhmen, die Herzöge Konrad von Dalmatien, Friedrich von Rothenburg, zudem auch Heinrich von Österreich, die Pfalzgrafen Konrad bei Rhein, Otto von Wittelsbach, der Markgraf Wilhelm von Montferrat, Kanzler Rainald von Dassel und auch einige Bischöfe des Reiches auf das schon im August besetzte Schloss Trezzo einquartiert.

Auch Haushälterin und Geliebte des Kanzlers im Reich, Rainald von Dassel, Gabriella bewohnte seit 6. August hier im Schloss ein Zimmer. Rainald von Dassel wollte sie während der Belagerung Mailands nicht in Gefahren, und sich selber nicht ins Gerede bringen.

Für die offiziellen Verhandlungen, die für Mailand zu vorteilhaften Ergebnissen führen sollen, hatte sich die Stadt König Vladislav II. von Böhmen als Vermittler erbeten. Fünf lange Tage zogen sich die Verhandlungen hin. Die Bedingungen und Forderungen Kaiser Friedrichs aber sind

111

unerbittlich. Die Stadt Mailand darf kaisertreuen Städten wie Cremona, Como und Lodi, die es im oberitalienischen Streit immer wieder zerstört hatte, nicht beim Wiederaufbau behindern und ist verpflichtet, deren Unabhängigkeit zu akzeptieren. Zum andern ist dem Kaiser, der Kaiserin und dem Hof 9000 Mark in Silber und Gold zu zahlen. Mailand hat 300 Geißeln aus den vornehmsten Familien zu übergeben. Aber nun die demütigste Bedingung: Jeder Stadtbewohner vom 14. bis zum 70. Lebensjahr schwört auf den Kaiser seine Treue.

Und am achten Tag des Herbstmonats September endlich müssen die Edlen, die Geistlichkeit und Bürger Friedrich öffentlich Sühne zollen. Um einen demütigen öffentlichen zur Schau stellenden Sühnezug der Mailänder auf einem großen freien Feld zu erwarten, begab sich der Kaiser in den sieben Meilen von Mailand entfernten Ort Bolgiano. Alle Personen, die an der Sühneprozession teilnehmen, egal ob aus dem Volk, von Geistlichen oder aus dem vornehmem Stande wurde befohlen, in der Armenkleidung zu erscheinen. Zu erst erschienen darauf die Geistlichen Vertreter der Stadt, barfuss und mit erhobenen Kreuzen in den Händen. Der Erzbischof Hubert von Pirovano musste beschwören, dass eine milde und gerechte Gewalt künftig in Mailand ausgeübt wird. Nach den Geistlichen folgten die Konsuln, Ritter und andere Vornehme mit einem Schwert auf dem Nacken tragend, dem sich das gemeine Volk mit Stricken um den Hals gebunden anschloss. Nachdem der Sühnezug an Friedrich vorbeigezogen und Aufstellung genommen hatte, trat der Konsul Hubert von Orto an den Thron des Kaisers, kniete nieder, beugte demütig sein Haupt, und bekannte die Sünden Mailands und bittet um Gnade. Kurz drauf wird ein Friedensvertrag von den Vertretern beider Seiten unterschrieben. Darauf erhebt sich Kaiser Friedrich von seinem Thron, gewährt großzügig

Verzeihung und hebt darauf die Reichsacht Mailands auf. Mit sehr gemischten Gefühlen erlebt Rainald von Dassels Sekretär Kunrad von Hachen diesen Tag von Bolgiano.

Von Giuseppe Valdano her wusste er von der Stimmung im Zentrum Mailands, das der mächtige Adel und Teile der Bevölkerung gar nicht daran dachten, alle diese Treuebekenntnisse einzuhalten. Auch alle die Bedenken hatten wie Kaiser Friedrich und Rainald von Dassel, um dabei zu erkennen, dass Siege und Macht keine guten Ratgeber für die Dauer sind. Zu mal dann nicht, wenn Machtzentren bald 1000 Meilen weit entfernt liegen.

Und so versuchen beide Genannten eine auf alle Städte Oberitaliens zugeschnittene Gesetzesreform auf den Weg zu bringen, die den Städten zwar eine eigenständige Entscheidungsgewalt lässt, wie zum Beispiel die Wahl ihres Oberhauptes, eines Podesta, aber immer unter Maßgabe einer letzten Bestätigung durch Friedrich, der kaiserlichen Vögte, Statthalter oder Ministerialen.

So wird in der Ebene von Roncaglia am Po bei der Stadt Piacenza am 11.November ein Reichstag einberufen, zu dem unter Hinzuziehung versierter Rechtsgelehrter für Steuer- und Finanzabgaben von der Universität Bologna, sowie kompetente Fürsten und Geistliche von Einfluss und Kenntnis erscheinen. Aus diesem Fürstentag münden dann die namentlich dort beschlossenen Ronkalischen Gesetze, die grundsätzlich dem römischen Recht stattgeben, aber dem kaiserlichen Recht Vorrang einräumen. Diese völlig neu geschaffene Rechtsstruktur wiederum, führte in den Städten Oberitaliens bald wieder zu neuer Empörung und zu Aufständen. Hinzu kam der erwartete päpstliche Protest aus Rom, als Friedrich die neuen und äusserst unbeliebten Verwaltungsstrukturen auch auf Territorien und Bistümer des Papstes, insbesondere auf die Mathildischen Güter ausdehnt, die Kaiser Friedrich aber als sein Erbgut von der 1115 verstorbenen Markgräfin Mathilde von Canossa-Tuszien betrachtet. Jetzt drohte Papst Hadrian IV. sogar Kaiser Friedrich offen mit einem Kirchenbann, wenn er nicht innerhalb von 40 Tagen seine ungerechte expansive Verwaltungsstrukturpolitik nicht einstellen würde. Für den Sekretär des Kanzlers bedeutete jetzt die sich verändernde stabilisierende politische Lage in Oberitalien zu Gunsten des Kaisers, das seine geheime Tätigkeit für Mailand zu mehr Gefahr für ihn selbst wird. Denn seine Informationen hatten jetzt nicht nur allein für Mailand Bedeutung, denn auch für andere mit der Stadt verbündete Städte wie auch Regionen. Das heißt, sie wurden umfangreicher und damit das Risiko enttarnt zu werden wurde größer.

Langsam begann sich nun eine gemeinsame Front der Städte in der Lombardei gegen die deutschen Besatzer, ausbeuterischen Statthaltern und Vögten herauszubilden. Deren persönliche Bereicherung tat ein Übriges, die sich hochschaukelnde Unzufriedenheit weiterhin zu schüren. Nicht wenig trugen dazu die Ronkalischen Gesetze des Kaisers bei der fiskalischen Neuordnung bei, die vorallem Provinzen und Städte ausspressten. Enzio Della Torre, der Sohn Eduardos war jetzt pausenlos zwischen enttäuschten Städten und Regionen seiner Heimat Italiens unterwegs, den gemeinsamen Widerstand mit deren Mittelsmännern und Agenten aufrecht zu erhalten und zu kanalisieren.

In diesen Wochen und Monaten ist Kunrad von Hachen mit seinem Dienstherrn Kanzler Rainald, Ministerialen mit der Präsens von militärischer Stärke und anstrengenden Ritten und Märschen kreuz und quer zu den Städten von Oberitaliens unterwegs, deren Treue es sich zu versichern gilt. Aufgaben wie die Überwachung der beschworenen Treuebekundungen und die Verwirklichung der neuen Verwaltungsstrukturgesetze stehen im Focus.

Unter anderem gelang es der Delegation um Rainald von

Dassel, Otto von Wittelsbach mit den Grafen Goswin von Heinsberg, Guido von Biandrate, wie neben den Bischöfen Daniel von Prag und Hermann von Verden zu Ende des Jahres nur mit allergrößter Mühe und der festen Zusage von entsprechenden Gegenleistungen, die für den Kaiser sehr wichtige Hafenstadt Genua zu einem Treuegelöbnis zu überreden. Noch schlimmer, ja gefährlich wurde es für vier der Botschafter des Kaisers, als man Ende Januar in Mailand eintraf, um die Befehle Friedrichs für die Wahl des Podesta in der aufrührerischen Stadt zu überwachen. Vor allem Rainald von Dassel, dem die rasende Volkswut entgegenschlägt, als ausgemachtem Gegner von Mailands Bestreben des Rechts nach eigener Souveränität, musste er am Ende froh sein, dem Volkszorn entkommen zu sein. Da waren auch die Versuche des Mailänder Grafen Guido von Biandrate vergeblich, die Bürger zu beruhigen und zu vermitteln. Einen Tag vorher schon hatten sich die beiden Grafen Otto von Wittelsbach und Goswin von Heinsberg aus dem Staub gemacht, während Rainald von Dassel und Daniel von Prag sogar noch einen Tag länger den auf sie eindrängenden wütenden Mailändern widerstanden. Es war das Verdienst des Sekretärs von Hachen, der die Saat des Hasses gegen den Kanzler hier noch gelegt und geschürt hatte. Nach dieser erneuten Unverschämtheit der Mailänder gegen die Gesandten Friedrichs, musste sich Mailand auf Befehl des Kaisers mit seinem Erzbischof Hubert von Pirovano an der Spitze, am 6. Februar in dem kleinen Occimiano, südöstlich von Mailand verantworten. Aber Hubert von Pirovano reiste wegen einer angeblichen Erkrankung von dort ab, so dass die peinliche Vorladung ohne Ergebnis verlief. Friedrich mit seinem Hof zu dieser Zeit von Marengo aus regierend, setzte darauf hin eine Frist bis Ostern 1159, in der Zeit dann Mailand erneut vor dem Kaiser zu erscheinen habe.

Als im Frühjahr eine Delegation von Papst Hadrians IV. am Hofe Friedrichs in Bologna erschien, die Rücknahme der Ronkalischen Verwaltungs- und Steuergesetze anzumahnen, die sich auf päpstliche Gebiete erstreckten, und das aber Friedrich ablehnte, brach der Konflikt zwischen Kaiser und Papst wieder offen aus. Bisher im Geheimen, jetzt mit offenem Panier, verbündete sich Hadrian mit den Interessen der Städte in der Lombardei gegen den Staufer. Zuvor erreichte Kanzler Rainald die Nachricht aus Pavia, die besagte, das der Erzbischof von Köln, Friedrich von Berg bereits am 15. Dezember des vergangenen Jahres bei einem unglücklichen Sturz vom Pferd in Pavia verstorben sei. Als Nachfolger für dieses Amt hatte Friedrich seinen treuen Kanzler vorgeschlagen. So wurde bei der Wahl des Erzbischofs im Juni in Köln, die zu Gunsten Rainalds von Dassel gegen den Widersacher Probst Gerhard von Bonn, Gerhard von Are ausfiel, ist der Wunsch des Kaisers der ausschlaggebende Faktor. Nach Rainalds Amtbestätigung durch Friedrich und trotz Weigerung des Papstes, Rainald von Dassel als Erzbischof von Köln anzuerkennen, reist Kanzler Rainald nach Köln, um die Investitur zu feiern.

Seinen Sekretär Kunrad von Hachen wie den Leiter der Kanzlei, Ludolf von Kreiensen und dessen Schreiber ließ der Kanzler beim kaiserlichen Heer in Oberitalien, da er gedachte, nach der Investitur von Köln gleich nach Italien zurück zu kommen. Die Haushälterin und seine Geliebte Gabriella, glaubte Kanzler Rainald in der sicheren Obhut von Konrad de Maze und des Grafen von Rüdiger, den Kommandeuren im Schloss bzw. der Burg von Trezzo.

Friedrich hat große Teile des kriegsmüden Ritterheeres über die Alpen nach Deutschland zurückkehren lassen. Schloss, eher Burg Trezzo nahe Mailand hatte der Kaiser mit 100 Landsern Bewachung unter dem Kommando des Reichsministerialen und Mundschenks Konrad de Maze, wohl Konrad Colbo von Oberschüpf und des Ritters von Rüdiger als quasi Beobachter für die so unzuverlässigen Mailänder belegen lassen.

Bevor aber Kanzler Rainald von Dassel seine Reise über die Alpenpässe nach Deutschland antrat, vergaß er nicht, Ludolf von Kreiensen an seine Pflicht zu erinnern, die bis auf weiteres der Beobachtung seines Sekretärs gilt. Die furchtbar lange Reise nach Köln erlaubte ihm, seine diesbezügliche Situation zu überdenken. Denn alle seine bislang nicht legalen Manöver, die dem Ziel dienten, den ungeratenen Sohn zu decken, könnten beendet werden, wenn er seinem Herrscher und Herrn, Kaiser Friedrich beichten würde. Sicher, den früheren Fehltritt, was einen illegalen Sohn betrifft, wäre an sich kein großes Problem, das seine Karriere gefährden würde. Einen kriminellen und unsoliden Sohn zu präsentieren, der kaiserliche Geld unterschlagen hat, oder aber sogar ein Mörder sein könnte, ließ ihn den Gedanken an eine Beichte beim Kaiser rasch vergessen, um sofort anderen wichtigen Problemen zu weichen, die das Reich betrafen.

Da es Mailand weiterhin unterließ, eine vom Kaiser bis zu Ostern geforderte Verantwortungsbezeugung wegen des Angriffs gegen seine Ministerialen im Januar in Mailand zu erklären, wurde die Stadt wiederholt zum Reichsfeind erklärt und in Oberacht gestellt. Die Anklage lautete: Begangner Landfriedensbruch, da die vom Kaiser bis zu Ostern verlangte Sühnepflicht mit einem Angriff am 16. April auf das von kaiserlichen Truppen besetzte Schloss von Trezzo beantwortete.

Veranlasst durch die Truppenreduzierungen Friedrichs im September des vergangenen Jahres, erwachte erneut die alte Aufsässigkeit und Kampfbereitschaft Mailands. So blieb dem im Hoflager von Bologna residierenden Kaiser nichts anderes übrig, wieder Truppen aus dem Kernreich nach Oberitalien anzufordern. Dahingehende Botschaften gingen an Kaiserin Beatrix, Truppen von Burgund und an den Herzog Sachsens und Baierns, Heinrich den Löwen, Ritter und Landser nach Italien zu führen.

Das zuvor von den Mailändern zerstörte Lodi und Como wurde inzwischen mit Friedrichs Hilfe wieder aufgebaut und befestigt. Er sicherte sich den Beistand von Piacenza zu, und deren Zusage, Truppen gegen Mailand zu stellen. Da neben Mailand auch die Stadt Crema als Verbündeter Mailands, Befehle des Kaisers dahingehend missachtete, ihre Festungsmauern zu schleifen und sie Kuriere dieser Befehle davon jagten, begann Friedrich mit einem noch zu kleinen Heereskontingent das Umfeld beider Städte zu verwüsten und zu brandschatzen.

Um die beiden zu Feinden des Reiches erklärten Städte zu belagern, waren des Kaisers Truppen noch zu schwach. Deshalb wartete man auf die Verstärkung durch Truppen von Burgundern, von Baiern und anderer, zudem auf ein Ritterheer mit dem aus Köln zurückkehrenden Kanzler Rainald von Dassel, jetzt auch Erzbischof von Köln.

In dem Zeitabschnitt des Sommers 1159 wurden gegen Friedrich bei seinem Aufenthalt in Lodi, von Mailändern angestiftet, zwei ernsthafte Versuche unternommen ihn zu ermorden. Im ersten Fall wurde Friedrich aus seinem Zelt tretend, von einem riesenhaften Kerl, den Narren spielend, dem die Wachen nichts ahnend, lachend seiner Scherze wegen sogar zuschauten gepackt. Da versuchte der Riese den Kaiser in seine Gewalt zu bringen, um mit ihm vom hohen Ufer der Adda in die reißenden Wellen zu springen. Mit nur einem Ziel, ihn zu ertränken.

Den Augenblick nutzend, da der Meuchelmörder über eine Zeltbefestigung am Boden stolperte, befreiten die Wachen Kaiser Friedrich, darauf sie den riesigen Menschen jetzt erschlugen. Im anderen Fall wurde man von einer Person vorher gewarnt, worauf die Lagerwachen einen Araber aus Spanien mit zwei Begleitern rechtzeitig festnahmen, der mit einem Messer in der Kleidung verborgen, wie auch mit vergifteten Geschenken im Gepäck versuchte, bis zu Friedrich vor zu dringen. Trotz Folter verriet er seine Auftraggeber nicht, drohte gar noch dem Kaiser und starb qualvoll den Tod am Kreuz. Ein dritter Anschlag von acht Leuten durchgeführt, endete für zwei Personen nach einer Folterung mit der Erdrosselung am Galgen. Sechs von den Attentäter gelang die Flucht.

Die Greul von Crema

Im Spätsommer des Jahres 1159 erfuhr der heuer noch in seinem Erzbistum Köln weilende Rainald von Dassel vom Handstreich der Mailänder auf Schloss Trezzo, bei dem sie die deutsche Besatzung gefangen nahmen und in den Kerker warfen. Wenig Federlesens hatten sie dabei mit ihren Landsleuten gemacht, die als Verräter ihres Landes gebrandmarkt waren. Alle wurden ermordet, auch Frauen, die man in einigen Fällen vorher noch vergewaltigt hatte. Erkenntnisse über das Schicksal seiner Geliebten Gabriella und Haushälterin hatte er aber nicht erhalten, die wohl das Schicksal der Ermordeten geteilt haben musste.

Diese Stadt Mailand hatte er nie geliebt, aber jetzt war ein unbändiger Hass in ihm aufgeflammt, der für diese Stadt nichts wirklich Gutes verhieß. In dieser aufgewühlten und niedergeschlagenen Stimmung kehrte Rainald von Dassel im Oktober 1159 mit 300 Rittern im Gefolge nach Italien zurück und schloss sich Kaiser Friedrich Barbarossa bei der belagerten Stadt Crema an.

Crema, Schwesterstadt des kaiserlich gesinnten Cremona hatte sich mit dem nahen, unter dessen Einfluss stehenden Mailand auf Gedeih und Verderb gegen Kaiser Friedrich verbündet. Bevor Friedrich mit seinem Heer von Bologna kommend Crema umzingelte, glaubte jeder in seiner Nähe, Ritter wie Söldner im Heer das Bild des schnellen Sieges über Mailand vor Augen, an einen ebenso rasanten Erfolg über die kleinere Stadt Crema.

Aber Crema war durch breite und tiefe Gräben mit ihren doppelten hohen Mauern für eine Belagerung und gegen Sturmangriffe gut gerüstet. Und die Waffenbrüderschaft Mailands mit der von Crema tat ein Übriges. Dazu hatte auch hatte die Agententätigkeit zwischen beiden Städten Früchte getragen, welche durch den agierenden Kaufmann und Händler Eduardo Della Torre mit seinem Sohn Enzio und Kunrad von Hachen als Nachrichtenquelle aus dem kaiserlichen Lager dazu führte, das die Basis für eine sehr lange Verteidigung gegen die Truppen Friedrichs bereitet war. Schon im Juli 1159 begannen Mailand und Crema in abgestimmter gemeinsamer Aktion gegen die mit dem Kaiser verbündeten Städte Lodi und Como vorzugehen. Das kaisertreue Cremona unterstützte Friedrich darauf hin mit 11000 Mark Silber und setzte auch eigene Ritter und Truppen für die bevorstehende Belagerung der ihr selbst so verhassten Schwesterstadt Crema ein.

Am 16. August wurde das Belagerungsheer vor Crema durch Einheiten der Pfalzgrafen Otto von Wittelsbach, Konrad von Staufen bei Rhein und des Herzogs Berthold von Zähringen verstärkt, die bei Lodi und Mailand agiert hatten. Ebenfalls beim Heerestross der Sekretär Kunrad von Hachen wie auch Ludolf von Kreiensen mit beiden Schreibern, die schon länger die Ankunft ihres Herrn, den Kanzler Rainald von Dassel vor Crema erwarteten.

Solange Friedrichs Heer noch zu schwach war, wagten die Mannen aus Crema immer wieder Ausfälle aus den Toren ihrer Stadt, die in einem Hin und Her auf beiden Seiten oft zu hohen Verlusten führten. Bei einem dieser Vorstöße der Cremenser aus dem Umbrianotor starb im Gefecht der so tapfere Anführer des verbündeten Cremona, der Markgraf Garnher von Ancona. Das an Zahl noch zu schwache Aufgebot des Kaisers erwartete dringend die Verstärkung aus dem Reich, Truppen aus Burgund von der mitreisenden Kaiserin Beatrix, auf jene des Herzogs von Sachsen und Baiern, Heinrich dem Löwen mit 1200 Rittern und Fußvolk wie auf die des Herzogs Welf VI. von Spoleto mit 300 Rittern und 2000 Mann Fußvolk. Weitere wertvolle Unterstützung führte der böhmische König Vladislav II., wie Ullrich IV. Graf von Lenzburg, dazu der Bischof von

Augsburg, Konrad von Hirscheck und andere Herren dem Kaiser zu. Zusammen standen zur Festigung der Macht Kaiser Friedrichs in Oberitalien jetzt fast 100000 Soldaten mit ihren Rittern zur Verfügung. Der jetzt entbrennende Kampf um Crema gestaltete sich äußerst beschwerlich, hartnäckig und je länger, umso grausamer entwickelte sich die folgende Gewaltspirale. Mehrere Sturmangriffe vor die Mauern der Stadt Crema getragen, Versuche Sturmleitern oder Türme anzulegen, scheiterten immer wieder in einem Geschosshagel vor und von den Mauerkronen oder durch überraschende Ausfälle aus der Stadt. Etwas glücklicher kämpfte Friedrich selbst vor Mailand, als es gelang mit Hilfe von Truppen aus Pavia der rebellischen Stadt eine Falle zu stellen. Bei einem der Ausfälle Mailands gegen eine Truppe von Pavia lag Friedrich mit seiner ausgesucht kleinen Heeresmacht im Hinterhalt. Die total überraschten Mailänder ergriffen sofort die Flucht. Aber zu spät. 150 von ihnen wurden getötet und über 600, meist von Adel konnten gefangen genommen werden.

Darauf hin, ein kleineres Kontingent zur Beobachtung vor Mailand zurücklassend, wendete sich Friedrich mit dem größeren Teil seiner Truppen jetzt gegen Crema. Zuerst scheinen die Bürger der Stadt von Friedrichs Ankunft beeindruckt und hielten eine zeitlang still. Nachts dann plötzlich, als das Heerlager schon schlief, brachen aus dem Umbrianotor Bewaffnete mit Brandfackeln in den Händen hervor, um Belagerungsgeschütze, Magazine und andere wertvolle Ausrüstungen in Brand zu stecken.

Unter der Mithilfe des mit ihren Einheiten herbei eilenden Ottos von Wittelsbach und Friedrichs von Rothenburg, konnte dem Kaiser mit seiner in Eile zusammengeraffter Gefolgschaft Unterstützung gewährt werden. Beide Lager erlitten entsetzliche Verluste. Erst spät zog sich der Rest der Aufständischen Cremas hinter die Mauern zurück.

Noch grausamer entstand ein Gemetzel am Tage bei einem Besuches von Friedrich und seiner Gemahlin Beatrix im Schloss von Gambasson. 600 Berittene stürmten aus dem Tor, dem gegenüber das kaiserliche Zelt stand. Bis in die einbrechende Gewitternacht ließen die zwei Gegner nicht ab, um dann im unentschiedenen Streite ihre vielen Toten zu zählen. Am gleichen Tage führten weitere Ausfälle aus anderen Toren Cremas zu Verlusten mit weiteren Toten bei den Belagerern. Verlustig gingen nebenher 2 Türme und gerade errichtete Belagerungs- und Wurfmaschinen. Gegenseitige Provokationen, Hasstiraden und Racheakte steigerte die grausame, eine bis zur Mordlust ausartende Kriegsführung ins Unmenschliche. Mord, Vergewaltigung an Männern, Frauen und auch Kindern gehörten zum Alltag der nun schon über siebenmonatigen Belagerung und Auseinandersetzung. Das hatte mit dem viel gepriesenen ritterlichen Kampfe nichts mehr zu tun.

So warfen die Belagerten die Köpfe und zerstückelten Teile der Leiber ihrer Gefangenen oder Geißeln von den Mauern ins kaiserliche Heerlager. In seiner grenzenlosen Wut ordnete Friedrich im Gegenzug das Erhängen zweier Gefangener vor der mit Feinden besetzten Mauerkrone an. Aber die Antwort von Crema ließ nicht auf sich warten. Wenig später wurden auf der äußeren Stadtmauer zwei Kreuze aufgerichtet. Kurz darauf nagelte man zwei der gefangenen deutschen Ritter bei lebendigem Leibe ans Kreuz. Für alle, auch dem Kaiser sichtbar und noch weit hörbar sind die Geräusche der Hammerschläge, die Nägel in Hände und Füße der bedauernswerten Ritter trieben. Die Geduld Friedrichs war nun erschöpft. Und so ließ er einen Herold an die Mauer von Crema treten, der laut und vernehmlich verkündet: Kein Bewohner der Stadt könne mehr während der Kämpfe, seien es Männer oder Frauen auf Gnade hoffen, bis die Waffen entschieden hätten.

Der Sekretär Kunrad von Hachen, Kanzleileiter Ludolf von Kreiensen und seine Schreiber waren während der Abwesenheit des Kanzlers natürlich nicht ohne Arbeit, mussten denn auch hier administrative Tagesabläufe wie Meldungen für Kaiser Friedrich, für dessen politischen Berater oder Befehlshaber im Heer verfasst und immer, oft mehrmals kopiert werden. Aber an den Kampfhandlungen war die hier mobile Kanzlei nicht beteiligt. Kunrad, der im Übrigen auf das Eintreffen Rainalds von Dassel wartet, kann sich im Heerlager vor Crema relativ frei bewegen. Bis auf gelegentliche Treffs mit dem Kaufmann Eduardo alias Della Torre, der sich auch vor Crema als unentbehrlicher Händler und Verkäufer für die durch Kämpfe verlustig gegangenen, wieder benötigten Waren im kaiserlichen Lager als cleverer Geschäftsmann erweist. Während der lang andauernden Belagerung Cremas hatte Kunrad mitunter Zeit, eigene Interessen zu verfolgen, und so hatte sich der Sekretär von Eduardo den Ort und Weg nach Cremona erklären lassen, um das von den Mailand ihm verheißene Landgut Buccellati in verdeckter Mission auszuspionieren und zu besichtigen.

Dafür kleidete er sich in sein altes Mönchsgewand. Und von Eduardo erbat er sich für einen Tag ein Maultier unter fadenscheinigem Vorwand, Land und Leute seiner doch so schönen Heimat kennen lernen zu wollen. Und Ludolf von Kreiensen erzählte er noch: „ Ich muss wieder mal etwas anderes sehen, als immer nur Tod, Brand, Verwüstung und Kriegsgeschrei. Morgen in der Früh werde ich mich auf den Weg machen, und dann sicher am Abend wieder hier sein". Ludolf von Kreiensen hatte aber auch den Auftrag des Kanzlers nicht vergessen, und gedachte ihn natürlich zu erfüllen. Er war selbst neugierig geworden, was Kunrad wohl vorhaben könnte. Nur kurze Zeit später, nach dem der Sekretär das gemeinsame Zelt verlassen hat, folgt ihm

Ludolf von Kreiensen diskret und unauffällig. Aus einer sicheren Entfernung kann der Kanzleileiter beobachten, wie Kunrad von Hachen wenig außerhalb des Lagers ein Maultier besteigt, das ihm sein Freund und Kaufmann Eduardo gerade zuführt. Sehr eilig requiriert Ludolf beim Bewacher mehrerer in Nähe des Heerlagers angelegten Pferdekoppeln im Auftrag von Kanzler von Dassel eines der Reservepferde, um schnellstens dem Sekretär in seiner Mönchskleidung zu folgen, und ihn nicht aus den Augen zu verlieren. Der machte sich nun auf seinem Maultier auf den Weg, um Crema in der südöstlicher Richtung zu verlassen. Auf einem alten Handelsweg trottete Kunrad mit dem Maultier zwischen an linker und rechter Hand angebauten Olivenhainen und auch bereits abgeernteten oder noch mit Feldfrüchten bestandenen Feldern in Richtung Cremona. Der zügige zielgerichtete Ritt des Sekretärs hielt Ludolf unter Spannung, um ihm in größerer Entfernung weiter zu folgen. Öfters sich hinter einem Feldrain oder in einem Wäldchen von Pinien versteckend, dem zufälligen Rückwärtsblick Kunrads zu entgehen.

So waren in heißer Sonne fünf Stunden vergangen, als sich Kunrad offensichtlich der Stadt Cremona näherte. Sich auf einer mit Steinen befestigten Straße befindend, die jetzt Cremona östlich liegen ließ, kam dem Sekretär ein Bauer mit seinem Esel entgegen, den er offensichtlich nach Weg und Ort fragte. Dabei zeigte der Mann wohl Kunrad an, weiter dem Weg nach Süden zu folgen, bis er auf den Fluss Po trifft, der dort sichtbar einen leichten Schwenk nach Osten macht. Gut eine Stunde folgte von Kreiensen noch dem Maultier mit Kunrad auf dem Rücken, bis dieser auf ein in einer Senke auftauchendes, von weiten Rebenstöckenfeldern umgebenes mittleres Gut zusteuert.

Von sehr weitweg nun beobachtet Ludolf, wie Kunrad von Hachen das aus dem Hauptgebäude mit schöner Fassade neben Stallungen und Scheunen umstandenes Areal sehr eingehend betrachtet. Dann entschwindet von Hachen den Blicken Ludolfs, da dieser nun eilig und zielstrebig durch ein schmiedeeisernes Tor ins Innere des Gutes reitet. Was der wohl hier zu tun und zu suchen hat, fragt sich der Kanzleileiter. Verbirgt sich jetzt an einem sicheren Ort hinter Taxusbäumen und Sträuchern, an dem er schwer zu entdecken, selbst aber Kunrad weiter beobachten kann. Der hier als Mönch auftretende Sekretär hat bei näherer Betrachtung des schönen Landgutes sofort die florierende Tätigkeit auf den umliegenden Feldern registriert. Ebenso die Weinbaulagen, die sich weit mit großer Ausdehnung über mehrere Hügel bis zum großen Pobogen hinunter ausbreiten. In den Hof des Anwesens reitend, empfängt Kunrad der emsige Betrieb von ihre Arbeit verrichtenden Mägde und Knechte. Kunrad steuert auf zwei Personen zu, von denen einer der Aufseher oder Vogt des Gutes zu sein scheint.

Verwundert und fragend zugleich blickt der Vogt auf den Mönch auf dem Maultier. Kunrad scheinheilig: „ Habt ihr für einen Wanderer im Auftrage des Herrgotts einen Krug Wasser? Aber auch mein treues Maultier ist durstig "!

Mit dem Blick auf den Knecht schickt er diesen fort, um das gewünschte Wasser zu holen. Ohne Argwohn erzählt der Aufseher auf Kunrads geschickte Fragen die Vita des Gutes: „ Das Landgut ist seit ewigen Zeiten im Besitz der Familie Buccellati, einem Graf, der in Cremona zu Hause ist. Wir alle auf dem Gut hoffen, das dies so bleibt, denn der Comte Antonius ist ein guter Herr ". Kunrad bedankte sich für die Erfrischung mit salbungsvollen Worten: „ Der Herrgott wird es euch lohnen, " und verabschiedet sich mühsam beherrschend sehr schnell, viel zu schnell wie der Vogt findet. Kunrad hatte genug erfahren und gesehen. Er war wütend und enttäuscht. Die Mailänder, explizit der

Erzbischof hatten ihm ein Landgut versprochen, das in festen Händen einer Grafenfamilie, und auf einem Gebiet des mit Mailand im Krieg befindlichen Cremonas liegt. Seinen Zorn nun kaum noch bändigend, besteigt Kunrad sein Maultier, das der Knecht inzwischen nochmals mit Wasser versorgt hatte, um sich mit enttäuschtem Gemüt und Wut im Bauch wieder auf den Weg nach Crema zu bemühen.

Ludolf von Kreiensen aus seinem Versteck beobachtend, wie sich Kunrad von Hachen auf den Rückweg Cremas begibt, nahm erneut seine Verfolgung auf, nun aber nicht ahnend, was ihn nach ungefähr zwei Stunden erwarten würde, was er dann schließlich aus der Entfernung hilflos mit ansehen musste.

Hilflos deshalb, da er nicht eingreifen durfte, um den Auftrag Rainalds von Dassel nicht zu gefährden. Ludolf hatte sich schnell hinter einer Gruppe Zypressen Deckung verschaffen müssen, denn Kunrad hatte eine am Rande eines hohen Rübenfeldes arbeitende weibliche Person befragt, wohl um zu wissen, wo es weiter des Weges nach Crema geht. Mit ihrem Arbeitsgerät, einer Spitzhacke im Arm trat die Frau vertrauensvoll auf den Mönch zu, um ihm den Weg zu erklären. Plötzlich und völlig unerwartet, offenbar nach einem heftigen sich steigernden Wortwechsel sieht Ludolf, wie Kunrad der Person die Hacke aus der Hand reißt und sie niederringt. Hohe Rübenstauden und niedrige Büsche am Rande des Feldrains verwehrten Ludolf für Minuten die Sicht auf das, was sich dort wohl dramatisch weiter ereignet. Schon unduldsam geworden, wollte sich Ludolf von Kreiensen gerade erheben, um sich an den Ort eines wahrscheinlich bösen Geschehens näher heran zu pirschen. In diesem Augenblick sah er Kunrad sich wieder erheben, und nun mit der Spitzhacke fortwährend auf den Boden einschlägt. Wieder! und Wieder! Sich dann hastig umsehend, ob ihn auch Niemand gesehen habe, stieg er hurtig auf das geduldig wartende Maultier und ritt eilends davon. Was Ludolf Böses ahnend, einige Minuten später erblickt, läst ihn wahrhaftig erschauern, erbleichen und schlecht werden. Schnell war er zum Feldrand geritten, zu sehen, was sich dort wohl ereignet haben könnte und ob noch zu helfen wäre. Einer Frauensperson noch zu helfen, die er als eine junge Frau von vielleicht 20 Jahren einschätzte, war nicht mehr möglich. Mit eingeschlagenem Kopf, teilweise ihrer Kleidung entledigt lag die junge Frau in einer tiefen Ackerfurche zwischen hohen Rübenblättern. Fassungslos über diese Ungeheuerlichkeit, Brutalität und Mordlust bei dem Sekretär überkam ihn ein Grauen vor diesem Menschen.

Und er war jetzt überzeugt, Kunrad von Hachen hatte auf Lutra die bedauernswerte Marie von Gunthard, auf dem Italienfeldzug während der drei Tage Aufenthalt im Ort Sterzing in den Alpen die Frauensperson, und eben vor wenigen Minuten diese ahnungslose junge Frau ermordet. Noch einen bedauernswerten Blick auf die geschändete Leiche der jungen Person werfend, entfernte sich Ludolf von Kreiensen nun schnell vom Tatort, um nun in einem weiten Umweg den mit dem Maultier viel langsameren Sekretär auf dem langen Weg nach Crema überholen zu können. In Gedanken an das traumatische Erlebnis eines Mordes aus reiner Lust und Frust, prüfte sich Ludolf von Kreiensen selbst. Gewiss war er auch kein Mensch eines untadligen Lebens. Er war ein Betrüger und auch Auftraggeber für einen Mord gewesen, wenn auch nur, um eine Tat eines Betruges zu vertuschen, um sich zu schützen. Aber niedrige Instinkte, wie sie offensichtlich Kunrad von Hachen beherrschen, waren ihm doch fremd.

Als der Sekretär Kunrad spät in der Nacht im Heerlager vor Crema unter seine Decke schlüpfte, war Ludolf von

Kreiensen beim Grübeln über das am heutigen Tag von ihm Erlebte noch nicht eingeschlafen. An Morgen des nächsten Tages fragte Ludolf nur beiläufig Kunrad, ob er sich ohne Behinderungen durch die kriegerische Region frei bewegen konnte? Da antwortete Kunrad: „ Als einem im Mönchsgewand gekleideten ist man unterwegs immer vertrauenswürdig und ungefährdet "! Eine Antwort, die Ludolf von Kreiensen nur als puren Hohn, mit Zynismus und Ironie verbinden konnte.

Der erste Herbstmonat näherte sich seinem Ende zu, und die im Widerstand verharrenden Bürger Cremas wollten gegen diesen Kaiser aus Deutschland immer noch nicht aufgeben. Inzwischen von einer Überzahl von Feinden eingeschlossen, von Lebensmittelzufuhren abgeschnitten, steigerte das nur ihre Bereitschaft weiter zu kämpfen und lieber zu sterben, als sich zu ergeben. Der Zorn Kaiser Friedrichs gegen die aufsässigen Bürger und seinen Adel erreichte mit der Kreuzigung der zwei deutschen Ritter den nicht mehr zu kontrollierenden Höhepunkt, der an der Ritterlichkeit Kaiser Friedrichs, oftmals zweifeln ließ.

Der Herzog Heinrich von Sachsen und Baiern, auch im Allgemeinen der Löwe genannt, war mit 40 seiner Ritter von einem Erkundungsritt vor Mailand zurückgekehrt, als er eine Anzahl mailändischer Gewappneter, die Bauern auf den Feldern vor ihrer Stadt bei der Ernte bewachten, gefangen genommen hatte. Darunter auch ihren Anführer, ein prächtig gekleideter Ritter in bestem Beritt und bester Bewaffnung. Darüber hinaus noch schön anzusehen. Wie man nachher erfuhr, ein Verwandter des Erzbischofs von Mailand, Hubert von Pirovano. Heinrich verbrachte die Gefangenen mit ihrem schönen Ritter vor den immer noch vor Wut bebenden Kaiser, der die gefangenen Mailänder vor den Mauern von Crema sofort hinrichten ließ, um der widerborstigen Stadt von Crema zu zeigen, was mit ihren

Verbündeten geschieht. Erklärbar ist dieser grausame Zug Friedrichs vielleicht durch die Behandlung und Drohung seiner Verhandlungsdelegation in Mailand. Die hatte der Kaiser letzthin dorthin geschickt, um seinen guten Willen auszudrücken, und um den neuen Papst Roland Bandinelli, Alexander III. versöhnlich zu stimmen.

Eine nicht weniger grauenhafte Antwort von Crema folgte auf dem Fuß. Einige Gefangene und Geißeln band man vor die Wurfgeschossmaschinen und katapultierte sie ins Lager des kaiserlichen Heeres.

Der erneute Affront, den die kaiserlichen Gesandten in Mailand wiederum erfahren hatten, bestimmte jetzt auch die Positionierung Friedrichs gegen den neuen Papst, der vom Kardinalskollegium für den am 1.September 1159 verstorbenen Hadrian IV. als Nachfolger gewählt wurde.

Bei dieser Wahl in Rom stimmten 14 Kardinäle, die dem normannischen König von Sizilien Wilhelm I. Hauteville anhingen, für Roland Bandinelli, einem ausgemachten Feind des deutschen Kaisers, während 9 der Kardinäle dem in Tivoli geborenen kaiserfreundlichen Octavian de Monticelli ihre Stimme gaben. Roland Bandinelli nach der Wahl und einer feierlichen Zeremonie gerade im Begriff den prunkvollen Papstmantel anzulegen, wurde dabei durch Octavian daran gehindert, in dem er ihm den Mantel entriss, und sich selbst umlegte, wenn auch mit einem allgemeinen Gelächter aller Anwesenden, dem Rückenteil nach vorn.

Trotz weniger erhaltener Kardinalsstimmen berief sich Octavian auf die Stimme des Volkes von Rom, die auf ihn reflektierten. Außerdem war er sich der Unterstützung der bei der Zeremonie anwesenden deutschen Beobachter bei der Wahl, des Pfalzgrafen Otto von Wittelsbach und des Grafen Guido von Biandrate sicher. Als Victor IV. wird künftig Octavian de Monticelli als Gegenpapst von Kaiser

Friedrichs Gnaden zu Roland Bandinelli, als dem Papst Alexander III. fungieren. Ein nun fast 20-jähriges Papstschisma, steht dem Deutsch-Römischen Kaiserreich in dieser Zeit zum fortwährenden und bedauerlichen Nachteil bevor.

Im ersten Drittel des Monats Oktober war dann auch der Kanzler Rainald von Dassel mit seinem Kontingent von 300 Rittern aus Deutschland in Italien eingetroffen, mit denen er sich den Belagerern Cremas anschloss.

Sofort nach der Ankunft des deutschen Kanzlers meldete sich Ludolf von Kreiensen wegen der außerordentlichen Wichtigkeit und Explosivität seines Erlebens, von seinen Beobachtungen hinsichtlich der Aktivitäten von Kunrad beim Kanzler. Sich sehr sicher, auch bald empfangen zu werden. Allerdings musste sich Ludolf zur Enttäuschung noch eine ganze Woche gedulden, bis er bei Rainald von Dassel dann endlich vorgelassen wurde.

Lagebesprechungen Rainalds bei Friedrich wegen der aktuellen Lage vor Crema, Mailand, wie der wiederholt vom Kaiser abgefallenen Städte Brescia und Piazencia, der Tod Papst Hadrians IV. und die sich daraus ergebenen Folgen hatten jetzt Vorrang.

Als von Kreiensen dann endlich vorsprechen durfte, um Rainald von Dassel mit übergroßer Ausführlichkeit das ungewöhnliche Verhalten seines Sekretärs am Landsitz bei Cremona und dessen unverständliche Tat eines Mordes zu schildern, und dann auch noch glaubte den Kanzler mit diesen Neuigkeiten zu überraschen oder zum Erstaunen zu bringen, hatte sich Ludolf in diesem mit allen Wassern gewaschenen Fuchs getäuscht. Herausfordernd und gleichgültig hörte ihm Rainald zu. Insgeheim geschürte Erwartungen, die sich Ludolf im Vorfeld gemacht hatte, eine Belohnung oder Aussicht auf eine höhere Stellung durch den Kanzler zu erhalten, zerstoben somit gleich zu Beginn.

Eindringlich, nach dem er Ludolfs Bericht vernommen hat, warnt ihn Rainald abermals wie vorausgegangenen Anhörungen: „ Kein Wort, egal auch, zu welcher Person und welchen Ranges hat er über sein Wissen zu erzählen. Führe er seine Arbeit weiter so aus, so ordentlich und sehr diskret. Er kann jetzt wieder gehen "!

Ludolf von Kreiensen verließ das Prunkzelt des Kanzlers trotz der fehlenden Anerkennung, aber mit erhebendem Gefühl von Wissen, das nur er und der mächtigste Mann im Reich nach dem Kaiser teilen. Aber gleichzeitig nagen an Ludolf offene Fragen: Warum behält der Kanzler den Sekretär in seinen Diensten? Warum lässt er Kunrad nicht gleich verhaften und in den Kerker sperren, nach allem was er schon von ihm weiß ? Was mag dahinter stecken? Ein dunkles Geheimnis ? Will er Kunrad von Hachen aus Gründen, die Ludolf bisher verborgen sind, schützen ?

Rainald von Dassel hatte nun seine Bestätigung, das der >Sohn< ein böser, durch und durch schlechter Mensch ist. Er registrierte nebenbei aber auch, das er in Ludolf von Kreiensen, dem Kanzleileiter einen Mitwisser neben sich duldete, welcher sich fragen muss, warum Rainald von Dassel einen mehrfachen Mörder und auch Betrüger deckt, wenn er keine strafrechtlichen Aktivitäten veranlasst. Das machte ihn wohl angreifbar. Zu gegebener Zeit werde ich handeln müssen, nimmt sich Rainald von Dassel vor.

Nur für einen Moment war er von der Mitteilung Ludolfs von Kreiensen irritiert, als er vom gezielten Aufsuchen seines Sekretärs zu einem Landgut bei Cremona erfuhr, um zu ahnen, was das für eine Bewandtnis haben könnte.

Mit Selbstverständnis hatte Kunrad nach der Rückkehr Rainalds aus Deutschland seine Arbeit bei ihm wieder auf genommen, wähnte er doch in seiner Überheblichkeit und Rücksichtslosigkeit, weiterhin Herr seiner Entscheidungen und seines Tun, auch in der Zukunft zu sein. Was ihn im

Augenblick eher berührt, ist wie der Erzbischof Mailands, Hubert von Pirovano sein Versprechen einlösen will, ihm das Landgut Buccellati zu übereignen? Spontan fallen ihm hier die Worte des Bischofs von Ravenna, Anselms von Havelberg vor Jahresfrist ein, der allen Mailändern eine permanente Unzuverlässigkeit, Treulosigkeit, Falschheit und noch mehr zuschrieb.

Das Jahr 1159 näherte sich bereits dem Ende und der Abwehrkampf Cremas dauerte unvermindert an.

Mit der Unterstützung vieler von den Einwohnern Lodi's wurden jetzt unzählige Wagenfuhren von Holz zum Bau von Kampf- und Wandeltürmen mit Dächern als Schutz vor Pfeilen und Katapultgeschossen oder für den Bau von Fallbrücken herangekarrt. Gleichzeitig Unmengen Geröll, Erde und Sand in die breiten umlaufenden Gräben vor den Mauern Cremas geschüttet, damit den Türmen und Plattformen Stand verliehen und ihnen Höhe zur Überwindung der Mauern schaffen zu können. Dieses und die Arbeit der Ingenieure führte schließlich zum vorentscheidenden Erfolg, obwohl sich die tapferen Einwohner, Männer, wie Frauen, Jugendliche und Kinder nach wie vor mit allen zur Verfügung stehenden Mitteln wehrten. Heißes Öl, Feuer, Pfeile und Steine schleuderte man den Feinden herab. Mit langen Stangen und ihren Lanzen versuchte man die heran geführten Türme umzustossen, was den Verteidigern auch zuoft gelang. So oft, das der Kaiser in seinem Zorn befielt, um die Stadt endgültig zur Aufgabe zu zwingen, 40 der Gefangenen, darunter auch einige Kinder an die Türme zu binden, die man an die Mauern heranführt.

Lange herrschte Schweigen auf den Mauerkronen, aber dann ertönte es laut von den Zinnen: „ Nein, wir kämpfen weiter, lieber wollen wir sterben, als unsere Freiheit zu verlieren, um in Schmach weiter zu leben "!

Die von Crema opfern tatsächlich ihre Landsleute und

Kinder, in dem sie die Türme weiterhin bekämpfen. In dieser Verzweiflung und dem steigenden Hass gegen die Kaiserlichen, ihre eigenen Leute töten zu müssen, holten die Bürger von Crema ihre Gefangenen Deutschen und die von Lodi und Cremona aus den Kerkern, banden sie vor die Wurfgeschütze und zerschmetterten deren Glieder vor den Augen Kaiser Friedrichs.

Als folglich der vorher in den Diensten Cremas stehende Kriegsbaumeister Marchesa auf die Seite des Kaisers trat und einen 6 Stockwerke hohen Wandelturm mit mehreren Fallbrücken schuf, geschützt gegen viele Machenschaften des Feindes, schien sich das Kriegsglück zu Gunsten der Belagerer zu wenden. So gelingt es einigen Deutschen, so allen voran dem tapferen schwäbischen Ritter Berthold von Urach die erste Mauer zu überwinden und sich mit dem Schwert den Weg zum zweiten Festungsring frei zu kämpfen. Da verbreitet sich die üble Nachricht, dass der mächtige hohe Turm zerstört, und sich seine Besatzung zurückziehen müsse. Als sich der alleingelassene, und an vorderster Linie kämpfende Ritter von Urach gegen eine umkehrende Übermacht zurückziehen will, wird er von einem Beilhieb tödlich getroffen. Eine Überzahl seiner Feinde zerstückelte seinen Leib und warf die Körperteile zurück über die Mauer ins Lager ihrer verhassten Gegner. Da sammelte Pfalzgraf Otto von Wittelsbach neue Kräfte und stürmte mit Wut wider die Stadt und Mauern Crema. Dreimal wurde er mit seinen tapferen Männern zurückgeworfen, um am Abend dann die Verteidiger von Crema wiederholt zu zwingen, sich hinter die innere 2. Festungsmauer ihrer Stadt zurückzuziehen.

Nach dem nun ihre Todfeinde vor der letzten Bastion, der inneren Mauer standen, begann in Crema die Angst vor den Folgen ihres langen Widerstandes gegen den Kaiser Friedrich umzugehen. In erster Linie Frauen, Mütter, und die älteren Bewohner wünschten jetzt die Einstellung des Kampfes, in der Hoffnung durch ein Friedensangebot Gnade vor Friedrich zu erfahren.

Der Senat der Stadt schloss sich nun der Mehrheit aller Bürger Cremas an und schickte eine Abordnung ins Zelt des Sachsen- und Baiernherzogs Heinrich, wie auch zu Pellegrin, den Bischof von Aquileia, damit sich beide für ihre jetzt demütige Stadt beim Kaiser verwenden mögen. Einzig bat man um das Leben der Einwohner und wollte auf keinen Fall der verhassten Schwesterstadt Cremona unterworfen oder ausgeliefert werden.

Friedrich versprach Gnade. Am 27. Januar 1160 nach über sieben Monaten Belagerung und der grausamsten Kriegsführung auf beiden Seiten, wurde vom Senat die Stadt Crema dem Kaiser übergeben. Dieser ordnete an, dass die 20000 Einwohner mit Gepäck, soviel sie tragen können, die Stadt zu verlassen haben.

Eine große Anzahl der Heimatlosen suchte die mit Crema verbündete Stadt Mailand auf. Um aber Cremona selbst, der mit Friedrich kooperierenden Stadt auch entgegen zu kommen, erlaubte er ihren Landsern Crema zu plündern.

Zu spät kommende und enttäuschte Landser, die sich nicht genug bereichern konnten, zündeten in ihrem Zorn die Stadt daraufhin an, worauf auch die Kirchen nicht mehr gerettet werden konnten.

Zusammen mit den Unterstützern aus Lodi wurde Crema dann bis auf die Grundmauern niedergerissen. Der Kampf um Crema war zu Ende, aber nicht der Krieg Friedrichs, um seinen Einfluss und die Herrschaft in ganz Oberitalien wieder zurück zu gewinnen.

Alexander oder Victor

Der Anfang vom Februar 1160 stand ganz im Zeichen des triumphalen Empfangs Friedrichs in Pavia nach dem Sieg über die hartnäckigen Bürger Cremas. Gleichzeitig sah Kaiser Friedrich sich veranlasst, zu einem Konzil die Fürsten, Erzbischöfe und Bischöfe aus vielen Ländern von Europa nach Pavia an seinen Hof einzuberufen, um das über Europa schwebende Schisma zweier den Papststuhl in Rom beanspruchenden Kandidaten zu lösen. Neben den hohen kirchlichen Vertretern aus den Ländern, hatte der deutsche Kaiser auch Roland Bandinelli, der sich rechtens wie er verbreitet, Papst Alexander III. nennt und auch den anderen Kandidaten Octavian de Monticelli, der sich auch ebenso rechtens, wie er verbreitet Papst Victor IV. nennt, nach Pavia gebeten. Von den beiden Päpsten reiste aber nur der von der kaiserlichen Fraktion gestützte und auch nur anerkannte Victor IV. nach Pavia, während Alexander III. in seinem selbst gewählten Exil in der Stadt Anagni blieb. Er sprach von dort aus Friedrich das Recht ab, in dieser Angelegenheit überhaupt ein Konzil einberufen zu dürfen.

Die in Pavia anwesende Geistlichkeit unter dem Einfluss des deutschen Kaisers und seines Kanzlers Rainald von Dassel bestimmten am 11. Februar daraufhin, Octavian Monticelli als Victor IV. zum allein rechtmäßigen Papst. Postwendend bestätigte Victor IV. darauf hin in Pavia Rainald von Dassels Wahl zum Erzbischof von Köln, eine Bestätigung, die diesem vorher von Papst Hadrian IV. und auch von Alexander III. verwehrt wurde. Alexander III. hingegen wurde in Pavia von Friedrich und versammelter Geistlichkeit zum Reichsfeind erklärt, damit folglich vom kaiserlichem Bann belegt. Alexander III. oder Roland Bandinelli, der inzwischen von Agnani nach Toulouse in

Frankreich geflohen ist, reagierte darauf mit einem Bannfluch gegen alle Anhänger von Victor IV. und sprach alle Untertanen des Kaisers Friedrich von ihrer Pflicht, diesem zu dienen und zu gehorchen frei. In der Folge aber wurde Roland Bandinelli als Alexander III. von Hauptmächten Europas wie Frankreich, England, Spanien, Sizilien, in Teilen Italiens und bald auch Irland und in Norwegen als der rechtsgültige Papst akzeptiert. Papst Victor IV. aber dagegen nur in Deutschland, Österreich, Böhmen und von Gebieten kaiserlicher Einflussnahme.

Nur widerwillig mit kaum verhehlendem Abscheu hatte Rainald von Dassel seinen Sekretär Kunrad von Hachen als Protokollführer zum Konzil im prächtigen Dom von Pavia zugelassen. Zu sehr und des öfteren wie ihm lieb war, hatten ihn die Berichte Ludolfs von Kreiensen über Kunrads zweites Gesicht, manchmal in seinen Träumen beschäftigt. Am Tage sonst abgelenkt durch eine Vielzahl von Besprechungen, Audienzen, Vorträgen, strategischer Planung bei politischem wie kriegerischem Einsatz, überfielen Rainald gerade nachts Gedanken an den zu einem ernsten Problem zu werdenden >Sohn<. Er verachtete jetzt diesen, seinen Nachkommen, dessen niedrige Instinkte, die Mordlust, die in diesem Menschen innewohnt. Und er fragte sich weiter, wessen unseliges Erbe diese kranken Veranlagungen sind. Waren sie in seiner Familie, seinen Vorfahren zu suchen oder der Mutter des Ungeratenen? Wie hieß sie noch? Ach ja Katharina, die fesche Magd, die ihn so jung wie er war, verführt hatte. Lange hat er in der Nacht noch schlaflos im Bett gelegen. Ja, er wird Kunrad, seinen einzigen Nachkommen, sein Blut, von dem nur seine Familie in Dassel (Northeim) und sein nun nicht mehr lebende Freund und Vertraute Wibald von Stablo wusste, schützen. Aber nur so lange wie es sich mit seiner eigenen Karriere vorteilhaft vereinbaren ließe.

Sentimentalität ist ihm ja sonst fremd, aber ich werde das Risiko eingehen und mich auch nicht unter Druck setzen lassen, solange es nur eben geht. Und eine Erkenntnis vor dem Einschlafen verfestigte sich jetzt in ihm: Kunrad von Hachen als meinen Sekretär und Ludolf von Kreiensen als meine zweite Kraft und gleichzeitigen Beobachter werden mich nun bei künftigen Reisen immer begleiten, damit ich beide für mich zum Risiko gewordenen Unwürdigen unter meiner Kontrolle habe.

Im Laufe des nun schon wieder zwei Jahre andauernden Krieges in Oberitalien, waren dort viele Gebiete verwüstet worden. Die Felder ihrer Ernten beraubt und es gab großen Mangel an Nahrung und Unterkünfte für Friedrichs Heer.

Und so beschloss Friedrich einvernehmlich mit seinem Kanzler Rainald, einen großen Teil der Ritter und Landsknechte aus dem Reich und verbündeten Völkern über die Alpen zurückzuführen. Nur in den wichtigen strategischen Burgen wie Rivoli, Trezzo oder Carcano blieben starke Besatzungen zurück. Natürlich auch die Statthalter und die Landvögte zur Aufrechterhaltung der Ordnung in Städten in Anlehnung an die neu geschaffenen Steuer- und Finanzstrukturen.

Das ganze Jahr 1160 hindurch wurde das mailändische Gebiet in wechselvollen Streitereien und Kämpfen durch Truppen von Cremona, Lodi, Pavia, Como, Novara und Deutschen weiter ruiniert. Aber die verbündeten Städte Mailands hatten sich in der Folge unter deren Führung zu einer festen Union gegen den inzwischen so verhassten Kaiser aus Deutschland formiert; den Anhängern und vollstreckenden Organen Friedrichs in der Lombardei immer erfolgreicher widerstehend.

Ende Februar reist Rainald von Dassel in diplomatischer Mission, der leidigen Papstfrage wegen an den Hof des französischen Königs Ludwig VII. in die Normandie und danach an den Hof des englischen Königs Heinrichs II. von Plantagenets zu überaus schwierigen Verhandlungen, um eine Anerkennung zu Gunsten von Papst Victor IV. zu erreichen. Es war nur eine kleine Delegation mit einer Schwadron Berittener, die Kanzler Rainald neben seinem Verwandten, Graf Adolf von Schauenburg mit Kunrad von Hachen und Ludolf von Kreiensen als Chef der Kanzlei, nach Frankreich und nach England begleiten. Aber das Ergebnis der intensiven Besprechungen ist doch äußerst enttäuschend. Beide Könige wollen nur Alexander III. als den für alle gültigen Papst in Rom sehen.

Auch hier in Frankreich, abseits des kaiserlichen Hofes mit noch größerer Nähe zu Rainald von Dassel wurde das Verhältnis zwischen >Vater und Sohn< nicht besser. Das Gegenteil ist eher der Fall. Zur Antipathie Rainalds gegen Kunrad kommt die Gereiztheit und Unduldsamkeit wegen des diplomatischen Misserfolgs. Hatte von Hachen bisher aus der verweigerter Zuneigung, Eifersucht und Missgunst dem Kaiserreich durch seine bisherige Aktivität immer im Allgemeinen geschadet, so war er jetzt mit sich im Reinen, den >Kanzlervater< Rainald von Dassel auch in >persona grata< zu schaden.

Verrat und Mailand zum letzten ...

Als sich die schlechten Nachrichten aus der Lombardei mehr und mehr häuften und die Einnahme der auf Seiten Friedrichs stehenden strategisch enorm wichtigen Burg von Carcano durch Truppen von Mailand, Brescia wie auch Piacenza nach Deutschland gemeldet wurde, entschloss sich der Kaiser, bestärkt durch seinen Kanzler Rainald zu einem erneuten Feldzug gegen die durch und durch wieder treulosen Mailänder. Bei jede Audienz beim Kaiser und einer sich passenden Gelegenheit, erinnert ihn Rainald von Dassel in Angelegenheiten des 3. geplanten Feldzugs nach Italien daran, wie notwendig es ist, diesmal an dem aufmüpfigen Mailand ein empfindliches Exempel, ja eine Strafexpedition durchzuführen wäre, damit diese Stadt Mailand als potentieller Unruhestifter in Oberitalien für immer von der europäischen Landkarte verschwindet. Eigene Rachegedanken wegen des von den Mailändern begangenen Unrechts, der Ermordung seiner Geliebten Gabriella konnte er wohl bei diesem Wunsche, Rache zu nehmen nicht unterdrücken, wenn auch die persönlichen Revanchegefühle in seinem Umfeld nicht zu bemerken sind. Deshalb wurde bereits am 25. Juli im Jahre 1160 auf dem Fürstentag von Erfurt der erneuter Feldzug nach Oberitalien beschlossen. Im Frühjahr 1161 war es denn so weit, das der Kaiser mit einem Sohn des früheren Königs Konrad III., dem jungen Friedrich von Rothenburg, dem Pfalzgraf Konrad bei Rhein, dem Herzog Dietbold von Böhmen, Bruder des Königs Vladislav von Böhmen und Landgraf Ludwig II. von Thüringen, Rittern und Fußvolk zu dem avisierten Heereszug über die hohen Alpenpässe aufbrach. Rainald von Dassel folgte dem Aufgebot mit 500 Rittern und einigen tausend Landsknechten Fußvolk. Eduardo Della Torre, der reisende Händler und sein Sohn

Enzio, Spione und Agenten im Dienste Mailands, waren seit 1158 in der Lombardei geblieben.

Sie halfen den Widerstand gegen die deutsche Besatzung und deren korrupte Beamtenschaft, wie den sich unmäßig persönlich bereichernden Statthaltern und Stadtoberen in Oberitalien aufzubauen und zu organisieren.

Und vor den Mauern Mailands war auch Eduardo Della Torre wieder präsent, als der Kaiser Ende Mai hier mit dem Hauptheer eintraf. Eine Belagerung oder vielmehr der Sturmangriff auf die weitläufigen mächtigen Festungsmauern Mailands machten keinen militärischen Sinn. So verfiel man auf die altbewährte Strategie, Infrastruktur zu brandschatzen, was am Ende heißt, landwirtschaftliche Flächen im weiteren Umfeld der Stadt zu verwüsten, um die Ressourcen Mailands für die Versorgung der Stadt zu zerstören. Sie auszuhungern!

Die Anbaugebiete unmittelbar um und vor Mailand für die notwendige Versorgung des kaiserlichen Heeres, Wasserleitungen, Transport- und Handelswege in und aus der Stadt wurden streng bewacht. Keine Nahrungsmittel oder andere Hilfe durften nach Mailand gelangen. Aushungern der Bürger war das gängige Mittel, mit dem man hoffte, das Mailand bald kapituliert. Gelegentlich überraschende Ausfälle von Mailändern endeten in der Regel zu ihrem Nachteil. Trotz all der Maßnahmen der Abschnürung von Aussen, ließ sich der Rat von Mailand bis in den Monat August hinein zu keinerlei Verhandlung über die Aufgabe, noch weniger einer Übergabe ihrer Stadt ein.

Nicht unerheblich waren hierbei Verrat von strategischen Absprachen und Befehlen aus dem Heerlager in Cerro, die das Ohr des Rates von Mailand sehr oft erreichten. Hauptverantwortlich dafür waren das verräterische Trio Kunrad, Eduardo und Enzio. Die Ortskenntnis der Della Torres, den geborenen Mailändern, ihre Kenntnis der Schleich-

und Schmugglerwege, die Überwachung der Zugänge von und nach Mailand durch kaiserliche Soldateska umgingen. Dabei half oft und nicht wenig, dass doch immer wieder Transporte von Waffen und Nahrungsmittel nach Mailand gelangten. Und ist mit ein Hauptgrund, das man in dieser eigentlich aussichtslosen militärischen Gesamtlage von Mailand, die lange Zeit des Ausharrens im Widerstand bis zu ersten ernsthaften Bemühungen um Verhandlungen überhaupt zu erklären ist. Immer ungeduldiger, wütender ist Kaiser Friedrich über die aufsässigen Mailänder seit nun bald mehr als zehn Jahren geworden, voll unterstützt darin von seinem Kanzler Rainald von Dassel.

Angelegentlich einer letzten brandneuen Information, die Kunrad, Rainalds Sekretär dem Händler Eduardo Della Torre mündlich übermittelte, teilte ihm dieser mit, dass man seiner in Mailand bedürfe und ihn Giuseppe Valdano in der kommenden Nacht an der Mauer erwarten würde. Nach der Mitteilung plaudernd, einen Spaziergang um die Festungsmauer Mailands vortäuschend, eröffnet ihm der Händler unauffällig eine Stelle an der Mauer, die dicht mit Büschen umstanden ist, zu der und in die der Sekretär um 11 Uhr 30 in der Nacht sich einfinden und hier eindringen solle. Lügen mußten also her, so erzählte Kunrad seinem Zelt- und Schlafgenossen Ludolf von Kreiensen, was für grosse Lust er wieder einmal auf ein Hurenweib habe: „ Berta sei zwar nicht mehr zu haben, denn sie ist vor zwei Jahren von einem böhmischen Landser bei einem Disput um den Liebeslohn erschlagen worden. Aber für Berta, die es mir gut besorgt hatte, sind bestimmt andere schöne Weiber da, die ihr Handwerk verstehen ", versucht er nun Ludolf leichthin zu überzeugen.

Aber seines Auftrages von Kanzler Rainald eingedenk, folgte Ludolf dem Sekretär mit einigem Abstand, sobald dieser spät am Abend das gemeinsames Zelt verlassen hat.

Tatsächlich suchte Kunrad den Wagen der Huren auf. Über eine geschlagene Stunde hielt sich Ludolf hinter den dichten Hecken von Zypressen versteckt, die den Hurenwagen der Freudenmädchen vom Heerlager abgrenzten. Schon unduldsam, ob es überhaupt Sinn mache, weiter auf seinem Posten zu verharren, hört und sieht er Kunrad in diesem Augenblick aus der Tür des schwach beleuchteten Wagens treten. Dessen Weg führte für Ludolf dann doch sehr überraschend nicht zum Heerlager zurück, sondern von diesem weg, weiter an der mächtigen Mauer entlang in Richtung Westen. Gut über eine halbe Stunde musste Ludolf dem Sekretär in der finsteren Nacht noch folgen, als dieser augenscheinlich zwischen dichtem mannshohen Gebüsch verschwunden ist. In Ludolfs erster Eingebung wollte er Kunrad folgen. Dann aber gedachte er der Worte des Kanzlers, Risiko vermeiden, die Nachforschungen via Sekretär gefährden könnten. Also versteckte sich Ludolf von Kreiensen in der Nähe anderen Buschwerks, um dort Kunrads Rückkehr aufgeregt abzuwarten.

Kunrad wusste von Eduardo, das unter dem Wurzelwerk des dichten Grüns ein kleiner enger kaum wahrnehmbarer Durchgang unterhalb der Festungsmauer ins Innere von Mailand führte. Unter der Mauer in einem dunklen Gang erwartete ihn mit einer Pechfackel in der Hand Giuseppe Valdano. Ehe sie weiter gingen, um am Ende des Ganges in die Stadt zu gelangen, tarnte Giuseppe noch schnell den Einstieg mit Zweigen, die zusätzlich, selbst innerhalb der Büsche den Geheimgang von Außen uneinsehbar machten. Diesmal wurde von Hachen keine Augenbinde angelegt. Wohl möglich traute man ihm jetzt nach bald vier Jahren Landesverrat. Einige Minuten dauerte es, bis Giuseppe und Kunrad durch enge Straßen auf einen großen Platz trafen, der von einem mit Säulen geschmückten hellen Palast beherrscht wird. Viele dem Palast vor gelagerte Treppen galt es hoch zu steigen. In der hohen mit Marmor an Wänden, Treppen, Fußböden und Balustraden ausgestatteten Halle mussten nun weitere breite gewundene Stufen erklommen werden, um schließlich in den gleichen Saal wie vor fast drei Jahren zu gelangen. Es sind die gleichen Gesichter, die Kunrad beim Eintritt erwartungsvoll entgegen blicken.

Erleichterung verspürt der Sekretär aber, als er feststellt, dass Graf Guido von Biandrate fehlt, dem Kunrad hier auch nicht gern begegnet wäre. Da man Kunrad noch sehr lange erwartungsvoll anblickt, und keiner der Anwesenden eine Frage an ihn richtet, glaubt er nun selbst etwas sagen zu müssen: „ Eminenzen, mit Neuigkeiten aus dem Lager des Kaisers kann ich nicht dienen, da sie den Edlen Herren durch den Eduardo oder Enzio schon bekannt sein dürften. Die wenigen Attacken und Kampfhandlungen aus Toren vor Eurer Stadt endeten immer mit Niederlagen und hohen Verlusten unter Euren Kämpfern, wie ich erfahren habe ".

Pikiert und ziemlich gereizt, das man ihnen, dem Senat Mailands diese Realität auf den Kopf zusagt, von einem in ihren Augen zu sehenden Verräter und Unwürdigen, sahen sich Erzbischof Hubert von Pirovano, Capitanei Albericus de la Turre und die anderen Konsuln ärgerlich, aber auch ratlos an. Jetzt sehr mutig geworden durch die sichtbare Verlegenheit des Senats über deren Schwäche im Widerstand gegen den deutschen Kaiser, ergriff von Hachen weiter das Wort: „ Wenn ich meine Einschätzung erläutern darf, so ist Eure Lage und die Eurer Stadt ziemlich prekär, was bedeutet, das sich Euer Edler Rat letztendlich auf Übergabeverhandlungen einlassen muss. Für eine schnelle zeitnahe Befreiung Eurer Stadt von der Vorherrschaft der Deutschen sehe ich nur eine Alternative: Uneinigkeit und Vertrauensverlust im kaiserlichen Heerlager zwischen den Fürsten und der stärksten Stütze bei Kaiser Friedrich, dem Kanzler Rainald von Dassel zu provozieren. Der Kanzler ist neben Kaiser Friedrich der ärgste Feind Eurer Stadt, aber er hat unter den deutschen Fürsten und dem Adel nicht wenige Feinde, die ihm seine Macht im Reich und sein enges Vertrauensverhältnis zum Kaiser missgönnen ". In den folgenden Ausführungen verriet der Sekretär zum einen das Quartier Friedrichs und das seiner Fürsten und Heerführer in Cerro, wie auch die nächst zu beziehende Unterkunft Rainalds von Dassel im Kloster von Bagnolo, in der Nähe von Mailand. In diesem will Kanzler Rainald von Dassel anstehende kirchlichenpolitische Fragen mit euren Bischöfen in Oberitalien beraten, beantwortet der Sekretär die Frage des Konsuls Hubert von Orto nach den Gründen des Umzugs vom deutschen Kanzlers. Voller Zweifel ist der Rat den Ausführungen Kunrads nur gefolgt. Aber nach auffälligen Sekunden von Schweigen fragt Konsul Hubert von Orto weiter: „ Was ist nun euer Plan, um das alles zu erreichen, was ihr da vorschlagt "? Selbstbewusst nun Kunrad von Hachen, nach dem er in die erwartungsvollen Gesichter des Senats von Mailand sieht: „ Den Plan mit Euch edlen Herren zu beraten, bin ich nun gerne bereit: Bei den Deutschen, vornehmlich bei Fürsten und hohem Adel gelten ein gegebenes Ehrenwort und der anschließende Wortbruch als total verachtungswürdiger Akt, der einen Totschlag oder sogar den Mord rechtfertigt. Dieserhalb schlage ich folgendes vor, natürlich am Ende mit Eurer Eminenzen Einverständnis ". Und so fährt er fort: „ Mailand sollte umgehend um Verhandlungen für den Frieden bitten, denn zu präsent sind die Deutschen vor Euren Mauern. Wie von meiner Wenigkeit erwähnt, sollte man versuchen, den Zusammenhalt von Machtstrukturen im Umfeld des Kaisers zu schwächen. Konkret heißt das: Zuerst einmal sind Parlamentäre zum Kaiser und seinen Fürsten zu schicken, um ein Ehrenwort für freies Geleit zu den Friedensverhandlungen zu erlangen.

Ich als der Sekretär des Kanzlers von Dassel werde selbst auch im Kloster von Bagnolo weilen und dafür sorgen, dass der Kanzler Rainald von dem Arrangement zwischen Euer Eminenzen und den Fürsten bezüglich des Ehrenworts für ein freies Geleit nichts erfährt. Die Konsequenz wäre, sollte der Plan gelingen, dass Eure Gesandtschaft mit erhaltenem Ehrenwort auf dem Weg ins kaiserliche Lager nach Cerro von Leuten des Kanzlers Rainald, der auch gleichzeitig Erzbischofs von Köln ist, unwissend der Abmachungen, provoziert und angegriffen werden wird. Der so mit Eurer Hilfe provozierte Wortbruch wird dann zum Zerwürfnis zwischen Rainald von Dassel und den Fürsten, aber vielleicht auch mit Kaiser Friedrich führen. Bessere Voraussetzungen, sich vom Joch des Kaisers zu befreien, als es Euch die momentane so aussichtslose Lage erlaubt ", schloss Kunrad von Hachen die längste Rede seines Lebens vor einem erlauchten Kreis mit einer Spur von Selbstzufriedenheit. Skeptisch, teils spöttisch sahen sich erst der Rat und dann alle am Tisch den Sekretär an.

Die jetzt einsetzenden Diskussionen und der Austausch von Meinungen über seinen vorgeschlagenen Plan, sagte sich Kunrad, das er nicht so schlecht sein könne. Das Hin und Her für ein Für und Wider dauerte fast zwei Stunden.

Zum Ende sahen Erzbischof und Konsuln auf Grund der vorherrschenden prekären Lage, keinen anderen Weg, der aus der Misere herausführen könnte. Mit einer knappen Mehrheit von einer Stimme, beschloss man nun, dem Plan Kunrads zu folgen. Ein Risiko für Mailand war wenig zu fürchten, eher für die Belagerer. Das war wohl auch der maßgebende Grund, warum man diesem Plan Kunrads jetzt sein Einverständnis gab.

Es war spät für Kunrad geworden, musste er unauffällig wieder ins Heerlager und auf seinen Schlafplatz gelangen. Auf dem Weg zurück zur Mauer und durch den darunter liegenden Geheimgang konnte er sich nicht zurückhalten, um Giuseppe zu fragen, wie es sich mit der zugesagten Entlohnung bezüglich eines ihm avisierten Landgutes in Italien verhält? Die Zuwendungen von Geld, die er von Eduardo Della Torre ab und zu zugesteckt bekäme, sind zwar hilfreich, entsprächen aber nicht seinem Bedürfnis nach der Unabhängigkeit, die er in Italien anstrebe. Mit der Übergabe eines weiteren Beutels Goldmünzen, versprach Giuseppe mit seinem Herrn, dem Erzbischof Hubert zu reden. Und mit den vertröstenden Worten: „ Aber du musst verstehen, dass die Lage im Moment zu unübersichtlich ist, um eine Übereignung des Gutes jetzt abzuwickeln ", verabschiedet sich Valdano von Kunrad vor dem Tunneldurchgang unter der Stadtmauer.

Nachdem Kunrad den Geheimgang verlassen hat, verharrt Giuseppe Valdano noch wenige Augenblicke, um der Ausstiegsöffnung unter der Mauer mit Zweigen wieder eine Tarnung zu verschaffen. Dem Wachmann, ein Mailänder Bürger, den er bei dessen Rundgang auf dem Heimweg begegnete, gab er Anweisung, die schwere Eisengittertür des geheimen Durchgangs wieder zu verschließen.

Nahezu drei Stunden musste Ludolf von Kreiensen in Nähe des großen Gebüschs verbringen, um die Rückkehr des Sekretärs in dunkler Nacht zu erwarten. Schließlich hatte ihn Müdigkeit übermannt und er war eingeschlafen. Zwar war Ludolf auf Grund des Geräuschs beim Heraustreten Kunrads aus den Sträuchern erwacht, aber noch eine weitere Stunde war nach Ludolfs Dafürhalten notwendig, bis Kunrad im Zelt eingeschlafen ist, damit er nach diesem unbemerkt sein Nachtlager aufsuchen konnte.

Im Heerlager war es ruhig geworden, so das der Sekretär unbehelligt und unbeobachtet seinen Schlafplatz im Zelt erreichte. Nach einer guten Stunde fand sich Ludolf ein, um am schlafenden Kunrad vorbei, im hinteren Bereich des Zeltes seinen Liegeplatz aufzusuchen. Ludolf selbst lag lange schlaflos danieder, wälzte sich hin und her, um über die für ihn noch nicht fassbaren, auffälligen Aktionen des Sekretärs nachzudenken. Die Kontakte Kunrads in den letzten Jahren zum italienischen Kaufmann, die Ludolf als eine Freundschaft unter Männern definiert hatte, bekamen plötzlich einen ganz anderen Sinn. Bis zum Morgen fand Ludolf den Schlaf nicht, konnte er doch bei der nächsten Berichterstattung beim Kanzler wieder über sensationelle Neuigkeiten von ungeheurem Verdacht berichten: Kunrad von Hachen betrieb Spionage und jetzt auch Landesverrat, da war er sich ganz sicher. Was wird dazu Rainald von Dassel sagen, wenn er seinen Bericht von den Umtrieben seines Sekretärs hört?

Eine Woche später nach Kunrads nächtlichem Besuch in Mailand und weiterer drei Tagen nach dem Umzug aus dem Heerlager in das komfortable Kloster Bagnolo wurde der Kanzleileiter Ludolf von Kreiensen während einer Konferenzpause Rainalds von Dassel mit den Bischöfen Oberitaliens vom Kanzler empfangen. Ziemlich gestresst fragt dieser: „ Was gibt es denn so Wichtiges? Erzähle er fließend. Ich habe wenig Zeit ". Nicht fließend, sondern sprudelnd kam es aus Ludolf von Kreiensen heraus. Sein Bericht über Kunrads undurchsichtigen Besuch nachts in Mailand, seine Vermutungen und Schlussfolgerungen.

Mit unbewegtem, auch nachdenklichem Gesicht hatte der Kanzler zugehört. Zuerst die Stirn in Falten, dann aber freundlicher zu Ludolf seinem Kanzleileiter werdend. So als wenn er sich zu etwas entschlossen habe, zog Rainald aus seiner Rocktasche einen gefüllten Beutel Dukaten, den er scheinbar immer bei sich trug, und überreichte diesen Ludolf mit warmen Worten: „ Ich vertraue weiter seiner geschätzten Diskretion, also kein Wort zu Niemanden ", um Ludolf von Kreiensen sehr viel freundlicher als sonst zu verabschieden.

In gehobener Stimmung, er fühlte sich das erste Mal im Leben von einer so hohen Persönlichkeit ausgezeichnet, begibt sich Ludolf in seine kleine Zelle des Zisterzienserklosters, das ihm hier, wie auch Kunrad von Hachen und den Schreibern für den vorläufigen Aufenthalt zugewiesen wurde.

In weniger guter Stimmung und noch einmal das Alles überdenkend, was er eben erfahren hatte, befahl Rainald der Kanzler des Reiches und Erzbischof von Köln einem Diener, das sich der Hauptmann seines erzbischöflichen militärischen Begleitkommandos und Adjutant Walther von Bechtholtsheim sofort bei ihm melden solle. Als der Hauptmann und Adjutant eintritt, um sich militärisch zu melden, unterbricht ihn Kanzler Rainald sofort mit den Worten: „ Ausdrücklicher Befehl und der Seiner Majestät des Kaisers lautet, einen Verräter in unseren Reihen, der Informationen an Mailand weitergibt, zu entlarven und zu beseitigen. Ohne ein Gerichtsverfahren, da angesichts der militärischen Lage große Gefahr im Verzuge ist ". Nach einigem Nachdenken verkündet Rainald weiter:
„ Für diese außergerichtliche Aktion ist es angebracht, eine Waffe aus mailändischen Diensten zu benutzen. Die Person, um die es geht, bekommt er noch genannt. Hat er mich verstanden"? „Jawohl Euer Eminenz, Euer Befehl wird ausgeführt", sind die Worte, die Rainald von Dassel noch hört, worauf er sich noch einen Moment der Ruhe bis zur Fortführung der Bischofskonferenz gönnt.

Den ganzen folgenden Tag war Ludolf von Kreiensen sehr guter Stimmung. Nicht nur deshalb, weil ihm der Kanzler einen Beutel mit Golddukaten überlassen hatte. Denn an persönlicher Not litt Ludolf von Kreiensen nicht. Auch wenn ihn Rainald von Dassel seinerzeit in Lutra bewogen hatte, seinen Anteil an dem unterschlagenem Geld bald der kaiserlichen Kasse wieder zurückzuerstatten, hatte er doch einen guten Rest für sich zurückbehalten, da der viel größere Teil der Summe verschwunden blieb. Nein es war vielmehr die Freundlichkeit des Kanzlers, welche ihm jetzt wieder Hoffnung verhieß, der Nachfolger des Kunrad von Hachen als Sekretär beim Kanzler des Reiches oder auch noch des Erzbischofs zu werden. Denn Ludolf konnte sich nicht vorstellen, das mit diesem Wissen des Kanzlers über Kunrads Vergehen, angefangen beim Betrug, Morden bis hin zum Verrat am Vaterland, ungesühnt bleiben würden. Sie konnten nur mit dem Tod Kunrads von Hachen enden. Euphorisch denkt er nun an sein bis zu diesem Zeitpunkt vergangenes Leben zurück, in dem sich doch alles noch so gut gefügt hat, sieht man von dem einen Fehltritt ab, den ihm Rainald von Dassel auf Grund seiner Dienste jetzt scheinbar verziehen hat.

Aus einer eher verarmt zu nennenden Ritterfamilie mit erstgeborenem Bruder und zwei Schwestern stammend, auf einem kleinen landwirtschaftlichen Gut seines Vaters Gernot und seiner Mutter Sybilla, einer geborenen Freiin von Bingenheim aufgewachsen, konnte er nicht auf das Erbe spekulieren, auf das sein älterer Bruder Leberecht Anspruch hatte. Ludolfs Lebensweg war der von so vieler Spätgeborener innerhalb der Familie, eine geistliche Laufbahn. Uns so vermittelte ihn sein arbeitsamer Vater in die Klosterschule des Reichsklosters Fulda, dessen Gründung auf den Heiligen Bonifatius im Jahre 744 zurückging. Noch ohne geistliche Weihen, entwickelte sich Ludolf als junger Mann unter den Äbten des Klosters, Heinrich von Kemnaten, Bertho von Schlitz und Konrad I. zu einem sehr guten Schüler. Unter dem Einfluss und einer Führsprache eines ihm entfernten Verwandten, des Kämmerers Hartmann von Siebeneich im Gefolge König Friedrichs, verwarf der junge Ludolf von Kreiensen die geistliche Laufbahn mit einem öden Klosterleben. Denn Christian von Siebeneich ermöglichte Ludolf von Kreiensen eine Anstellung als Schreiber in der königliche Kanzlei von Kaiserswerth. Im Jahr 1155 hatte er den Höhepunkt seiner beruflichen Laufbahn erreicht, als er zum Stellvertreter in der Kanzlei von Kaiserswerth durch dessen Leiter, dem Grafen Albert von Sponheim ernannt wurde. Nächster Sprung auf seiner Karriereleiter war nach der Ernennung Rainalds von Dassel durch den Kaiser zum Reichskanzler 1156 erfolgt, wo ihn Rainald von Dassel zum Leiter der Kanzlei in der neu errichteten Pfalz von Lutra bestimmte. Ludolf von Kreiensen war 38 Jahre alt und hatte bisher mit Frauen gar keine Berührung oder Kontakte gehabt.

Karriere und Arbeit hatten ihn davon abgehalten, obwohl ihn Neugier und das Verlangen besonders in den Nächten manchmal peinigten. Besonders die Bordellbesuche von Kunrad von Hachen des Nachts hatten Ludolf dabei oft animiert. Das augenblickliche Hochgefühl, alles erreichen zu können, sein Verlangen gepaart mit der Neugier auf eine Hure, wollte er am nächsten Tage befriedigen sehen.

Spät am Abend des darauf folgenden Tages verließ Ludolf bei Dunkelheit den kleinen Hof des Klosters von Bagnolo und machte sich auf den Weg zu den Huren, die außerhalb des riesigen kaiserlichen Heerlagers in ihrem Reisewagen kampierten. Kaum hat Ludolf den Hof des Klosters hinter sich, verließen auch zwei Kriegsknechte das Kloster, die Ludolf aber immer weiter hinter sich ließ. Wahrscheinlich, so kombinierte er, trafen die sich mit Kameraden aus dem großen Heerlager, um sich bei einem geselligen Abend wieder einmal zu betrinken. Bald konnte Ludolf den mit nur zwei Fettfunzeln beleuchteten Wagen der Huren durch mannshohe Hecken erkennen. Etwas verunsichert und nun doch erregt immer denkend wie sich wohl ein nackter Frauenleib anfühlen wird, passierte er gerade von linker Hand eine lang gezogene Ginsterhecke, die den Blick auf

151

das Heerlager mit den langsam erlöschenden Lagerfeuern versperrte. Aus der Hecke sprangen für Ludolf jetzt völlig überraschend zwei Gestalten hervor, von denen eine ihn blitzschnell von hinten packte und ihm die Arme auf den Rücken drehte.

Starr, erschreckt, sprachlos und ungläubigem Erstaunen sah er einen zweiten vor ihm stehenden Mann blitzschnell einen Dolch ziehen, um ihm diesen wortlos bis an das Heft ins Herz zu stoßen. Immer noch ungläubig sah Ludolf dem Mörder ins Angesicht, um mit einem „Warum.." " auf den Lippen, mit brechenden Augen sterbend auf den Boden zu sinken.

Die Mörder räumten dem Toten die Taschen aus, ließen auch den typisch mailändischen Dolch im Brustkorb des bedauernswerten Ludolf von Kreiensen stecken, um sich unauffällig wieder unter ihre Landserkameraden ins Lager vor den Mauern Mailands zu mischen. Ungerührt kehrten sie spät in der Nacht sturzbetrunken ins Kloster Bagnolo zurück. Die Mörder hatten von ihrem Vorgesetzten und Auftraggeber Hauptmann Walther von Bechtholtsheim bei einem Gelingen der Aktion für den nächsten Tag dienstfrei bekommen.

Als man am nächsten Morgen die Leiche Ludolfs von Kreiensen findet und untersucht, wird naturgemäß gleich ein Raubüberfall mit Todesfolge vermutet. Der typische Dolch wie er in Oberitalien Verwendung findet und der dem Toten noch in der Brust steckte, ließ für Walther von Bechthotsheim als zuständigem Untersuchungsoffizier nur das eine Ergebnis zu, das der Kanzleileiter Rainalds von Dassel, Ludolf von Kreiensen von einem hinterhältigen mailändischen Raubgesindel ermordet worden ist.

Die Trauer Kunrads von Hachen um seinen ehemaligen Kanzleikollegen und Betrugskompagnon hielt sich sehr in Grenzen, denn er hatte Ludolf von Kreiensen schon länger nicht mehr über den Weg getraut. Im Gegenteil bedeutete sein Tod für Kunrad eher Erleichterung, wenn er sich an dessen wissend ironischen Gesichtsausdruck erinnert, mit welchem ihn der Kanzleileiter während der Hinrichtung des ohne Schuld gewesenen Eckehard von Breitebner im Hof der Pfalz von Lutra heimlich beobachtet hatte.

In den heißen Tagen des Augusts, nur wenig später nach Kunrad von Hachens verräterischer Zusammenkunft beim Senat der Stadt Mailand, überbrachten deren Parlamentäre ein Verhandlungsangebot ins kaiserliche Heerlager von Cerro. Für alle die Personen, die auf Seiten Mailands die Friedensgespräche führen sollten, erbaten die Abgesandten Zusicherung und Ehrenwort für ein ungehindertes und freies Geleit hin zum und auch zurück vom kaiserlichen Lager von Cerro. Das erhielten die Parlamentäre als die Vertreter Mailands vom militärischen Kommando durch den Pfalzgrafen Konrad bei Rhein, dem Sohn des Königs von Böhmen, Herzog Friedrich wie auch vom Landgrafen Thüringens, Ludwig II, dem ehrenhaften ritterlichen Zeitgeist entsprechend zugesagt.

Selbstverständlich wurde nun der Administration gemäß durch einen Kurier diese Neuigkeit dem im Kloster von Bagnolo konferierenden Kanzler des Römisch-Deutschen Reiches und Erzbischof von Köln, Rainald von Dassel mitgeteilt. Ein Bote übergab die wichtige Kurierpost aus Cerro vertretungsgemäß einem Schreiber an Stelle vom sonst zuständigen Kanzleileiters Ludolf von Kreiensen, der nun nicht mehr am Leben war.

Durch den Händler Eduardo von dem angelaufenen Plan der Mailändern unterrichtet, passte Sekretär Kunrad einen Augenblick der Unaufmerksamkeit des Schreibers ab, der die eben eingegangene Pergamentrolle mit der Nachricht zu den vielen anderen auf dem Tisch ablegte, die Kunrad dann schnell an sich nahm, als der Schreiber kurzfristig den Raum verließ. Sie zu lesen, ob es die relevante Post an den Kanzler war und sie zu vernichten, war ohne einen Zeugen schnell geschehen. Etwas später, als die Tagespost dem Kanzler zur Durchsicht überbracht wurde, fiel nicht auf, dass eine Kurierpost fehlte.

Einen Tag darauf im Auditorium des Klosters Bagnolo mit dem Sekretär als Protokoller hinter sich, versucht Rainald von Dassel in einer eindringlichen Rede viele geistliche Abgeordnete von Städten in Oberitalien, von Bergamo bis nach Vicenza in der Frage des rechtmäßigen Papstes von der Richtigkeit zu überzeugen, Victor IV. als Papst anzuerkennen, nicht aber den uneinsichtigen nach Frankreich geflohenen Alexander III.

Plötzlich, erst weit entfernt, dann immer näher kommend, drang lauter Kampfeslärm durch die mit Säulen drapierten Fensteröffnungen des Auditoriums. Ein Blick Kanzler Rainalds aus dem Fenster genügte, um zu erkennen, dass sich seine erzbischöflichen Dienstleute in sehr ernsten Schwierigkeiten mit mailändischen Soldaten und Rittern befanden. Die Konferenz eilig unterbrechend, sein immer in Nähe bereit liegende Kampfschwert ergreifen, stürmte Rainald zum Kampfesort unweit des Klosters, um seinen Mannen die Führung und die Verstärkung zu ermöglichen.

Verstärkung brach nun auch aus den Toren Mailands vor, um ihrer Gesandtschaft, die auf dem Weg ins kaiserliche Lager nach Cerro unterwegs ist, beizustehen.

Der sich steigernde wütende Streit der sich in Unterzahl befindlichen erzbischöflichen Kölner Kämpfer Rainalds wurde jetzt auch aus dem Lager des Kaisers beobachtet.

Schnell und entschlossen schickt Friedrich den Herzog von Schwaben, Friedrich von Rothenburg mit einigen Fähnlein zum Kampfplatz der Auseinandersetzung, um den Kämpfern des Kanzlers und Erzbischofs zu helfen.

Die sich dann immer länger hinziehende Kampfhandlung drohte zu hohen Verlusten zu führen, so sich der Kaiser selbst auf sein Pferd schwang, um im Gefolge von ca. 150 seiner tapferen Ritter in den Kampf einzugreifen. Diese Verstärkung reichte den Kaiserlichen jetzt, die Mailänder mit ihrer Gesandtschaft bis vor die Mauern ihrer Stadt zurück zu treiben. 80 gegnerische Ritter und 266 Mann der Fußtruppen wurden nun gefangen genommen und als neue Geißeln festgesetzt. Und wieder sehr viele Tote hatten die Mailänder zu beklagen, aber auch Mannen des Herzogs Friedrich von Rothenburg musten Verluste hinnehmen. Das Pferd des Kaisers Friedrich wurde beim dem verbittert geführten Gefecht tödlich verletzt, und Friedrichs Zorn auf Mailand wuchs, als ihm eine Lanze zwischen Leib und Schild durchfuhr, was sein Ende hätte bedeuten können. Insgesamt waren auf beiden Seiten 600 Tote zu zählen.

Am Ende stand der Sieg über die Mailänder fest. Aber die Umstände, warum der Mailänder Geleitzug von Rainalds Dienstmannen angegriffen wurde, wo doch ein >Freies Geleit< von den Fürsten durch ein Ehrenwort besiegelt und garantiert worden war, wollten der Herzog Friedrich von Böhmen, der Pfalzgraf Konrad bei Rhein und der Landgraf Ludwig II. von Thüringen sofort geklärt wissen. Alle drei Fürsten bedrängten den Kanzler mit gezückten Schwertern, um ernsthaft Rainald von Dassel zu töten, der ihr gegebenes fürstliches Ehrenwort missbraucht hat. Ein Verbrechen in den Augen des hohen Adels, das den Tod verdient. Nur durch die Flucht des Kanzlers in das Feldherrnzelt des Kaisers und dessen Fürsprache retten ihm das Leben, einem Mann der nicht unbedingt beliebt im Umfeld seiner Gleichen war, aber in Kaiser Friedrich den treuesten Fürsprecher findet. Rainald beteuert vor dem Kaiser und den ihn anklagenden Fürsten sein Unwissen über das kurzfristige Übereinkommen mit Mailand, was ihm natürlich niemand glaubt. Nur aus Respekt vor der Majestät zügelten und unterdrückten die Fürsten ihren Zorn. Stellvertretend für seine Neider erkannte Rainald Missgunst, Eifersucht und verdeckte Feindschaft in den drei Fürsten, die einem kleinen Grafensohn aus der Nähe Northeims seine emsig erarbeitete Machtstellung und das erworbene Vertrauen des Kaisers nicht gönnen.

Und mehr unbewusst, aber plötzlich mit einem Mal in der für ihn so gefährlichen Lage spürt er viel stärker die neue Bedrohungslage, die ihm vom >Sohn< und Sekretär aus droht. Sein bisheriges Wissen von dessen kriminellen und verräterischen Machenschaften, die er als Kanzler bisher immer wieder gedeckt hatte, kann ihm zur Gefahr und zur Schadenfreude seiner Feinde werden. Rainald erkannte, auf welchem dünnen Eis er sich bewegt, obwohl es keine Zeugen für sein Geheimnis aus der Jugend mehr gibt, ausgenommen Kunrad von Hachen selbst.

Kunrad aber war zuletzt nur ein Zuschauer des von ihm angestifteten Planes gewesen. Aus einem der Fenster im Klosterauditoriums, zusammen mit all den versammelten Bischöfen konnte er die Auseinandersetzung der Parteien von Mailand und Bewaffneten des Kanzlers beobachten.

Obwohl er nicht zweifelte, dass am Ende die kaiserlichen Kontrahenten den Platz als Sieger verlassen werden, glitt doch Genugtuung über das Gesicht Kunrads. Sie steigerte sich noch, als er davon hörte, dass die Fürsten voller Zorn handgreiflich gegen Rainald von Dassel vorgegangen sind.

Selbstgefällig bedauerte er aber den späteren friedlichen Ausgang des Streites durch den Schulterschluss im Lager der Fürsten durch die Vermittlung Friedrichs, der leider den Erfolg seines Plans nicht vollends krönte.

Der intrigant inszenierte Zwischenfall sorgte natürlich für eine weitere Verhärtung der Fronten. Die Belagerung und Aushungern der Bürger Mailands durch Repressalien von

Seiten Friedrichs nehmen jetzt katastrophale Ausmaße an. Den Belagerungswinter von 1161 ins Jahr 1162 wollten sich Friedrich, Kaiserin Beatrix, die den Kaiser wieder nach Italien begleitet hat, und auch Kanzler Rainald nicht antun. So schlug man seine >Zelte< erst kurz in Pavia, später dann im kaisertreuen Lodi auf.

Bevor der Kaiser aber aufbrach, gab er seine Befehle an den Ministerialen Markward von Grumbach zur striktesten Befolgung aus, die Handelswege von Mailand via Brescia und Piacenza strengstens Tag wie auch Nacht überwachen zu lassen. Das Aushungern bleibt wirkungsvollste Mittel, Mailand in die Knie zu zwingen. Erwische man Personen, die Nahrungsmittel in die Stadt zu schmuggeln versuchten, soll ihnen die rechte Hand abgeschlagen werden, was zum Leidwesen auch oft genug geschah. Der Entzug von Trinkwasser für Mailand, in dem man die Quellen durch durstige Esel aufspüren ließ, bewachte oder gar vergiftete, bedeutete am Ende eine riesengroßes Fiasko für die Stadt. Ein weiteres Druckmittel wandte Friedrich in Lodi an, wo er gefangene Mailänder, die seine Gebote ignoriert hatten, blenden, verstümmeln, und sie als Warnung bei weiterem Widerstand wütenden Mailändern überbringen ließ. Im Angesicht dieser Maßnahmen und Übermacht des Kaisers nutzten auch die Spionage und der Verrat im Untergrund nichts mehr, das Schicksal Mailands abzuwenden. Ende Februar zwang die furchtbare Not der Stadtbevölkerung den Rat Mailands endlich zum Einlenken. Nicht nur die Not, auch die Angst der Bewohner vor Friedrichs Akten von Vergeltung nach unzähligen gebrochenen Schwüren und Eiden, verlangten eine totale Unterwerfung unter das Gebot des deutschen Kaisers Friedrich.

Am 1. März 1162 erschienen in Friedrichs Quartier in der Stadt Lodi 16 Männer, Konsuln wie auch Ritter mit ihren blößten Schwertern vor dem Kaiser und auch der Kaiserin

und boten jetzt folgendes an:
Die Mauern ihrer Stadt zu schleifen, die Wahl des Podesta nicht mehr nach ihrem Gutdünken durchführen zu wollen und sich zur Zahlung eines Strafgeldes in Höhe von 10000 Mark in Gold und Silber zu verpflichten. Aber Friedrich schickte die Gesandten mit grimmiger Miene wieder fort und verlangte die Unterwerfung auf Gnade oder Ungnade.

Zwei Tage lang berieten Konsuln, Erzbischof und Ritter Mailands unter dem Einfluss des Grafen von Biandrate und des Markgrafen Wilhelm von Montferrat als deren Vermittler. Um den Kaiser diesmal gnädiger, huldvoller zu stimmen, erschienen in Lodi diesmal 300 Ritter, die dem Römisch-Deutschen Herrscher zu Füßen fielen. Sie übergaben ihm die Schlüssel der Stadttore und 36 Fahnen mit den Bitten der Stadtbewohner um Gnade und auch Schonung. Schweigen von seitens Friedrichs ist aber die Antwort. Links vom Kaiser auf seinem Thron steht sein Kanzler, der sich flüsternd zum Kaiser niederbeugt und spricht: „ Majestät, denkt daran, dass wir an dem wiederholt aufsässigen Mailand ein Exempel statuieren müssen, an das es ewig denken müsse. Majestät sollte alle wieder nach Hause schicken, damit sie morgen mit noch mehr Demut und Volk um Verzeihung bitten ".

In erregter Erwartung von versöhnlichen und gnädigen Worten blicken Ritter, Landsknechte, Volk und auch die deutschen Fürsten auf den Kaiser und seinen Kanzler. Der Kaiser signalisiert Rainald von Dassel Einverständnis mit den Worten: „ So soll es sein ". Das den 300 Abgesandten Mailands zugewandte unbewegte Gesicht Friedrich ließ ahnen, dass ihm die zweite Unterwerfungsgeste der Stadt immer noch nicht genügte.

Am 6. März ein erneuter Versuch, bei Kaiser Friedrich Verzeihung und Gnade zu erlangen. Und so erschienen am nächsten Tage noch mehr Edle und Ritter mit über

1000 Abgesandten, den Konsuln der letzten drei Jahre und sehr viel versammeltem Volk. So überreichte man 100 Banner, fiel auf die Knie, neigte den Kopf, flehte wiederholt um Gnade wie Barmherzigkeit und beschwor künftig beständige Treue. Darauf hoben das Volk mitgebrachte Kreuze himmelwärts und erbaten in einem sehr weithin zu hörenden Chor um Barmherzigkeit wie Gnade. Trotz aller demütigen wie so erniedrigenden Gnadengesuche zögerte Kaiser Friedrich noch immer, Verzeihung zu gewähren. Als eine Willensbekundung Kaiser Friedrichs weiterhin ausblieb, ließ sich der mit den Mailändern wie mit dem Kaiser gleichzeitig verbundene Graf Guido von Biandrate ein Kreuz eines Einwohners reichen, und bat den Kaiser nochmals persönlich für seine Stadt um Gnade und auch Schonung. Dann aber wieder ein Nein vom Kaiser. Eine bedingungslose Kapitulation müsse es sein. Jetzt ergreift Kanzler Rainald von Dassel das Wort, um Mailand laut zu fragen: „ Ergebt ihr euch auf Gnade und Ungnade und schwört ihr, euch unterwerfen zu wollen "? Da wurde Rainald im Chor geantwortet: „ Ja, das alles wollen wir tun "! Endlich schien Kaiser Friedrich befriedigt und er sagte, dass er sich mit seinen, Fürsten, Ratgebern und der Kaiserin besprechen werde. Morgen sollen die Treulosen wieder hierherkommen, dann werde er seine Antwort verkünden. Vereinzelt war ein Murren der Masse zu hören, dann legten beim Verlassen des großen Platzes vor der kaiserlichen Loggia die Bewohner aus Mailand die Kreuze mit Demut vor dem Thron von Kaiserin Beatrix nieder, eine Geste wohl, dass sie sich bei ihrem Gemahl Friedrich für ihre Stadt Mailand verwenden möge.

Auch Kunrad von Hachen, der Sekretär, ein Verräter an Kaiser, Kanzler und Reich ist Zeuge all der Gnadenbitten von Mailand in den vorderen Reihen des Spektakels. Mit gemischten Gefühlen verfolgt er hier eine demütigende

Unterwerfung seiner heimlichen Verbündeten und seines künftigen Vaterlandes, denkt er.

Aber erschrocken ist Kunrad dann über den Umstand, das ihn ein zufälliger und dann der nachdenklich werdender Blick des Grafen von Biandrate traf, nun aber abgelenkt durch die Übergabe des Kreuzes durch einen Mann aus dem Volk, wieder von ihm abschweift.

Hat ihn nun der Graf als den Informanten seinerzeit in Mailand beim Rat der Stadt erkannt? Wenn er ihn erkannt hat, wird Graf Biandrate wegen seiner Solidarität mit den Mailändern gegen die kaiserlichen Obrigkeit, über seine verräterische Tätigkeit Schweigsamkeit bewahren? Er fühlte sich äußerst unwohl.

Der größte Teil der Einwohner Mailands, die um Gnade bittend in Lodi erschienen waren, sind an diesem 6. März nicht in ihre Stadt zurückgekehrt. Sie hatten sich für die Nacht auf dem Marktplatz Lodis ein Lager bereitet, um am folgenden Tag die Antwort des Kaisers über ihr und über Mailands Schicksal so schnell als möglich eine Auskunft erhalten. So standen sie in ihren ärmlichen Kleidern, Ritter und Konsuln, genauso Erzbischof Hubert von Pirovano am Morgen des nächsten Tages wieder vor ihrer verhassten Obrigkeit, dem Kaiser der Deutschen. Lange mussten die Geplagten warten, bis das Kaiserpaar neben Fürsten, dem Militär und Vertretern der Städte Lodi und Cremona, den Städten, die unter Mailands Terror und Überfällen bei der Abwesenheit von militärischer-kaiserlicher Präsens so oft gelitten haben, endlich erschienen. Vor allem Lodis Amts-personen warfen ihre triumphierenden, selbstzufriedenen Blicke auf die Vertreter der verhassten Stadt, als Friedrich zu sprechen anfing: „ Ihr Mailänder hättet alle den Tod verdient. Aber aus der Barmherzigkeit will ich euch Leben und Gut schenken ". Als Friedrich eine Pause einlegt, brandet unbeschreiblicher Jubel und auch Hochrufe auf

den Kaiser auf. Als wieder völlige Ruhe auf dem dicht an dicht gedrängten Platz einkehrt, fährt Friedrich fort:
„ Ich fordere jetzt vom Senat und den Konsuln dieser so ungehorsamen Stadt Mailand zu den besagten 286 Geißeln weitere 114, also insgesamt 400 Geißeln aus dem Ritterstand. Zum anderen sind alle Stadttore und große Teile der Mauern und Gräben zu zerstören, damit alle meine Heervölker ungehindert in eure Stadt einmarschieren können. Zudem fordere ich von den Einwohnern den unbedingten Treueid, der mir durch Vertreter vor jeweils 6 deutschen und 6 mailändischen Rittern oder Edlen zu leisten ist. Über eure weitere Zukunft werde ich mich dann erneut mit meinen Fürsten und Ratgebern besprechen, die mit mir und dem Hofstaat, wie eure 400 Geißeln mit nach Pavia kommen werden ".

Am 13. März verließ Friedrich mit Kaiserin Beatrix und seinem gesamten Hofstaat Lodi, um seinen Hof in Pavia aufzuschlagen. Im Einzelnen gehörten namentlich dazu: Der Kanzler Rainald von Dassel, der Herzog Friedrich von Rothenburg, Herzog Theobald (?) von Böhmen, der Markgraf Dietrich von Sachsen (Lausitz) mit seinen Brüdern, den Markgrafen Otto von Meißen und dem Graf Dedo von Groitzsch, den Grafen Ullrich von Lenzburg wie Rudolf von Pfullendorf, dazu weiteren Grafen, Rittern und noch weiteren einflussreichen Ratgebern.

Hier in Pavia sollten die Beschlüsse stattfinden, die eine künftige Richtschnur für eine resolut zu führende Politik in Oberitalien bilden soll, insbesondere wie eine Zukunft von Mailand aussehen soll. Bevor Beratungen im großen Kreise begannen, holte sich Kaiser Friedrich bei seinem Kanzler noch Rückendeckung und Rat, eine persönliche Rache gegen Mailand betreffend. Da traf der Kaiser bei Rainald natürlich auf offene Ohren, denn auch der Kanzler Rainald hatte noch Rechnungen zu begleichen, wenn er an den Affront und die Gefahr für Leib und Leben in Mailand vom Januar 1159 zurückdenkt, in der sich seine Person mit Otto von Wittelsbach und Goswin von Heinsberg damals befanden, als sie sich dort zur Durchsetzung kaiserlicher Befehle für anstehende Podesdawahlen dort aufhielten. Zum anderen ist der Mord an seiner Geliebten Gabriella durch die Mailänder nicht vergessen. Sehr bald waren sich Kaiser und Kanzler einig, das an Mailand ein Exempel zu vollziehen ist. Für die jetzt nachfolgenden strengen, ja grausamen Maßnahmen gaben nun die deutschen- und auch die lombardischen Reichsstände ihre Zustimmung, die zum 11. März 1162 den erneut vor Friedrich demütig knienden Einwohnern Mailands durch Kaiser Friedrich verkündet werden:

„ Angesichts von Arglist, Frevel und Meineid und dafür, das sie wiederholt meine treuen Städte Como und Lodi überfallen und geplagt hat, muss die Stadt Mailand ihren gerechten Lohn finden. Mailand solle vom Angesicht der Erde für immer verschwinden und damit Zeugnis ablegen für ewige Zeiten. Ich bestimme zum anderen, dass ihre Einwohner ab dem 19. März, gleich welchen Standes, die Stadt innerhalb einer Woche zu verlassen haben ".

Alle Einwände und Bitten der Abgesandten Mailands um Milde fanden bei Kaiser und Kanzler kein Gehör mehr.

Was Kunrad auffiel ist nur, das sich seit diesem 19. März Graf Guido von Biandrate nicht mehr für seine Vaterstadt verwandte oder einsetzte. Sein gewonnener Eindruck, seit er den Grafen in Deutschland auf der Pfalz von Lutra das erste Mal gesehen und erlebt hatte, bestätigte sich jetzt. Das er ein Parteigänger Kaiser Friedrichs und deshalb ein Verräter an Mailand geworden war.

Graf Guido von Biandrate war der Dritte seines Namens in der Familie und ist von nun an immer im Gefolge von Kaiser Friedrich zu finden. Seine Anbiederei an Friedrich hatte seinem Sohn Wido (Guido IV.) von Biandrate das Amt des Erzbischofs von Ravenna (1159-1169) als dem Nachfolger von Anselm von Havelberg eingebracht.

Immer wenn Kunrad von Hachen den Grafen jetzt sah, hatte er ein ungutes Gefühl, als würde sich eine Schlinge um seinen Hals legen, die sich langsam zuzieht. Am 26. März, einem Sonntag, dem letzten Tag des vom Kaiser befohlenen Verlassens ihrer Stadt, sahen das Volk von Mailand das Kaiserpaar mit all den Fürsten, auch dem verhassten Kanzler, all den vielen Rittern, auch die ihrer Feinde von Lodi, Como, Novaro, Cremona, Seprio und Pavia vor den niedergerissenen Abschnitten der bisher so mächtigen Mauern auf marschieren. Bis zu diesem letzten Tag der Ankunft des Kaisers harrten die Einwohner aus, auf einen Sinneswandel des Herrschers hoffend. Aber wer in das unbewegt ungnädige Gesicht des Herrschers blicken konnte und nun diese Worte vernahm, den verließ alle die bisher gehegte Hoffnung:
„ Eure Stadt wird in Schutt und Asche zusammen fallen und dem Erdboden gleich gemacht. Daraufhin wird ein Pflug kreuz und quer durch alle die Trümmer eurer Stadt ziehen, auf dessen zerstörte Erde Salz gestreut wird, zu dem Zwecke, das der Boden, auf dem Mailand stand, auf ewig verflucht sei und keine Ernten mehr zulasse ".
Völlig fassungslos und verstört vernahmen die in großen Massen herbeigeeilten Einwohner die sich immer mehr in Rage steigernden Worte Friedrichs, um danach, vor allem von Frauen und Kindern in ein laut hörbares Jammern und Schreien auszubrechen.
Nun aber begann das Siegesgeschrei des großen Heeres, welches im Begriff stand durch die Öffnungen von den niedergerissenen Festungsmauern ins Zentrum Mailands einzumarschieren. Posaunen und die Trommeln wie das Geräusch der Marschkolonnen tat ein Übriges, das laute

Beten und Flehen der Bürger von Mailand zu übertönen. Vor allem Kaiser Friedrichs Helfertruppen aus den von Mailand vorher wiederholt drangsalierten Städten waren dafür bestimmt, das grausame Vernichtungswerk in der Stadt durchzuführen. Alle die vielen Bauwerke neben den Festungsmauern wurden niedergerissen. Das mit weißem Marmor und Säulen geschmückte Schloss, der Palast des Senats der Stadt und auch das Schauspielhaus. Verschont blieben aber die Kirchen St. Maria, St. Mauritius wie St. Ambrosius und St. Georg. In letzterer Kirche liegen jetzt die Reliquien der Heiligen drei Könige, die bei der ersten Belagerung Mailands im Jahr 1158 aus der außerhalb der Stadtmauern liegenden St Eustachius-Kirche in die Stadt Stadt verbracht wurden. Sechs Tage und Nächte dauerte die Zerstörung Mailands und die vier stehen gebliebenen Kirchen standen wie Mahnmale in der Wüstenei. 1)

Noch vorher aber mussten alle Einwohner Mailands ihre angestammten Wohnungen verlassen. In Nachbarstädten oder in benachbarten Regionen auf dem Lande, die vom Kaiser bestimmt wurden, konnten sie sich niederlassen, und sich dort eine neue Heimat schaffen.

1) Das Ausmaß der Zerstörung und des Niederrisses von Mailand im Jahr 1162 ist durchaus strittig. So ist lt. Friedrich von Raumer in dessen Werk „Die Geschichte der Hohenstaufen und ihrer Zeit folgendes zu lesen: Zum 2. Male erschien der Kaiser am 26. März mit Heeresmacht und zog nicht durch ein Stadttor, sondern setzte an einer Stelle der niedergerissenen Mauer, über in die Stadt. Sie ist nicht geplündert, sondern alles bewegliche Eigentum ist den Bürgern überlassen. Die Häuser waren nicht niedergerissen, die Kirchen nicht zerstört und auch kein Salz auf dem mit dem Pfluge aufgerissenen Boden als ein Zeichen der Verwüstung ausgestreut. Vielmehr galt der Befehl der Erlaubnis des Zerstörens nur für die Mauern, Gräben und Türme. Aber auch ein Teil der äußeren- und der Großteil der inneren Befestigungsmauer blieb bestehen. Denn es wäre eine ungeheure Arbeit, der viel so gleichen Werke mit den Händen niederzureißen, selbst Feuer hätte sie nicht zerstört. Obgleich nun übertriebene Berichte über die Zerstörung Mailands gemildert werden müssen, bleibt doch für jeden Einwohner der Verlust der bürgerlichen Gemeinschaft, der Untergang der Unabhängigkeit ihrer Stadt.

Verhängnis und Ende

Rainald von Dassel kehrte zusammen mit dem Kaiser und seinem Hofstaat nach erfolgreicher Niederwerfung und grausamen Bestrafung von Mailand an den Hof nach Pavia zurück. Friedrich I., im Volksmund „Barbarossa" genannt, besaß im Jahr 1162 seine größte Machtfülle, und die vordringlichste Arbeit des Kanzlers Rainald galt nun, die sich verändernden administrativen und kommunalen Einschnitte in Oberitalien bzw. in den Städten zu festigen.

Alle mächtigen Städte in Oberitalien, die sich unter der Gefolgschaft Mailands gegen Friedrich verbündet hatten, Bologna, Piacenza, Ravenna, Brescia, Imola oder Faenza, erhielten nach ihrer Unterwerfung unter den kaiserlichen Willen seine Gnade unter der Maßgabe, dass sie Festungsmauern, Wälle, Gräben und Türme auch schleifen ließen.

Zudem bekamen sie in ihren Verwaltungen in der Regel deutsche Administratoren und als Befehlsgeber vieler der Regionen Statthalter oder Landvögte vorgesetzt.

Leider in sehr vielen Fällen zum Schaden des Kaisertums, denn Statthalter wie Vögte und deren Beamte nutzten ihre Befugnisse viel zu oft zur persönlichen Bereicherung und Vorteilsnahme.

Die auf Grund des Sieges über Mailand neue Lage und die Umwälzungen in Oberitalien hatten bei Kunrad v. Hachen neben der Funktion als Sekretär beim Kanzler zu erhöhtem Arbeitseinsatz als kommissarischer Leiter der Kanzlei für Ludolf von Kreiensen geführt. Aber auch zu einem Umdenken in seinem bisherigen Verhalten. Die so eindeutige Gewichtung der politischen Lage zu Gunsten Friedrichs, nahmen Kunrad jede Hoffnung die Früchte seines Verrats und Verhaltens zu ernten. Dazu gesellte sich jetzt auch die Angst vor einer Entdeckung seiner Konspiration.

Die für die Widersacher Friedrichs in der oberitalienischen

Region sich verschlechternde Lage brachte Unterbrechung von Kunrads konspirativen Verbindungen und Tätigkeit zu Eduardo und Enzio Della Torre. Schon Wochen suchte Kunrad jetzt ein Schlupfloch. Sein Lavieren zwischen den Fronten wurde zunehmend gefährlicher, und da auch der versprochene Lohn seiner jahrelangen Tätigkeit durch den Erzbischof von Mailand, Hubert von Pirovano im Staub des zerstörten Mailands zu verschwinden droht.

Heute Nacht hatte er sich entschieden: Die ihm jetzt zur Gefahr und zur Last werdende Tätigkeit eines Agenten für die Feinde von Friedrich und auch Rainalds von Dassel, wird er ab dem nächsten Tag beenden.

Dies bezüglich mit sich ins Reine gekommen, begab sich Kunrad zum Kanzler in dessen Kabinett im Schloss von Pavia, der ihn schon früh am Tage hatte rufen lassen. Es waren Ernennungen von Statthaltern und Vögten auf den Urkunden zu tätigen, deren Namen der Kanzler Kunrad gerade in die Feder diktierte. Bei der Person des Bischofs von Lüttich, Heinrich II. von der Leyen, klopfte es laut vernehmlich an die Tür, worauf der Kanzler etwas gereizt reagiert:

„ Ja, bitte! Muss das jetzt sein "! In die sich öffnende Tür tritt der Palastdiener ein, um zu melden: „ Eure Eminenz, der Graf von Biandrate wünscht Euch zu sprechen. Der Herr Graf wartet im Vorzimmer ". Ein Blick und Wink Rainalds zu seinem Sekretär, bedeutet Kunrad sich durch eine zweite Tür im Kabinett zu entfernen. Angesichts des beim Kanzler nicht gerade angenehmen Arbeitsklimas, freute sich Kunrad jedes Mal über eine unerwartete Unterbrechungen dieser Art, wenn sich die Persönlichkeiten zu ungeplanten Audienzen beim Kanzler anmeldeten.

Eine Gemeinsamkeit, die >Vater und Sohn<, Rainald von Dassel und Kunrad von Hachen vereint, ist die Antipathie gegen den arroganten Grafen aus Mailand. Schleimerei und Opportunismus, um bei Kaiser Friedrich zum Vorteil seines Grafenhauses und Clans, der sich im Laufe viele Jahre durch immer mehr Vergünstigungen, Verleihungen und Bestätigungen von Besitz und Ehrungen durch den Kaiser ausdrückt, missfielen auch Rainald von Dassel. Deshalb empfing Rainald den Grafen von Biandrate zwar höflich, doch ohne große Euphorie.

Mit einer ernsten Miene, die wohl die Wichtigkeit seines Erscheinens ausdrücken soll, und einem zurückhaltenden Kopfnicken von Seiten Rainalds, begrüßt Graf Guido den Kanzler. Rainald, als dem geborenen Diplomaten, fiel es nicht sehr schwer, seine Abneigung hinter der Maske von verbindlicher Höflichkeit zu verbergen, um anschließend die Begrüßung des Grafen übergehend zu fragen: „ Nun, was gibt es Wichtiges, Graf Biandrate "? Etwas irritiert wegen des nicht gerade herzlichen Empfangs durch den Kanzler, wo der Graf doch meint, eine so enthüllende und wichtige Nachricht zu überbringen, wusste Graf Guido für einen Moment nicht, wie er das Gespräch beginnen solle. Dann aber faste er sich:

„ Eminenz, ich muss zu unserer aller Bedauern mitteilen, das es im engeren Umkreis unseres Hofes einen Spion und Verräter zum Nachteil des Kaisers und zu Gunsten von Mailand gegeben hat und sicher noch gibt ".

Obwohl Rainald ahnte oder vielmehr sogar wusste, was Graf Guido nun weiter eröffnen würde, zog Rainald von Dassel zweifelnd die Stirn in Falten und fragt nur kurz: „ Graf, wer soll das denn sein "? Und unwillkürlich kam Rainald in den Sinn, das hier ein Verräter einen anderen verrät. Dann sprach Guido von Biandrate hastig weiter: „ Zu meinem Bedauern muss ich Eurer Eminenz und Kanzler mitteilen, das es der Sekretär in euren Diensten ist. ". Lang spielte Rainald Sprachlosigkeit und Unglauben vor, so als müsste die Anschuldigung des Grafen doch wohl ein Hirngespinst, doch wohl ein Irrtum sein. „ Weiß Er, Graf Biandrate genau, was Er da äußert ", antwortet der Kanzler weiter den Ungläubigen abgebend.

Aber schließlich spielt er im weiteren Gespräch mit dem Grafen dann den Überzeugten, zumal des Grafen eigene Anwesenheit im Mailänder Rat im Jahre 1158, bei dessen Krisensitzung er Kunrad von Hachen als ein Überbringer detaillierter Nachrichten aus dem kaiserlichen Heerlager erlebte, als ein Zeuge zu schwer wog. So fuhr Guido von Biandrate fort: „ Wenn Eure Eminenz weitere Aussagen aus dem ehemaligen Senat Mailands benötigt, der jener Zeit den Sekretär Ihrer Eminenz und vor einigen Wochen erneut empfangen hatte, könne er Zeugen eilig vorladen. Laut Aussage eines der Konsuln, dessen Name ich aber zugesagt habe nicht zu nennen, hatte dieser Sekretär sogar einen intriganten Plan vorgeschlagen, von dessen Details ich aber nichts weiß ".

Den völlig Überraschten und nun auch ernsthaft Wut auf seinen Sekretär vortäuschend, verabschiedet Rainald den Mailänder mit den Worten: „ Ich danke Euer Ehren für den Hinweis und werde natürlich dieser unangenehmen Geschichte nachgehen ".

Schon alle die Berichte seines ehemaligen Zuträgers und Kanzleileiters Ludolfs von Kreiensen hatten ihn von der bösartigen Natur seines Sekretärs überzeugt. So war sich Rainald von Dassel auch bewusst, das dieser Augenblick einmal kommen würde, an dem er den >Sohn< nicht mehr würde schützen können, ohne seine eigene Position und Stellung beim Kaiser und im Reich zu gefährden. Schon jetzt hatte er genug Neider und Eifersüchtige, die ihm die hervorgehobene Stellung am liebsten aberkennen würden.

Lange Minuten verharrte Rainald gedankenverloren vor den Karten der Reiserouten auf seinem Schreibtisch, die ihn bald wieder zu Verhandlungen nach Genua und Pisa führen werden. Genuas Flotte würde der Kaiser für seinen geplanten Feldzug gegen das Königreich Sizilien unter dessen König Wilhelm Hauteville benötigen. Nochmals seine vertrackte Situation überdenkend, entschied Rainald von Dassel jetzt zügig.

Rasch zog er an der Kordel, die sein Kabinett mit einem Vorzimmer der Dienerschaft durch eine Glocke verband. Dem nur kurze Zeit später eintretenden Diener befahl er: „ Hauptmann von Bechtholtsheim soll sich sofort bei mir melden ". Minuten später stand der Adjutant des Kanzlers und Erzbischofs Walther von Bechtholtsheim vor seinem Vorgesetzten, um dessen Befehle entgegenzunehmen: „ Hauptmann, der Sekretär Kunrad von Hachen ist ohne Aufsehen noch in der Nacht, ich betone in der Nacht und nochmals ohne jegliches Aufsehen zu verhaften und dann zu arretieren. Weitere diesbezügliche Anweisung erfolgt später ", winkte Rainald den Adjutanten wieder hinaus.

Allzu eigenmächtig, gerade in dieser für ihn so heiklen, ja gefährlichen Angelegenheit bei seinem Verhältnis zu dem nun Anzuklagenden wollte er nicht vorgehen. Er ist sich aber sicher, für eine verdeckt geführte Anklage und eine Verurteilung Kunrads von Hachen die Rückendeckung Kaiser Friedrich zu erhalten. Die Anklage dürfe aber nur auf >Geheimnisverrat an den Feind< heißen. Die anderen Straftaten dürfen dabei nicht zur Sprache kommen, denkt Rainald für sich, da sie ihn als Mitwisser eventuell stark belasten würden. Also wird er bei der nächsten Audienz beim Kaiser, diesen über den durch den Grafen Guido von Biandrate aufgedeckten Spionagefall informieren.

Kunrad hatte nach dem Verlassen des Kanzlerkabinetts seinen ihm im Schloss von Pavia zugewiesenen kleinen Raum aufgesucht, bereit bald wieder von Rainald gerufen zu werden. Denn es war ja vieles noch zu erledigen und zu packen, wenn er Rainald von Dassel in den nächsten

Tagen nach Pisa und Genua begleiten soll. Er wunderte sich zwar, das ihn Rainald nicht schnell hatte wieder rufen lassen, dachte sich aber auch nichts dabei, denn Sitzungen und Besprechungen des Kanzlers konnten sich recht lange ausdehnen, wie sich Kunrad an die Vorträge erinnert, die ihm der Kanzler gelegentlich länger hielt, als ihm lieb war. Nun war es schon sehr spät und inzwischen auch dunkel geworden, so das Kunrad nicht mehr damit rechnete, zum Kanzler gerufen zu werden. Also bereitete er sich auf die Nachtruhe vor, sehr froh sich zu seinem Entschluss, das gefährliche Handwerk von Verrat und des Risikos dabei enttarnt zu werden aufzugeben. Und nur wenige Minuten später war Kunrad von Hachen in einen entspannten,tiefen Schlaf gefallen.

Äußerst selten nur wurde Kunrads Schlaf durch Träume belastet. Und noch weniger von bösen. Der Traum dieser Nacht aber hatte ihn das erste Mal in eine ungewohnte Angst versetzt:

Da versuchte Kunrad einem Mann aus dem Rathaus von Mailand zu entfliehen, der ihn mit aufgesetzter Maske und einem gezückten Schwert verfolgte. Obwohl Kunrad alle seine Kräfte mobilisierte und das Gefühl hatte, immer schneller zu laufen, kam die Gestalt immer näher. Panisch zurückschauend, sah Kunrad den Mann die Maske wegwerfen, um darauf hin in eine hinterhältige schaden-frohe Grimasse des Grafen Guido von Biandrate blicken zu müssen. Noch weit lag das geöffnete hohe Tor in der Festungsmauer Mailands vor ihm. Kurz bevor Kunrad es erreichte, schloss sich das Tor langsam und Graf Guido, der jetzt dicht hinter ihm war, holte zum tödlichen Schlag aus. Schweißgebadet schreckte Kunrad von Hachen aus seinem Traum auf, der ein Trauma war. Aber nicht der schreckliche Traum am Ende hatte ihn aufwachen lassen, sondern ein lautes, wiederholtes Pochen an die Tür seiner

171

Unterkunft. „ Sofort aufmachen ", hörte Kunrad dann nur undeutlich Männerstimmen. Jetzt erst zu sich kommend, ist er orientierungslos und zu durcheinander, um gleich zu wissen wo er sich befindet. Etwas später erst registrierte er, dass ihn ein Traum verängstigt hatte und wollte sich nun leichtert auf die Seite legen, um weiter zu schlafen, als ihn erneutes ungeduldiges Klopfen erneut vom Bett riss, begleitet von zornigen und lauten Worten:

„ Sofort öffnen, sonst brechen wir die Tür auf! Sofort auf-machen, ich bin Hauptmann von Bechtholtsheim einen Befehl auszuführen ". Nun zornig wegen der nächtlichen Ruhestörung erhob sich Kunrad nun, um seine Tür schnell zu öffnen. Hier blickte er fragend und verständnislos auf einen Offizier und zwei Landsknechte, deren grobe und verlebte Gesichtszüge nicht gerade Vertrauen erwecken konnten. Spöttisch blickt der Hauptmann auf Kunrad von Hachen in seinem Schlafgewand von oben bis unten an, um ihm nun mitzuteilen: „ Zieh er sich etwas über, er ist verhaftet und zu arretieren ". „ Aber warum aus welchem Grund, Herr Offizier ", fragt Kunrad nun mit trockenem Mund und flackernder Angst in den Augen.

„ Warum, das kann ich ihm nicht sagen. Kenne nur den Befehl, ihn festzunehmen, im Namen des Kaisers und des Kanzlers ", antwortet jetzt Walther von Bechtholtsheim ungeduldig und bestimmt.

Kunrad erkennt im Augenblick die Aussichtslosigkeit der Lage mit dem Offizier zu debattieren, warf sich Wams und eine Hose über, um sich darauf hin von den beiden Lands-knechten in die Mitte genommen, abführen zu lassen.

Unter einem sehr sparsamen Fackellicht ging es mehrere Stockwerke im Schloss von Pavia auf vielen ausgetretenen Stufen in die Tiefe. Tiefer ging es dann nicht mehr, um nun über einen langen dunklen Gang zu einer schweren Eichentür mit vergittertem Sehschlitz und finsteren Zelle zu gelangen. Roh stießen die Knechte Kunrad in die vor Nässe triefende Kerkerzelle, um ihn gleich an eine Wand zu ketten. Kunrad ist zwar einsilbig geworden, aber Angst oder sogar Verzweiflung empfand er nicht. Sicher ist er durch eine undichte Stelle in Verdacht geraten, den er aber mit Hilfe Rainalds von Dassel, seines >Vaters < hoffte, wieder entkräften zu können.

Nach dem ihn Hauptmann und Landsknechte im Kerker zurückgelassen haben, gelingt es Kunrad trotz des bösen Traumes in der Nacht, der unsanften Verhaftung danach, wie der unbequemen Lage in Ketten, die letzten Stunden bis zum frühen Morgen in einen relativ ruhigen Schlaf zu fallen.

Zu Beginn des Monats April steht Rainald von Dassel vor seiner Majestät Kaiser Friedrich, um letzte Direktiven für die Verhandlungen mit Pisa und Genua bezüglich einer Unterstützung für den geplanten Feldzug nach Sizilien zu erhalten. Beiläufig, schon im Begriff sich wieder von Friedrich zu verabschieden und zu gehen, sagt er: „ Majestät, da ist noch etwas zu entscheiden. In meiner Kanzlei ist vor Tagen ein Spion enttarnt worden. Dabei handelt es sich um einen Sekretär in meinem Amt mit dem Namen Kunrad von Hachen ", verallgemeinert Rainald raffiniert, um nicht die zu vertrauensvolle Wortwendung >mein sekretär< zu gebrauchen.

„ Aufhängen ", antwortet der Kaiser ohne Umschweife.

„ Majestät, sollten wir vorher nicht noch die Namen aller Mitwisser und ihre Mitverschworenen durch den Verräter erfahren ", fragt Rainald von Dassel, um für sich jedes weitere Risiko damit zu beseitigen. Der Blick des Kaisers wendet sich nochmals dem Kanzler zu, ohne von Dassel eigentlich wahrzunehmen, um schon wieder mit anderen Gedanken beschäftigt, zu sagen:

„ Ja, selbsverstänlich, und wenn alle Verräter überführt

173

sind, sind sie ohne Ausnahme und Prozess hinzurichten. Sie sollen der Abschreckung halber auf dem höchsten Punkt der Wüstenei Mailands hängen. Kümmere er sich drum, und wie gesagt ohne Prozess, auch ohne ein langes Debattieren ".

„ Jawohl Majestät! Wie Ihr befiehlt. Alles auch ganz in meinem Sinne ", verabschiedet sich Rainald von Dassel von Friedrich. Und innerlich triumphiert er, seinen Herrn bei gleicher Meinung zu wissen und ihn in diesem Sinne beeinflusst zu haben. Bin ich wieder im Kabinett, werde ich all das Notwendige veranlassen, denkt Rainald. Dabei nochmals Gefühle von Erfolg verspürend, die wohl dem ihm angeborenen diplomatischen Geschick zuzurechnen sind.

Auf dem kurzen Weg in sein Büro beauftragte Rainald den Bedientesten, Hauptmann von Bechtholtsheim solle sich sofort bei ihm melden, ebenso einer der Schreiber aus der kaiserlichen Kanzlei.

Wenige Augenblicke später nur steht der Hauptmann vor dem Kanzler, um dessen Befehle entgegen zu nehmen:

„ Als mein Adjutant wird er mich auf den Reisen nach Pisa und auch Genua begleiten, wie auch einen Schreiber, den ich dabei dringend benötige. Gebe er zweien seiner Untergebenen den Auftrag, die besonders geeignet sein könnten während unserer Abwesenheit den arretierten und vaterlandslosen Kunrad von Hachen zu befragen, wer da seine Helfer bei dem Verrat am Kaiser waren. Namen will ich hören. Notfalls durch eine peinliche Befragung. Der Sekretär ist sehr verdächtigt, Verrat zu Gunsten Mailands schon längere Zeit bis jetzt begangen zu haben.

Eine Verurteilung aller Beschuldigten wird nach unserer Rückkehr von Genua an den Hof von Pavia stattfinden. Er kann jetzt gehen, und man schicke mir Schreiber Hartmut rein, der im Vorzimmer warten wird ". Mit der Antwort :

„ Jawohl Eure Eminenz, alles wird so geregeltt, wie Ihr es wünscht ", verlässt der Adjutant seinen Chef. Ohne von seinem Schreibtisch den Blick zu heben und sich mit der eingegangenen Kurierpost beschäftigend, befielt er dem nun eintretenden Schreiber, sich für eine Dienstreise nach Pisa und Genua bereit zu halten, ohne diesem Erklärung von Anlass und Grund dieser für ihn so überraschenden Berufung abzugeben.

Am 9.April, einen Tag nach einer erneuten Krönung des Kaiserpaares Friedrich und Beatrix im Dom von Pavia durch den Gegenpapst Victor IV. empfing der Kanzler eine Delegation aus Pisa zu Vorgesprächen bezüglich des Friedensabkommens zwischen Genua und Pisa.

Die ersten Wochen Kunrads im Kerker verstrichen, ohne dass man ihn in irgendeiner Art belästigte. Wenn ihn auch die verrosteten Ketten an Händen und Füßen Schmerzen bereiten und zu Entzündungen an Hand- und Fußgelenken führten, stieg jeden Tag die Zuversicht bei ihm, am Ende werde Rainald von Dassel seinen Einfluss geltend machen, um ihn hier wieder herauszuholen. Fast sieben Wochen sind vergangen, an dem er regelmäßig seine Verpflegung, bestehend aus einem Teller Suppe, dünn zwar, mit einem obligatorischen Kanten Brot erhielt. Jeder Tag länger in seinem Kerker, ohne das sich etwas tat, hatte ihn anfangs immer selbstbewusster gemacht.

So wagte er sich auch seinen Wärter, der ihm jeden Tag sein Essen auf dem Zellenboden servierte, herausfordernd zu fragen, wie lange er denn hier noch verweilen muss. Ich möchte meinen Chef, den Kanzler Rainald von Dassel sprechen. Aber der schon sehr alte Mann sah Kunrad nur ungläubig an, glaubte er wäre verwirrt und sagte:

„ Gewöhnlich kamen Leute, die sich hier in den Kerkern befanden, entweder nie mehr hier heraus, es sei denn tot oder man verurteilte sie zum Tode ".

Ungläubig starrte Kunrad den Kerkermeister an, der aber gleichmütig und emotionslos die kalte und feuchte Zelle schnell wieder verließ. Kunrad von Hachens am Anfang erwachtes Selbstvertrauen und die Hoffnung auf ein gutes Ende seiner Situation wich einer immer stärker werdenden aufkeimenden Angst. Will man ihn denn wohlmöglich im Kerker vergessen und verrecken zu lassen?

Morgens, immer um die gleiche Zeit, das geräuschvolle Drehen des Zellenschlüssels im Schloss, um ihm das armselige Essen für den Tag zu bringen. Aber heute war dem nicht so. Da stehen doch mit Randolf und Herwarth die zwei Landsknechte von seiner Verhaftung vor Wochen in seinem Kerkerloch. In ihren Gürteln stecken allerlei Werkzeuge, die Kunrad von Hachen anfangs nicht wahrnimmt und gleichmütig betrachtet. Aber die brutalen Visagen der zwei Landser, in die Kunrad jetzt bewusster sieht, die in der Nacht bei seiner Verhaftung und in seiner Aufregung kaum auszumachen waren, verhießen nichts Gutes. Angstvoll Kunrad von Hachen jetzt, als Randolf und sein Spießgeselle Herwarth provozierend, bedächtig verschiedene, offenbar doch wohl Folterwerkzeuge von ihren Gurten lösten: „ Was wollt ihr denn von mir? Ist mein Chef und Vorgesetzter, der Kanzler von allem dem unterrichtet? Ich will ihn sprechen. Ihm werde ich alles sagen "! Kunrad ist zum Ende seiner Worte immer hektischer geworden, was sich die Henkersknechte grinsend anhören. Angst steht Kunrad nun ganz deutlich im Gesicht geschrieben. Ohne auf die Argumentation des Sekretärs einzugehen, zeigt Randolf auf die Folterinstrumente in seinem Gürtel: „ Damit wollen wir dem Herrn das Sprechen beibringen, und da du kein Kind mehr bist, wirst du es sehr schnell lernen, denken wir ", dabei seinen Kompagnon ironisch anblickend, der den Kopf heftig nickend und bejahend sein Einverständnis signalisiert. „ Wir wollen nur ein par

Namen von dir hören, mit denen du den Verrat an unserem teuren Kaiser geplant und durchgeführt hast ", spricht Randolf ungerührt weiter.

„ Ich weiß von keinen Namen ", Kunrad fast schreiend, hilflos in den Ketten liegend, als sich Herwarth dann blitzschnell von der linken Seite näherte und den Sekretär an den Ketten hochzog, die dessen Arme fixierten hatten. Eine Drehung Herwarths, während Randolf Kunrad fest hielt und dessen Arme sprangen aus seinen Gelenken. Das Geräusch der reißenden Sehnen und Muskelstränge, den furchtbaren, tierischen Schrei und anschließend längere Brüllen, das dnann in Wimmern überging, hörte niemand in den leeren Verließen, nach dem er in seinen Ketten zusammengebrochen war. Die Kerkerzellen des Schlosses von Pavia beherbergten im Moment nur die Ratten. Aber Randolf, ohne jede Rührung dann auf Kunrad blickend: „ Morgen kommen wir wieder, dann wollen wir Namen wissen, sonst müssen wir doch noch unsere besten Werkzeuge benutzen ", waren die Worte, die von Hachen der Ohnmacht schon ganz nahe noch vernahm.

Sein Essen, das ihm der Kerkermeister nach der Tortur später noch hinschob, rührte Kunrad nicht an. Sein Appetit war ihm vergangen und die ausgekugelten Arme hätten das Essen nur unter größten Schmerzen möglich gemacht. Der Schmerz und furchtbare Angst vor dem kommenden Tag, hatten den Sekretär erst zum Morgen hin einschlafen lassen. Fortwährend musste er daran denken, das ihm vielleicht nur die Hilfe von dem Menschen zukommen könnte, den er so hasste, gegen den er nun schon seit über fünf Jahren aus Gründen von Eifersucht und Missgunst agiert hat: Rainald von Dassel, Kanzler, Erzbischof wie Vater in einem. Dann übermannte ihn Erschöpfung, Müdigkeit und in der Folge der gnädige Schlaf.

Das Drehen des Kerkerschlüssels im rostigen Schloss der

schweren Tür hatte Kunrad gar nicht gehört. Die Fußtritte der beiden Unholde weckten ihn aus seinem Schlaf, der ihn erst gegen Morgens umfangen hatte. Voller Schreck blickt er in grinsende Visagen von Randolf und Herwarth, die hier so unverhofft vor ihm stehen. Hastig formulierte Kunrad: „ Ich werde die Namen nennen. In einem persönlichen Gespräch mit dem Kanzler ". „ Dein Kanzler ist auf Reisen und ich glaube kaum, das Rainald von Dassel sich um einen Verbrecher, wie er einer ist, bemühen wird ", antwortet ihm der ältere Randolf und hier Wortführer von beiden. „ Also jetzt die Namen ", fährt Randolf jetzt ungeduldig fort. Verzweifelt sieht Kunrad, wie dessen Geselle mit einer Zange in den Händen spielt, in dem er sie noch hochwirft und lässig wieder fängt. Kunrads Blick nach der Zange nutzte Randolf, in dem er den auf dem Boden kauernden Sekretär beide Arme festhält, was bei den lädierten Schulter und Armen Kunrads kein Problem ist. Randolf hält dabei Kunrads linke Hand fest im Griff, während nun Herwarth, der zweite Quälgeist dem tierisch brüllenden mit der Zange die Fingernägel herunterreißt. „ So und Morgen ist deine rechte Hand an der Reihe, solltest du es immer noch weiter vorziehen, deine Verräterfreunde zu schützen ", ruft Randolf dem Häufchen Elend zu, ehe er sich schadenfroh mit Herwarth jetzt auf den Weg zum morgendlichen Appell in den Hof des Schlosses verfügt. Dieser Tag und die folgende Nacht sind für den Sekretär grauenvoll. Die beiden Schultergelenke schmerzten nach der erneuten rohen Behandlung und die Finger der linken Hand waren zu blutigen knotigen Stümpfen geschwollen. Hinzu kam die Angst vor der Pein am nächsten Tag. Und tatsächlich, ohne ihm einen Tag der Erholung zu gönnen, standen die gefühlslosen Schinder am frühen Morgen vor ihrem zu peinigenden Opfer. Erneut fragt Randolf, dabei die noch blutbefleckte Zange des gestrigen Gebrauchs vom Gurt nehmend, ohne auf eine Aussage des Sekretärs eventuell reagieren zu wollen:

„ Sind dir deine Freunde heute Nacht eingefallen "? Und diesmal versucht es Kunrad mit einem Geständnis, das er bisher noch keinem Menschen offenbart hat, die Rohlinge von ihrer grausamen Profession abzubringen:

„ Der Kanzler des Kaisers, der auch der Erzbischof von Köln ist, Rainald von Dassel ist mein leiblicher Vater. Er muss mit mir, seinem Sohn reden ". Natürlich konnte Kunrad die beiden Folterknechte mit diesem für sie so abenteuerlichen Geständnis überhaupt nicht überzeugen. Sie lachten nur und glaubten, es wäre ein letzter Versuch des Sekretärs, weiteren Folterqualen zu entgehen oder aber er sei bereits dem Wahnsinn sehr nahe. Als aber Herwarth Kunrads rechten Arm packt und Randolf die gesunde Hand hinhält, schreit der Gepeinigte voller Angst: „ Meine Helfershelfer sind der Kaufmann Eduardo und sein Sohn Enzio ". Bas erstaunt sahen sich Randolf und Herwarth an, und Randolf: „ Du lügst doch, Eduardo ist nur ein ehren-werter Kaufmann, bei dem ich mir erst vor kurzem neue Stiefel gekauft habe. Ein feiger Lügner bist du, einfach so unschuldige Menschen zu denunzieren, nur um deine arm-selige Haut zu retten ". „ Nein es ist die Wahrheit, was ich sage, berichtet das meinem Vater ", ist noch alles was er darauf erwidern kann, denn Randolf hatte schon die Finger Kunrads ergriffen, und ein zweites Mal musste er eine Tortur des Ziehens seiner Fingernägel, diesmal aus den Fingern der rechten Hand über sich ergehen lassen. Seine Schreie hallen entsetzlich in dem kalten Verließ mit seinen feuchten Kerkerwänden. Bittend faltet Kunrad trotz aller erlittenen Pein seine Hände aneinander und schluchzend stammelt er: „ Ich habe euch wohl die Wahrheit gesagt, ich schwöre bei allem was mir heilig ist, es sind doch die Namen, die ihr von mir wissen wollt ". Hastig erzählte der

Sekretär aus der Angst, Randolf und Herwarth könnten ihr Foltern fortsetzen, Einzelheiten und Fakten seines Verrats in den letzten Wochen, das die zwei Folterknechte an die Wahrheit des Geständnisses glauben ließen. In den darauf folgenden zwei Wochen wurde der Geschundene in Ruhe gelassen. Einzige Unterbrechung im Ablauf der finsteren grauen Tage war das Bringen der mageren Kost durch den alten Kerkermeister. Versuche von Kunrad, ihn wieder in ein Gespräch zu verwickeln, um den Stand in der Anklage zu erfahren, scheiterten. Stupide äußerte der Alte wiederholt: „ Davon weiß ich nichts, nur das wir alle sterben müssen ". Nach diesen so hilfreichen Worten fragt Kunrad nicht mehr nach Neuigkeiten, die ihm eventuell hätten Hoffnung verleihen können.

Im letzten Drittel des Monats des Juli war die Delegation unter Rainald von Dassel von den Verhandlungen aus Pisa und zuletzt Genua nach Pavia zurückgekehrt. Durch eine äußerst geschickt geführte Argumentation und Versprechungen ist es Rainald gelungen, beide Städte zu gemeinsamen Handeln für einen Feldzug von Friedrich nach Sizilien zu gewinnen. Mit dem Ziel, den Normannenkönig Siziliens und Franzosen aus dem Hause Hauteville Wilhelm I. zu vertreiben. Anlass dazu hatte ein Adelsaufstand in Sizilien gegeben, den der Kaiser auszunützen hofft, um eigene Pläne im Königreich Siziliens voranzutreiben. Nachdem nun aber Wilhelm I. von Hauteville den Aufstand des Adels hatte niederschlagen können und bald wieder kriegerische Auseinandersetzungen zwischen den Städten Genua und Pisa von Seiten Kaisers und Kanzlers nicht mehr zu unterbinden und zu schlichten waren, gab Kaiser Friedrich das riskante Unternehmen eines Sizilien-Feldzuges auf.

Nur wenige Tage nach der Ankunft in Pavia, erstattete der Adjutant Walther von Bechtholsheim nach Rücksprache bei seinen Erfüllungsgehilfen Randolf und Herwarth bei Kanzler Rainald Bericht über den Fortschritt der Verhöre des Kunrad von Hachen: „ Eminenz, die Namen von zwei Mitverschworenen wurden gestanden. Weiter wurde mir berichtet, dass der des Verrats verdächtige Sekretär wohl irrsinnig geworden sei, denn er behauptet, Seine Eminenz wäre Ihr Vater ". Nur mühsam kann Rainald von Dassel seine Erregung vor seinem Adjutanten verbergen.

Bei einem Gesichtsausdruck, der Unglauben und bittere Ironie vorspiegeln soll, gibt Rainald jetzt den Befehl, den Lederwarenkaufmann Eduardo und seinen Sohn Enzio zu verhaften.

„ Eminenz, es dürfte nicht schwer sein, ihrer habhaft zu werden, da bekannt ist, dass sie schon lange in der Nähe unserer Ritterheere einen einträglichen Lederwarenhandel betreiben, so zur Zeit auch in Pavia. Wohl schon immer eine Tarnung ihrer tatsächlichen Absichten ", führt der Hauptmann aus und verabschiedet sich, den Befehl des Kanzlers sofort ausführen zu lassen.

Die Verhaftung von Eduardo und Enzio Della Torre vollzog sich am frühen Morgen des nächsten Tages ohne ein spektakuläres Aufsehen auf dem Marktplatz von Pavia, als beide ihren Stand für den Verkauf ihrer Ledersortimente aufbauten. Widerstand leisteten sie nicht, und ein langes Lamentieren fand deshalb auch nicht statt. Die Kerkerhaft Eduardos und Enzios wurde gleichfalls im Schloss Pavias veranlasst, nicht weit von der Zelle des Sekretärs Kunrad von Hachen entfernt.

Gleich am nächsten Tag beginnt ihre Befragung durch das gefühllose Duo Randolf und Herwarth. Aber zu ihrer Enttäuschung diesmal im Beisein ihres Hauptmanns Walther von Bechtholtsheim. Zusätzlicher Missmut machte sich dann bei den beiden Landsknechten breit, als Eduardo und auch Enzio die ihnen zur Last gelegenen Vergehen gegen den Kaiser nicht bestritten. Sie seien sehr stolz auf ihre Taten, die sie schon viele Jahre seit 1154 für die Befreiung Mailands und die anderer Städte ihrer Heimat im Kampf gegen den deutschen Kaiser geleistet haben. Gerne werden ich und mein Sohn, so Eduardo für die Ehre ihrer Heimatstadt Mailand, in der Hoffnung deren baldigen Freiheit zu sterben wissen.

Für Kanzler Rainald von Dassel galten mit diesen letzten freiwilligen Geständnissen die Untersuchungen quasi als abgeschlossen. Ein Militärgericht soll der Legalität halber ein Urteil sprechen, das auf Befehl des Kaisers von anfang an feststand.

Auf Anordnung Rainalds werden für das Gericht der junge Gebhardt II. von Leuchtenberg, dazu noch Walther von Bechtholtsheim und weiter der Graf Guido von Biandrate bestimmt. Letzterer vom Kanzler Rainald aus Gründen persönlicher Abneigung und Genugtuung geleitet, einem fiesen Opportunisten und Vorteilsjäger zuzumuten, zwei seiner Landsleute und Mailänder zum Tode verurteilen zu müssen.

Die Urteilsfindung des Militärgerichts in Pavia war eine Farce, denn der Befehl des Kaisers im Einvernehmen mit dem Kanzler musste befolgt werden. So lautete das Urteil nach dem Verlesen der protokollierten Geständnisse durch den Militärgerichtsvorsitzenden Graf Guido von Biandrate in Abwesenheit der drei Beschuldigten, des Kunrad von Hachen, Eduardo Della Torre und Enzio Della Torre wie folgt: Tod durch das Erhängen auf dem höchsten Punkt des zerstörten Mailands. Das Urteil ist am 8. August 1162, morgens in der Frühe um 6 Uhr zu vollstrecken.

Nach der Urteilsfindung war es die Aufgabe Walthers von Bechtholtsheim, die Delinquenten in ihren Verließen von dem gefällten Urteil des Gerichts zu unterrichten. Eduardo und Enzio Della Torre nahmen das Todesurteil mit einer bemerkenswerter Ruhe und sogar Stolz auf. Kunrad von Hachen dagegen gebärdete sich ungläubig, weil er bis zu diesem Zeitpunkt immer fest an ein Eingreifen des Vaters zu seinen Gunsten unbedingt geglaubt hatte. Der Sekretär aufgelöst, den Offizier in seiner Pflicht der Verkündung des Urteils unterbrechend, schreit: „ Rainald von Dassel ist mein Vater. Ich weiß es schon seit Jahren. Ich will jetzt meinen Vater sprechen ".

Dann mit Worten: „ Ich werde dem Kanzler von seinem Wunsche Mitteilung machen ", in der Absicht den offensichtlich doch Wahnsinnigen zu beruhigen, verlässt jetzt Walther von Bechtholtsheim stracks den Kerker Kunrads von Hachen.

Rainald von Dassel schreitet eilig über den beengten Hof des Schlosses von Pavia nach einer Audienz bei Kaiser Friedrich. Letzte politische Verhaltensmaßnahmen waren dabei besprochen worden, noch kurz bevor das Kaiserpaar nach Deutschland zurückkreisen wird. Relativ nahe an dem bewachten Schlosstor muss Kanzler Rainald vorbeigehen, um in den linken Flügel des alten Schlosses von Pavia in seine Unterkunft zu gelangen.

Da bemerkt Rainald, das die Wachen eine erregte junge Frau festhalten, die sich Einlass in Hof und Schloss mit Nachdruck erzwingen will. Den hin und her springenden lauten Wortwechsel kann er zwar im Zusammenhang nicht verstehen, aber sein Name wird von der jungen Frau oft genannt. So rief er den Wachsoldaten zu:

„ Lasst die Dame los ", und geht neugierig geworden auf die Frau am Tor zu. „ Hat die Dame ein...", unterbricht sich Rainald plötzlich innehaltend und erschrocken, da die junge Frau jetzt nahe vor ihm steht. Nur an ihrem Blick, den Augen erkannte Rainald von Dassel Gabriella, seine tot geglaubte Geliebte und Haushälterin wieder. Er meinte zu träumen, und glaubte aber doch seinen Augen nicht zu trauen. Da stand doch tatsächlich Gabriella vor ihm. Oder nein halt, denkt er. Ist es vielleicht eine Schwester von ihr die von Rainald wusste, und an ihn jetzt eine Bitte richten möchte?

Gabriella muss seine Gedankengänge in seinem Gesicht abgelesen haben, denn jetzt spricht sie Rainald an: „ Ja ich bin es, Gabriella! Ihre Eminenz, ich komme zu Euch, da ich Eure Hilfe benötige, sagt sie atemlos. Ohne auf ihre Frage einzugehen, fragt Rainald weiter: „ Aber wieso lebt sie noch? Ich hatte doch vor Jahren die Meldung erhalten, das sie auf der Burg von Trezzo zu Tode kam ", Rainald von Dassel immer noch fassungslos. Dann zum >Du< übergehend: „ Komme bitte mit mir, du musst mir alles jetzt erzählen, was geschehen ist, wie es dir die ganze Zeit ergangen ist. Aber warum hast du mich nicht viel früher aufgesucht ", sprudelt es aus dem doch sonst so gefassten und abgeklärten Rainald von Dassel in ehrlicher Freude wegen ihres plötzlichen Wiedersehens heraus. Wie so ein frisch Verliebter bringt Rainald von Dassel Gabriella wie seine >Braut<, ohne auf Gaffer um ihn herum zu achten, auf seine Zimmer im Schloss.

Aufgeräumt glücklich sagt er dann: „ Ich möchte meinen Begleitern für die Reise nach Frankreich zu König Ludwig VII. nur noch schnell letzte Anweisungen geben. Dann sprechen wir über alles. Alles will ich dann wissen. Und ruhe dich so lange aus ". Sprach es und verließ eilig und euphorisch Gabriella. Dennoch daran denkend, was ihm Friedrich aufgetragen hat, den König von Frankreich in Sache der Papstfrage, Alexander III. oder Victor IV. auf die Seite des Kaisers, das heißt für Papst Victor IV. einzunehmen. Keine leichte Aufgabe, dachte Rainald die Zeit zuvor. Nun aber, da er Gabriella wieder bei sich hat, deucht sie ihm plötzlich leicht zu lösen.

Erst nach geschlagenen drei Stunden kehrt Rainald von

Dassel wieder zurück. Gabriella war wohl eingeschlafen. Ziemlich erschrocken fuhr sie hoch, als sich Rainald bei Gabriella für ihr langes Warten auf ihn entschuldigte. „Jetzt habe ich viel Zeit für dich, denn für heute sind alle Termine abgesagt, es sei denn der Kaiser ruft mich. Nun erzähle ", bat er. Alles hatte sich in Gabriella aufgestaut, denn bis dahin war es immer nur Rainald, der geredet hat.. Denn jetzt sprudelte es aus Gabriella heraus, ihm ihr Überleben nach ihrer Trennung auf Burg Trezzo zu erzählen. Das ihr Vater von dem Überfall der Mailänder auf die Burg wusste, und er sie deshalb Tage vorher zu ihren Verwandten nach Arona hatte bringen lassen. Rainald von Dassel, der interessiert zugehört hat, unterbricht Gabriella jetzt und fragt: „ Wer ist eigentlich dein Vater, und wieso, woher wusste er von dem bevorstehenden Überfall der Mailänder auf die Burg von Trezzo "? Gabriella war es recht, das Rainald gerade jetzt diese Fragen stellt. Sie hat Rainald von Dassel aufgesucht, um sich ihm zu erklären, zu beichten, ihm zu sagen, das sie ihn liebt und gekommen ist, für ihren Vater und Bruder um Gnade zu bitten. Und so antwortet sie auf Rainalds Fragen freimütig: „ Ich bin eine Tochter meines Vaters Eduardo Della Torre und die Schwester von Enzio Della Torre, die beide von eurem Kaiser wegen ihres Eintretens und Handelns für Mailand um dessen Unabhängigkeit und Freiheit zum Tode verurteilt wurden ". So schnell konnte Rainald von Dassel nichts aus der Ruhe bringen. Diesmal half aber auch sein sonst so eiskaltes Kalkül für die realen Dinge nicht, dieses überraschende Geständnis Gabriellas gewohnt beherrscht zu verarbeiten. Erst Sprachlosigkeit, dann das Begreifen des Zwiespalts, in den er jetzt hinein zu fallen droht. Unendliche Traurigkeit überfiel ihn. Erst die Freude, seine lange tot geglaubte Geliebte wieder bei sich zu haben und jetzt diese Offenbarung Gabriellas. Er wusste, dass er die Bitte Gabriellas für ihren Vater und Bruder Enzio nicht mehr erfüllen konnte. Lange sah Rainald in ihr trauriges und ängstliches Gesicht, dass die ganze Hoffnung einer für sie befreienden Antwort von ihm ausdrückte. Aber Rainald schüttelte dann den Kopf mit der Frage: „ Warum hattest du kein Vertrauen zu mir gehabt, wir waren uns doch so nahe. Du hättest mich früher ins Vertrauen ziehen müssen, da hätte ich noch etwas für den Vater und Bruder tun können. Aber jetzt ist das Verfahren abgeschlossen und die Urteile von einem Militärgericht bereits gefällt. Dein Vater und dein Bruder, beide haben ihren Verrat bereits eingestanden und mein Respekt: Sie haben ihr Urteil ohne Klage und mit Stolz hingenommen. Dies alles ist nicht mehr rückgängig zu machen, es würde gegen meine eigenen Prinzipien und ich gegen den Befehl des Kaisers handeln ".

Und trotz all der Hoffnungslosigkeit, die die Worte ihres Geliebten ausdrückten, versuchte es Gabriella Della Torre dennoch weiter zu bitten: „ Wenn du mich liebst, wie du sagst, spreche bitte mit deinem Kaiser Friedrich. Erkläre ihm die, nein unsere Not und bitte ihn um Gnade. Vater und Bruder sind doch die einzigen von meiner Familie, die mir noch geblieben sind. Die Mutter ist bei meiner Geburt gestorben, und jetzt willst du mir noch den Vater und den Bruder nehmen ", flehte sie weiter. „ Bitte "!

Selbst sehr traurig, schüttelt Rainald von Dassel erneut den Kopf: „ Es geht nicht Gabriella, aber ich bitte dich bei mir zu bleiben. Es soll dir an nichts mangeln und ich bin sonst immer für dich da und werde für dich sorgen ".

Wenn Rainald von Dassel glaubte, Gabriella mit seinen Worten etwas von ihrer Courage genommen, und sie gleichzeitig beruhigt zu haben, täuschte er sich gewaltig. Zornig und laut weinend brach bei ihr das italienische Temperament hervor: „ Ich bin nicht deine Hure, das du mir solch ein Angebot für das Leben von meinem Vater und Bruder machst. Ich verfluche dich und möchte dich nie wieder sehen ". Schluchzend und in großer Erregung stürzt Gabriella darauf aus dem Raum. Rainald von Dassel nun selbst konsterniert über diese so plötzliche Wendung von großer Freude und der Seligkeit zu Anfang des Wiedersehens zu einem Drama am Ende, wollte Gabriella erst nachlaufen. Aber ehe er sich gefasst hatte, hörte er nur noch die sich hastig entfernenden Schritte Gabriellas auf den Stufen des Schlosses. Sie hatte sich für Rainald schon zu weit entfernt, so dass ein Nachlaufen und Rufen nur mit grossem Aufsehen verbunden gewesen wäre, das er sich in seiner Position und diplomatischem Umgang verbat. Aber selbst ihn, einem mit allen Wassern gewaschenen hatte dieses Wechselbad von Gefühlen nicht unberührt gelassen und der Fluch Gabriellas besonders hart getroffen.

Rainald brauchte einige Zeit, um sich von Gabriella nun zu lösen, die ihm viel bedeutet, aber mehr zu geben als er ihr angeboten hatte nicht bereit war. Schon am nächsten Morgen war Rainald von Dassel wieder der Kanzler des Römisch-Deutschen Reiches, der sich nur kurz in Sphären von Gefühlen verirrt hatte. Dann hatte die Realität Rainald von Dassel wieder eingeholt.

Noch vor der Abreise nach Frankreich zu König Ludwig bestimmt der Kanzler Rainald die von Kaiser Friedrich angeregten Regelarien zur Hinrichtung der drei Verräter. Als einen der Zeugen für die Exekution bestimmt Rainald den den Grafen Guido von Biandrate. Zum anderen als dessen Beisitzer, den Grafen Siegfried von Morle-Peilstein, eines Ritters aus der Wetterau in der Nähe der aufstrebenden Stadt von Friedberg, deren Burg auf einem hohen Basaltfelsen durch Ritter Kuno I. von Hagen-Arnsburg-Münzenberg im Auftrage Kaiser Friedrichs gerade im Entstehen begriffen ist.

Als Bedeckung für den Transport der Delinquenten von Pavia aus in das ca. 35 Meilen entfernte, zerstörte Mailand werden zehn Landsknechte befohlen, die zudem für die Errichtung der Galgen zu verwenden sind.

Am Vorabend der Abreise Rainalds nach Frankreich, zu der ihn auch sein Adjutant Walther von Bechtholtsheim begleiten wird, macht ihm der Offizier Meldung über die bevorstehende Hinrichtung der drei Verurteilten, und das für deren Ablauf alles geregelt wäre. Die Frage Rainalds, wie sich die zum Tode Verurteilten ihrem Schicksal nun stellen, kann sein Adjutant garnicht beantworten, denn Rainald von Dassel fährt umgehend fort: „ Dem Sekretär noch einen letzten Besuch abzustatten, verbietet sich ihm von selbst, hat dieser mich doch so viele Jahre lang hintergangen und betrogen. Ich bin maßlos enttäuscht worden ".

Mit diesem Statement glaubte von Dassel sein Gewissen zu beruhigen und seiner in den Jahren vernachlässigten Aufsichtspflicht für einen ungeratenen Sohn Genüge getan zu haben. - Menschliche Nähe ist trotz des gleichen Blutes zwischen ihnen nie entstanden. Die nicht konvergierenden menschlichen, charakterlichen, visuellen Eigenschaften beider, Rainald von Dassel und Kunrad von Hachen waren zu unterschiedlich, um ein erträgliches Miteinander zu garantieren. Hinzu kam noch das gegenseitig nicht öffnende Wissen von einem Vater und einem Sohn, das aus Kalkül, dem eigenen Vorteil geschuldet, von beiden verheimlicht wurde. Erst in der Gefahr offenbart sich der Sohn zum denkbar schlechtesten Zeitpunkt und Anlass, zu spät und vom Vater ungehört.

Der Tag vom 7.August 1162 war untypisch für einen Spätsommertag, an dem ein berittenes Kommando mit dem Henkerswagen, beladen mit drei Todeskandidaten in einen großen Eisenkäfig gesperrt, von Pavia nach dem zerstörten Mailand begleitet. Ein feiner Nieselregen, der eingesetzt hat, sorgt neben dem traurigen Transport zusätzlich für große Misslaunigkeit bei allen Beteiligten des Komandos. An der Spitze ritten Graf Guido von Biandrate und neben ihm Siegfried von Morle-Peilstein, ein Graf und Ritter aus deutschen Landen, der Wetterau. Beide Grafen sprachen so gut wie kein Wort miteinander. Aber auch einseitige Unkenntnis von Sprache, und der nicht gerade ehrenvolle Auftrag des Kanzlers Rainald, diesen Zug zu begleiten, trug nicht unwesentlich dazu bei, einsilbig zu sein. Auch die Verurteilten in ihrem Käfig mit Ketten an Händen und Füßen gefesselt, bieten ein Bild des Jammers. Einzig noch Eduardo und sein Sohn Enzio Della Torre zeigen Stolz in ihrer Haltung und begegnen Kunrad von Hachen in seiner Apathie mit völliger Gleichgültigkeit. Kunrads sichtbare Folterspuren lassen die Della Torres ahnen, wer sie wohl verraten hat. Der feine Regen wurde stärker und dieser Umstand führte dazu, dass die Soldaten des Kommandos unter sich die absurde Anordnung des Kaisers und seines Kanzlers kritisierten, eine Hinrichtung in dem so fernen Mailand anzuordnen und vollziehen zu lassen. Wenn es nach dem Dafürhalten der Landser ginge, würden sie die drei Verurteilten vom Wagen zerren und am nächsten Baum aufhängen. Aber Befehl ist Befehl und sie hatten sich ja freiwillig gemeldet, mit der Aussicht auf einen zusätzlichen Lohn mailändischen Silbergeldes. Für die 35 Meilen bei Dauerregen und sich verschlechternden Wegen benötigte man nahezu 11 Stunden bis zur eingeplanten Übernachtung auf Burg Trezzo. Nass, klamm und müde wurden die drei Todeskandidaten für ihren letzten Schlaf in die Kerkerzellen des namentlichen Burgturms gesperrt, während das Begleitkommando in der Nacht auf einem von Mailands hohen Trümmerbergen und bei wärmendem Feuer die drei Galgen für die Hinrichtung am Morgen zimmerten. Der kleine Graf von Morle-Peilstein führte die

Beaufsichtigung der Arbeiten durch. Der Graf Guido von Biandrate war auf der Burg von Trezzo geblieben. Am nächsten Morgen 5 Uhr wurden die Delinquenten von der Burg nach Mailand gekarrt, wo sie am Ort der Vollstreckung sofort zu den Galgen geführt wurden. Eduardo und Enzio ruhig und gefasst, ihre letzten Minuten einem Gebet zu widmen, wirkte Kunrad zwar niedergeschlagen, aber sein Glaube an eine Begnadigung in letzter Minute, die Graf Biandrate durch seinen Vater Rainald von Dassel veranlasst, doch noch aus der Tasche ziehen würde, hielt ihn noch aufrecht. Erst als alle Drei auf die Stufen zum Galgen hoch geführt wurden, sie die Schlinge des Stricks um den Hals spürten, Graf Siegfried von Morle-Peilstein ihnen dann erlaubte, mit Gott ihren Frieden zu machen, spätestens da wurde auch Kunrad von Hachen bewusst, das es kein Entrinnen mehr gab. Eduardo und Enzio Della Torre bekreuzigten sich statt eines Gebets und riefen laut vernehmlich: „ Verflucht sei der deutsche Kaiser und sein Kanzler! Verflucht sei Guido von Biandrate, der Verräter unseres Landes und der Freiheit! Freiheit für Mailand, Freiheit für Lombardien, Freiheit für Italien "!
Kunrad von Hachens Fluch dagegen galt Kanzler Rainald: „ Verflucht sei mein Va... ", aber da hatte Graf Biandrate den Henkern schon das Zeichen gegeben, die Stufen unter den drei Galgen wegzuziehen.
Kunrads Fluch verhallte unvollendet. Beendet dagegen wurden die Leben der Della Torres, gelebt und geprägt von freiheitlichen Idealen. Das eines Mönchs, Sekretärs und Sohnes des deutschen Kanzlers Rainald von Dassel, Kunrad von Hachen dagegen, gelebt und geprägt von der Eifersucht, Neid, Missgunst, Gewalt und Gier bis hin zum Mord.

Nichts ist mehr wie es war

Der 7. August 1167 im kaiserlichen Heerlager vor Rom ist der letzte Tag, an dem der mächtige deutsche Kanzler, Erzkanzler Italiens und Erzbischof des Erzbistums von Köln, Rainald von Dassel noch einmal aus seiner tiefen Bewusstlosigkeit erwacht.

Im Feldlager des Kaisers vor Rom liegen tausende von Landsern, Rittern, Fürsten weltlicher wie auch geistlicher Prägung danieder, die durch ein grassierendes Fieber von Malaria niedergeworfen sind und mit dem Tode ringen. Viele sind bereits hingerafft worden.

Am Tage der feierlichen Kaiserkrönung von Friedrich und Beatrix durch den Papst Paschalis III. im Petersdom ist Rainald von Dassel von einem Feldarzt des kaiserlichen Lagers über eine bedrohliche Situation des Ritterheeres durch ein sich schnell ausbreitendes Fieber informiert worden. Ein Tag nach der Krönung, dem 2. August hat das Fieber auch Rainald von Dassel erfasst.

Ja, jetzt erinnert er sich. Wie stolz alle jene kaiserlichen Befürworter und er selbst die Krönung des Kaiserpaares, den Tränen nahe erlebt und verfolgt haben.

Zuvor ein schon fast verloren geglaubter Kampf beim Ort Tusculum in den Albaner Bergen vor den Toren von Rom gegen eine vielfache Übermacht von über 35.000 Mann römischen Fußtruppen, als man selbst nur 1600 Ritter in den eigenen Reihen besaß. Und trotz all der Tapferkeit der deutschen Ritter, seine eigene mit eingerechnet, wäre aller Einsatz doch umsonst gewesen, hätten den Kämpfenden nicht im letzten Moment der Erzbischof Christian I. von Mainz, Bischof Alexander von Lüttich und Domdechant Philipp von Heinsberg aus dem Heerlager des Kaisers eilends von Ancona herkommend, geholfen.

Rainald auf dem Krankenlager danieder liegend, wird

sehr müde, denn das furchtbare Fieber beginnt in seinem Körper verstärkt zu wüten. Mit der nur größten Willensanstrengung formuliert Rainald immer leiser werdend: „Wir dürfen nicht sterben, gerade jetzt nicht, wo der Erfolg für das Reich doch so nahe ist ". Es sind die letzten verständlichen, zusammenhängenden Worte. Dann schwanden ihm die Sinne und bis zu seinem Tode am 14. August hört man den Kanzler nur noch in Fieberfantasien, Wortfragmenten und Gemurmel mit sehr langen Pausen, aus denen man nur bei genauem Hinhören dicht am Munde wiederholt die Worte wie Gabriella und Kunrad mit sehr viel Fantasie deuten könnte.

Seltsamer Weise schien der schwerkranke nun in seinen Fieberträumen die letzten fünf Jahre seines Lebens zu durchwandern. Kunrad von Hachens Tod und der Verlust seiner Geliebten Gabriella Della Torre im Jahre 1162 schienen eine Art Zäsur in ihm erzeugt zu haben.

Ab dieser Zeit sind seine Erfolge auf dem diplomatischen Parkett in ein doch größeres Dilemma geraten zu sein.

Politische und militärische Fehlentscheidungen häuften sich, deren Konsequenzen die Zahl seiner Neider und Feinde im In- und Ausland vermehrte. Einzig Kaiser Friedrich hielt weiter zu ihm, wenn auch nicht immer mit der Begeisterung, die Rainald am Anfang seiner Karriere bei Friedrich entfachte. Auch Friedrich bemerkte manche Fehleinschätzung und politischen Fehler in den letzten Jahren bei Rainald von Dassel, aber ihm war wichtiger die absolute Integrität und Treue zu ihm, auch im Streit gegen die Machtansprüche der deutschen Fürsten.

Als Rainald Ende August 1162 zu König Ludwig VII. nach Frankreich reiste, um im Papststreit den König auf die Seite des Kaisers zu manövrieren, damit dieser Papst Alexander III. untreu werden soll, endet das für Rainald von Dassel mit einer totalen diplomatischen Niederlage.

Den von ihm und dem Kaiser ausgearbeiteten Plan eines Treffens zwischen Kaiser Friedrich mit König Ludwig und den beiden Päpsten Alexander und Victor auf der alten Brücke über die Saone in Saint Jean de Losne lehnte der vom König Ludwig VII. unterstützte Alexander III. selbstverständlich ab. Im anschließenden Konzil in der gleichen Stadt konnte sich Kaiser und Kanzler mit der Parteinahme für Victor nicht durchsetzen.

Im Herbst des gleichen Jahres kehrte Rainald von Dassel gestärkt durch die Position eines Erzkanzlers von Italien nach Oberitalien zurück, um mit unbeschränkten Vollmachten Friedrichs ausgestattet, die Neuordnung der Verwaltung auf Grundlage der Roncalischen Beschlüsse zu festigen und mit Autorität durchzusetzen. Personen von uneinsichtigen in Kommunalverwaltungen von Regionen und Städten wurden durch Rainald grausam verfolgt, um deren Besitz und Güter neuen oder alten Treuergebenen als Lohn und Ansporn zu übereignen.

Am 20. September 1163 feierte Rainald von Dassel im Dom zu Pisa bei einem Dankfest sich mehr oder weniger selber mit den Worten: „ Froh zu sein, das Gott ihm diese herrlichen Erfolge beschieden habe ".

Als sich am 20. April 1164 die überraschende Nachricht aus Lucca vom Tod Papst Victors IV. verbreitet, glauben viele der maßgebenden Repräsentanten von Politik und Kirche an ein Ende des unleidigen Papsschismas.

Da begeht Rainald von Dassel völlig übereilt erneut einen politisch diplomatischen Fehler, der die Zahl der Gegner abermals vermehrt. In Eigenmächtigkeit, ohne sich mit dem in Pavia weilenden Kaiser Friedrich abzustimmen, ließ Rainald wenige Tage später von einem inkompetenten Wahlgremium in Lucca den sehr farblosen Kardinal Wido von Crema als Paschalis III. zum neuen Papst wählen. Durch dieses Vorpreschen Rainalds wurde das unleidige

Papstschisma mit diesem neuen Gegenpapst, verbunden mit allen seinen Nachteilen für den deutschen Kaiser und das Reich auf europäischer Bühne verlängert. Friedrich war erst wütend, erklärte sich später aber, nach dem ihn Rainald von seinem Vorpreschen überzeugt hat, mit dem Kanzler konform.

In der Folge aber wurde fast überall in Europa, auch in Burgund, bei der deutschen Geistlichkeit und sehr großen Teilen des fürstlichen Lagers im Kernreich jetzt Alexander III. als der allein gültige Papst akzeptiert. Rainald war praktisch der einzige deutsche Kirchenfürst als Erzbischof von Köln, der dem Paschalis III. seine Reverenz erwies.

Rainalds Phase von politischen Fehlentscheidungen sind nun doch immer auffälliger.

Liegen die Gründe wohlmöglich in Schuldgefühlen bei der Mitwirkung am Tod seines >Sohnes< oder belastete die ungute die Trennung von seiner Geliebten Gabriella Della Torre ? Beeinträchtigte das alles seine Konzentration bei den täglichen Aufgaben im politischen Geschäft ?

Waren es vielleicht auch die frühen Wechseljahre eines etwa 47- jährigen Mannes ? War es eine Lebenskrise oder doch ein oft übertriebenen wirkender Ergeiz, der ihm zum größten Feind wurde?

Wer weiß es wirklich ? Wer kennt die waren Gründe?

Jedenfalls schwand in diesem letzten Zeitabschnitt die Anerkennung und Beliebtheit Rainalds von Dassel bei Fürsten, Geistlichkeit und Volk rapide. Da halfen selbst die Überführung der Gebeine der >Heiligen drei Könige< und derer des heiligen Nabor und Felix mit großem Pomp wenig, das ihn die Stadtbevölkerung von Köln frenetisch feierte. Das Rainald schon viele Gegner im Reich hat, zeigt sein Ausweichen vom direkten Weg von Italien in seine Diözese Köln. Sondern der Umweg über Burgund und Lothringen, um beispielsweise seinen Feinden wie

Konrad von Staufen Pfalzgraf bei Rhein, Landgraf Ludwig II. von Thüringen oder Herzog Friedrich von Rothenburg nicht zu begegnen. Selbst sein Erzbistum in Köln wollten ihm die besagten Fürsten nehmen oder aberkennen, das aber sein treuester und tapferer Anhänger Domdechant Philipp von Heinsberg zu verhindern wusste.

Wie schon erwähnt blieb die Stimmung von Fürsten und Geistlichkeit gegen den Papst von des Kanzlers Gnaden Paschalis III. trotz dessen eindringlicher Fürsprache auf dem Fürstentag von Vienne in Burgund bestehen. Kaiser Friedrich ist fast so weit, das leidige Papstschisma ohne Diskussion mit seinem Kanzler von sich aus zu beenden, und den Papst Alexander III. anzuerkennen.

Da ergab sich eine Lage, dass Englands König Heinrich II. wegen eines Disputs von kirchlichen Grundsätzen mit dem Lordkanzler und Erzbischof Thomas Beckett, zu neuen Verhandlungen von Anerkennung des Paschalis als Papst bereit war.

So reiste Rainald im April 1165 nach Rouen, handelt zwei Verlobungen mit Töchtern des Königs für Friedrichs Sohn Heinrich und Heinrich dem Löwen aus. Zudem brachte er die Zusage einer Anerkennung des englischen Königs für Papst Paschalis III. mit. Aber der scheinbare Erfolg des Rainald von Dassel beim englischen König entwickelt sich auf dem Würzburger Reichstag abermals zu einem folgenschweren Fehler.

Es fehlte Rainald in seiner persönlichen Hingabe für den Kaiser und im Übereifer vielleicht doch zeizweise an der Weitsicht am politischen Horizont, wenn er auf dem Reichstag Fürsten und Geistlichkeit einen Schwur leisten lässt, der die Anerkennung von Papst Alexander III. auf ewig ausschließen soll. Der Schwur wurde auch nur von den Kandidaten geleistet, die den Reichstag noch nicht verlassen hatten, zu dem Rainald spät von Rouen anreiste.

Am Ende des Jahres 1165 wurde dem Kaiser und Kanzler aus Italien gemeldet, das sich der bisher in Frankreich aufhaltende Papst Alexander III. wieder nach Italien und Rom zurückbegeben habe. Dazu meldeten die Agenten des Kaisers, Statthalter und Vögte aus Regionen Oberitaliens eine verschwörerische Unterstützung von Papst Alexander gegen den Kaiser, die sich in der Bildung des Lombardenbundes, auch des Veroneser Bundes ausdrücke. Anlass für den Kaiser genug, um auf dem Hoftag in Ulm vom März 1166 für einen notwendigen 4. Italienfeldzug zu werben und diesen anzukündigen.

Seinen vierten Fehler, und den damit verhängnisvollsten beging der Kanzler in einer persönlichen Entscheidung, die ihm letztendlich das Leben kostete. Zumindest aber dazu beigetragen hat, das sein geschwächter Körper nach einer nicht auskurierten Krankheit von Wechselfieber, dem Seuchenfieber später in Rom nicht mehr widerstehen konnte. Von der schweren Krankheit noch nicht genesen, brach Rainald mit einem kleinen Haufen von 100 Rittern hastig gen Italien auf, nur um seinem Herrn gefällig zu sein, diesem wieder das Feld zu bereiten und erneut zu zeigen wie unentbehrlich er ist. Jeder Zeit bereit!

Denn Kaiser Friedrich selbst würde erst später wieder mit einem großen Heer folgen.

Rainald von Dassel hatte sich merklich verändert. Er ist ein Getriebener geworden. Seine Diplomatie oft jetzt zu unpräzise oder fehlerhaft. Seine Souveränität hat gelitten, was sich als Indiz auch in der kleinen Anzahl von Rittern aufzeigt, die ihm ins Krisengebiet Italien folgen wollen.

Der ungemein viel zu hastige Aufbruch mit ungenügender Bedeckung, vielleicht ein Ausdruck, das er auch nur ein Mensch ist, der Sehnsucht und Hoffnung verspürte, die einzige Liebe seines Lebens wieder zu sehen und mit dem vertrauten Menschen Gabriella zu reden. Zu reden über ein Warum und Wieso seines Ich bezogenen Handelns an Kunrad von Hachen und seiner Geliebten Gabriella Della Torre.

Auch bei der Beinahekatastrophe von Tusculum im Mai 1167 brachte sich der Kanzler durch eine ungenügende Vorbereitung und eine verkehrte Einschätzung der Lage in Schwierigkeiten, aus der ihn nur das entschiedene tapfere Einschreiten der Bischöfe Christian von Mainz, Alexander von Lüttich und des Domdechanten Philipp von Heinsberg im allerletzten Augenblick rettete. Dabei sind seine eigene persönliche Tapferkeit, Einsatz im Kampf um Tusculum vor den Toren Roms unbestritten. Wenn es aber nach den deutschen Fürsten auf dem anderen Kriegsschauplatz vor Ancona gegangen wäre, hätten sie Rainald von Dassel bei Tusculum im Stich gelassen. Ein weiterer Hinweis darauf, sieht man vom Kaiser Friedrich ab, dass der deutsche Kanzler sich immer mehr in eine Isolation manövriert hat. Aber noch einmal kann Rainald den Erfolg des Kaisers, der auch seiner war auskosten. Denn Papst Alexander III. musste hastig als armer Pilger verkleidet aus Rom nach Benevent fliehen. Das Kaiserpaar Friedrich und Beatrix wurden feierlich durch Papst Paschalis III. im Petersdom gesalbt und gekrönt.

Das Deutsch-Römische Kaiserreich stand jetzt besser da, als jemals zuvor. Umso tragischer und unfassbarer ist der Umstand, der diese hervorragende Ausgangsposition des Herrschers und Kaisers Friedrich „Barbarossa" aus dem Hause Hohenstaufen innerhalb von wenigen Tagen ins Gegenteil umschlug. Das Schicksal schlug zum Vorteil von Papst Alexander III. zurück.

In der Bruthitze von Rom brach ein Seuchenfieber aus, das im kaiserlichen Heerlager mit dem Gifthauch Ansteckung tausende von Rittern, Landsern, Fürsten und Geistlichen das Leben kosten wird. Rainald von Dassels geschwächter

Körper, von der gefährlichen Wechselfieberkrankheit noch nicht wieder hergestellt, dazu bis zur höchsten Ermattung vollführte Schlachten von Civitavecchia wie auch die am Ende von Tusculum, war schnell ein Opfer der Malariaepidemie, die ihm keine Überlebenschance ließ. Nur in den ersten Tagen auf seinem Krankenlager konnte er das Grauen beobachten, wie die vielen Toten um ihn herum fort getragen wurden. Zwei Tage bevor Rainald in tiefe Bewusstlosigkeit stürzte, veranlasste er alle die irdischen Angelegenheiten und empfängt daraufhin die geistlichen Sterbesakramente.

Tiefe Bewusstlosigkeit umfängt dann Rainald von Dassel am 5. August, aus der er nur noch zwei Tage später, am 7. August kurz erwachen wird, eine Woche vor seinem Tod.

Gabriellas Sehnsucht

Fünf lange Jahre sind es nun her, seit Gabriella Della Torre nach der Auseinandersetzung im Schloss von Pavia, den Geliebten Rainald von Dassel im August 1162 fluchtartig verlassen hatte. Sie war zurück zu ihrer Tante, einer Schwester ihrer so früh verstorbenen Mutter nach Arona am Lago Maggiore gegangen. Lange hat es gedauert, bis Gabriella den Kummer über den Verlust von ihrem Vater und dem Bruder überwunden hatte. Aber auch der größte Schmerz, wenn auch nie ganz vergessen, verblasst immer mehr im Laufe der Zeit. Und je mehr die tiefe Trauer um Eduardo und Enzio in den Hintergrund rückte, je öfter trat ihr das Antlitz ihres Geliebten vor Augen, je mehr musste Gabriella an ihn denken. Den Fluch, den sie seinerzeit in ihrer Wut und Enttäuschung im Schloss von Pavia gegen Rainald ausgestoßen hatte, bereute sie schon bald.

Nie aber hatte Gabriella später bei Rainald von Dassels Aufenthalten in Italien den Mut und die Courage besessen, ihn aufzusuchen, obwohl sie Rainald inzwischen längst verziehen hatte. Die Sehnsucht ihn wieder zu sehen wuchs ständig in ihr. Als sie sich endlich durchgerungen hatte, ihn wiedersehen zu wollen, war er überall, nur nicht mehr in Italien.

Als Gabriella dann im Frühjahr 1167 vernahm, dass der deutsche Kanzler Rainald und sein Kaiser abermals in ihre Heimat Italien einmarschieren würden, entschloss sie sich endgültig, Rainald wieder zu begegnen. Sie würde nach Ancona gehen, da Gerüchte von den Bewegungen des deutschen Heeres und Kaisers wiederholt auf die jetzt stark befestigte Stadt Ancona an der Adria hinwiesen, die schon wochenlang belagert wird. Zwei Holzhändler aus ihrem Ort in Arona sollen nach Pesaro reisen, um bestellte Hölzer für Palisaden abzuliefern. Gabriella kannte beide

Handelsleute aus Arona von Angesicht, und so wagte sie die nicht ungefährliche Reise, um später von Pesaro aus Ancona zu erreichen. Die Fahrt nach Pesaro verlief ohne große Zwischenfälle, sieht man von einem zusätzlichen Tag Aufenthalt ab, der durch das Verrutschen der Ladung Rundhölzer in Folge eines Radbruchs in Kauf genommen werden musste.

In Pesaro verabschiedete Gabriella sich von den beiden Handelsleuten, um sich einer Wallfahrt anzuschließen mit Ziel Loreto in der Nähe Anconas. „ Dort ist doch Krieg ", richtet Gabriella unsicher die Frage an einen Teilnehmer der Wallfahrt. Aber der schüttelt den Kopf : „ Jetzt nicht mehr! Ancona hat sich mit einer gehörigen Summe Geldes freigekauft. Das Heer der Deutschen ist nach Rom gezogen, nachdem ein Rainald von Dassel die Römer bei Tusculum geschlagen hat ".

Gabriella jetzt zwar etwas ratlos, aber auch froh endlich zu wissen, wo der Geliebte sich genau aufhielt. Aber wie nun nach Rom kommen, fragte sie sich. Doch wohl nur über das Gebirge, denkt sie. Also macht sie sich auf die Suche nach einem Bauern, der am Fuße des Apenninengebirges lebt. Gefunden hatte Gabriella Bergbauern, aber erst der vierte, den sie fragte, der gleichzeitig vertrauenswürdig, älter und sich mit ihrer Entlohnung einverstanden erklärt, ist bereit sie über ihm bekannte Wege durchs Gebirge zu führen. Am Ende hatte dem Bergbauern die schöne und junge hilflose Frau in ihrer Ausweglosigkeit leid getan, obwohl er doch jetzt zur Erntezeit genug Arbeit hätte, wie ihm beim Abschied vom Hof seine Frau nachruft. Nach drei heißen Tagen und zwei Übernachtungen auf Höfen von Schaf- und Ziegenhaltern, öffnete sich die Landschaft mit Blick auf eine eben gelegene weite Fläche.

Mit freudiger Erkenntnis blickt Gabriella vom Ort Carsoli aus auf ein weit ausgedehntes Heerlager vor den Toren von Rom. Nach weiteren zwei Stunden Marsch bedankt sich Gabriella bei dem freundlichen Alten, bezahlt ihn, um sich dem nicht mehr allzu weiten Militärlager jetzt alleine zu nähern. Gabriellas Herz ist nun nicht mehr zu bändigen, macht Freudensprünge und die Aufregung wuchs mit jedem Schritt, den sie dem Lager näherkommt. Sie sehnte sich jetzt fast unbeherrschbar nach dem in der Erinnerung schönen und mächtigen Mann, der hier einen so großen Sieg errungen haben musste.

Auffallend war jetzt nur, da sie die ersten Eindrücke des Lagerlebens wahrnahm, dass es so wenige Soldaten zu entdecken gab, umso mehr Sanitäter oder Ärzte, die eilig zwischen den vielen Zelten auf dem riesigen Areal umher liefen. Am Rande des Heerlagers angekommen, dachte Gabriella besorgt, das Rainald von Dassel vielleicht schon wieder weiter gezogen sei, und ihre Odyssey noch nicht beendet sein könnte.

Ihre besorgt nachdenkliche Miene betrachtend, sprach sie ein Arzt oder Sanitäter an: „ Was sucht eine Dame hier in einem pestverseuchten Lager? Sie sollte so schnell als möglich diesen Ort verlassen ".

Verständnislos geht Gabriella auf die Frage und den Hinweis des Sanitäters gar nicht ein und sagt ihrerseits: „ Ich bin die Comtessa Gabriella Della Torre und möchte den Kanzler Rainald von Dassel sehen, um ihm eine wichtige Nachricht zu überbringen ". Verwundert, auch mitleidig blickt der Mann die ahnungslose Gabriella von oben bis unten an und sagt nun: „ Dann komme Sie bitte einmal mit, Comtessa ". Langsam bemächtigt Angst Gabriella, die sich auf dem Weg zu einem großen Zelt steigert, als ihr der Mann die Situation und die Misere des deutschen Heeres und seiner Führer schildert: „ Ich warne Comtessa deshalb noch einmal, ehe wir jetzt das Zelt betreten. Hier herrscht die Pest. In den hier vielen kleinen anderen Zelten sterben im Moment überall wieder hunderte von jungen Landsknechten. Und in diesem hier prächtigen Zelt, das wir jetzt betreten wollen, sind noch noch viele Herren von Adel, die noch sterben werden, egal ob Ritter, Bischof oder Herzog. Die Armee, das heißt was davon noch übrig ist, hat Rom fluchtartig verlassen. Hier in diesem Zelt, das die Comtessa lieber doch nicht betreten sollte, liegt der von ihr gewünschte Herr, neben seinem Bruder Ludolf. Auch der Herzog Friedrich von Rothenburg, Graf Berthold von Pfullendorf, sogar ein Bischof von Verden, alle liegen leider todkrank danieder. Herr von Dassel ist nicht mehr ansprechbar ".

Vieles hatte die junge Gabriella erwartet, beispielsweise wie schwer es vielleicht sein würde, Rainald in den Tagen von Kriegswirren zu finden und zu sehen. Nach dem grandiosen Sieg Rainalds bei Tusculum, von dem man sich doch in ganz Italien erzählte, und einem anschließenden triumphalen Einmarsch des Kaisers mit seinem Kanzler Rainald und allen anderen fürstlichen Hoheiten, konnte Gabriella diese schlimme furchtbare Nachricht überhaupt nicht begreifen, sie viel weniger noch verarbeiten.

Und nun nichts mehr von dieser schockierenden Nachricht hören wollend, bringt Gabriella nur hervor: „ Ich muss zu ihm "! - „ Eigentlich Comtessa, darf ich Niemanden mehr zu ihm lassen. Wenn es Comtessa beruhigt, kann ich ihr sagen, dass Rainald von Dassel seine Angelegenheiten durch den Notar von Sponheim hat regeln lassen. Auch hat er die Heiligen Sakramente bereits erhalten ", erzählt ihr der Arzt weiter, der sich inzwischen als ein solcher jetzt vorgestellt hatte. Gabriella hat nicht mehr zugehört, nur noch einmal ihn sehen, ihn sprechen und ihm ihre Liebe gestehen. Nur diese Wort sind es, die sie ihm sagen will. Der Arzt hat ein Einsehen, und führt sie zum Sterbelager Rainalds von Dassel. Rainald war nicht mehr von dieser

Welt. Die Augen geschlossen, die Wangen eingefallen, die sonstige Bräune seines Gesichts war einer schneeweißen Blässe, ähnlich einer Maske gewichen.

Die durch das Fieber gelittenen, aufgesprungenen Lippen bewegten sich nur zu unartikulierten leisen Wortfetzen. Weinend, ungeachtet der Warnung des Arztes, sich selbst zu infizieren, wirft sich Gabriella Della Torre über den Körper Rainalds und streicht ihm über die Stirn, immer wieder. Mit einem Tuch trocknet sie wiederholt sein schweißnasses Gesicht. Schließlich nimmt sie seine Hände in die ihren, um sie nicht mehr loszulassen. Gabriella weiß nicht mehr wie lange sie schon Rainalds Hände hält, es sind aber bereits Stunden, unterbrochen nur, wenn sie ihm die Stirn und die ausgetrockneten Lippen mit einem Tuch befeuchtet.

Plötzlich ein ganz zarter Druck, den sie in ihrer linken Hand verspürt. Sie mag es kaum glauben. Mit der größten Anstrengung von Rainald dann sein Versuch, Worte zu artikulieren: „ Gabrrr..., Ku..., d... Rei... "! Jetzt ganz dicht richtet Gabriella ihr Ohr an seine Lippen. Aber wieder Stille. Mit ihrer Hand seine Finger drückend, versuchte sie Rainald von Dassel zu noch weiteren Sinnesäußerungen zu veranlassen. Aber umsonst! Seine Lippen öffneten sich nicht. Bis jetzt ist Gabriella Della Torre stark geblieben. Nun öffnen sich die Schleusen und ein leises haltloses Schluchzen überfiel sie, ihren Schmerz zu offenbaren. Den Schmerz und ihr Schluchzen nun unterbrechend, sprach Gabriella weiter auf Rainald ein: „ Ich bin wieder bei dir. Gabriella, die dich liebt! Hörst du "! War es jetzt nur Einbildung oder wahr, als sie wieder einen leichten Druck in ihrer Hand verspürt. Aber nun keine Einbildung mehr, denn jetzt die zarte Andeutung eines Lächelns war auf Rainalds Gesicht deutlich zu erkennen. Wieder drückte sie von Hoffnung erfüllt seine schönen schlanken Finger und versucht ihm etwas Flüssigkeit einzuflößen, die auf einem dreibeinigen Hocker neben dem Sterbelager, von dem sie beobachtenden Arzt, in einen Becher gegossen worden war. Der Arzt merkte der Comtessa an, dass die sich ganz unberechtigte Hoffnungen macht, sah ihr in die Augen und schüttelt den Kopf.

Am späten Nachmittag des 13. August war Gabriella an Rainalds Lager getreten. Von da ab hatte sie sich nicht mehr von dem geliebten Sterbenden fortgerührt und hielt unentwegt seine Hände, immer in Anspannung, eventuell doch noch Reaktionen über ihre gelebte Zweisamkeit von Rainald zu erhaschen.

Gabriella hat von Rainalds Sterbelager direkten Blick auf den Aus- und Eingang des Lazarettzeltes, in dem sie sich zusammen mit den vielen Sterbenden befindet. Plötzlich hörte sie Stimmen von mehreren Personen, die im Begriff stehen, das Zelt der Kranken und Sterbenden zu betreten. Kaiser Friedrich, den erkennt Gabriella sofort, steuerte mit seiner Begleitung und einem Arzt auf die Bettstatt seines Kanzlers zu. Mit dem Blick dorthin unterbricht der Kaiser seinen Gang zu Rainalds Liegestatt und fragt den Arzt, wer die Person am Krankenlager des Kanzlers ist? Ehe der Mediziner antworten kann, wendet sich der Domdechand Philipp von Heinsberg 2) an den Kaiser:

„ Majestät, soweit ich unterrichtet bin, handelt es sich wohl um die frühere Haushälterin des Kanzlers ".

Friedrich dann doch verwundert: „ Bei so viel Trauer und Anhänglichkeit, da wollen wir also die Zweisamkeit nicht stören ". Wendet, und geht mit den undurchdringlichen Mienen der Wenigen aus seiner Suite, die von der Affäre des Kanzlers wussten, weiter zum Krankenlager seines noch sehr jungen Neffen, des Schwabenherzogs Friedrich von Rothenburg und weiterer Todeskandidaten, um sich für deren Treue im Kampf für ihren Kaiser zu bedanken.

2) Der Domdechant des Erzbistums von Köln und Dompropst von Lüttich, Philipp von Heinsberg, geboren um 1130 gestorben an der Pest am 13.08.1191 vor Neapel, war nach dem Tode des Wibalds von Stablo engster Vertrauter von Kanzler und Erzbischof Rainald von Dassel geworden. Nach dem Tode Rainalds wurde Philipp von Heinsberg von Kaiser Friedrich zu dessen Nachfolger im Reichskanzleramt und zum Erzkanzler von Italien ernannt. Auf Vorschlag von Friedrich wurde er 1168 auch in das Amt des Erzbischofs von Köln gewählt, und trat hier ebenfalls die Nachfolge Rainalds von Dassel an.

Aus Rainald von Dassel schien das Leben gewichen zu sein. Besorgt und unruhig schaut Gabriella nach dem Arzt. Der hat die ganze Zeit den Blick auf den Sterbenden und die schöne traurige Frau gerichtet, die jetzt mit besorgtem Blick nach ihm schaut. Sofort eilt er zu Rainalds Krankenlager, um nach kurzer Diagnose den Kopf zu schütteln. Rainald von Dassel ist tot.

Noch eine volle Stunde ließ der Arzt Gabriella bei dem Toten Abschied nehmen. Dann kamen die Krankenhelfer, um Rainalds Leiche möglichst schnell wegen der weiterhin grasenden Pestilenz abzuholen.

Dieser Tag, und die Nacht vom 13. zum 14. August 1167 hatte aus der jungen Gabriella eine reife Frau gemacht. Als der Arzt später nach ihr sah, um ihr vielleicht seine Hilfe und Unterstützung anzubieten, denn ein Gefühl grosser Sympathie oder sogar mehr hatte ihn für Gabriella Della Torre eingenommen, war sie schon verschwunden.

Ab diesem Zeitpunkt verliert sich die Spur der Comtessa Gabriella Della Torre.

Das Heer des Kaisers hatte durch die Fieberseuche, die weiterhin vor Rom wütet, schon weit über 2000 Ritter und viele weitere wertvolle Anhänger von Adel verloren. Die Pest griff jetzt auch voll auf das gemeine Fußvolk im Heer über, deren es so viele waren, das man an die weitere 7000 vor Hilflosigkeit und Verzweiflung in den Tiber warf. So blieb Friedrich mit den Resten des dezimierten Heeres nur noch ein einigermaßen ordentlich organisierter Rückzug möglich.

In der aufsässigen Lombardei, die der Kaiser mit seinen Truppen durchqueren musste, lauerten nun überall seine Feinde im organisierten Widerstand, dem Veroneser Bund. In unzähligen Überfällen musste man sich der Feinde in erbitterten Kämpfen erwehren. Selbst die Kaiserin Beatrix hatte sich bewaffnen und bewehren müssen. Auf diesem Rückzug starben in der Lombardei nochmals 2000 Ritter und Fußvolk, auch noch an den Folgen der furchtbaren Pest von Rom. Gebhard II. von Leuchtenberg fand wie sein Bruder Marquard während dieses 4. Italienfeldzuges 1168 bei den Rückzugskämpfen in der Lombardei noch den Tod. Am Ende konnte Kaiser Friedrich selbst froh sein, Italien fluchtartig über den 2083 m hohen Pass des Mont Cenis verlassen zu können, um lebend das Kernreich in Deutschland zu erreichen.

Begleitet von zweien seiner Diener, flieht der Kaiser in Knechtskleidern aus der Stadt Susa. Durch eine List, die Herzog Berthold von Zähringen vorgeschlagen hat, und unter der Mithilfe des Ritters und Kämmerers Hartmann von Siebeneich, der eine frappante Ähnlichkeit mit dem Kaiser aufwies, konnte Friedrich selbst Susa unbehelligt verlassen. Die Kaiserin ließ Friedrich bei den Resten des heimkehrenden Heeres zurück.

Der Traum Friedrichs, des Kaisers der Deutschen hat nun einen argen Dämpfer erhalten, zwei Länder einschließlich eines Papstes zu beherrschen. Es werden noch weitere 10 und nochmals 6 Jahre vergehen, bis es zur Entspannung und zu einem Ausgleich zwischen Papst Alexander und Kaiser Friedrich kommt, der 1183 im Friedensvertrag von

Konstanz die Ansprüche und Kompetenzen des Kaisers und Papstes in Oberitalien bzw. Italien neu regelt.

Unter den glücklich heimkehrenden Resten des Heeres nach Deutschland ist auch der Ritter Graf Siegfried von Morle-Peilstein aus der Wetterau, jener Zeuge, der unter anderem der Hinrichtung eines Sekretärs im Amt des Kanzlers Rainald von Dassel, Kunrad von Hachen auf den Trümmern des ausgelöschten Mailands 1162 beobachten musste.

Einen ungewollten, ungeliebten und missgeratenen Sohn eines Mannes mit ungeheurem Ergeiz, ja vielleicht sogar maßlosem Ergeiz, der ihm weitgehend im Wege stand, die zweifelsohne auch in Rainald von Dassel innewohnenden angelegten menschlichen Gefühle, zu ihm nahe stehenden Menschen auszuleben oder zu dulden.